Simone Vajda
PIRATENWIND

SIMONE VAJDA

PIRATEN WIND

Bibliografische Information der Deutschen Nationalbibliothek: Die Deutsche Nationalbibliothek verzeichnet diese Publikation in der Deutschen Nationalbibliografie; detaillierte bibliografische Daten sind im Internet über dnb.d-nb.de abrufbar.

Alle Rechte vorbehalten.

TWENTYSIX
Eine Marke der Books on Demand GmbH

© 2021 Simone Vajda

Herstellung und Verlag:
BoD – Books on Demand, Norderstedt

Umschlaggestaltung und Satz:
chaela (www.chaela.de)

ISBN: 978-3-74078-454-6

In Erinnerung an meinen Vater.

Roter Löwe

*Plymouth, 9. März anno 1728
Zweiter Tag im Heimathafen,
gesamte Ladung gelöscht.
50° 21′ Wind: NNO 22.5° 21 Knoten.
John Black*

- Plymouth -

Die Sonne schien durch die Zweige des Apfelbaums in den Garten der Schneiderei. Die ersten Primeln und Schlüsselblumen steckten die Köpfe aus der Erde. Der nahende Frühling war unübersehbar. Nur darauf achtete keins der drei Kinder, die auf einem Stapel Holzbretter saßen.

Tröstend legte Jakob seinen Arm um Amys Schulter. »Kannst ruhig weinen; als mein alter Herr starb, hab ich auch geheult wie ein Schlosshund.«

»Ich dachte, der hört überhaupt nicht mehr auf«, versicherte John und nickte nachdrücklich.

Amy musste fast ein bisschen lächeln bei so viel

Fürsorge; normalerweise waren die beiden Nachbarsjungen eher schroff zu ihr. »Du hast echt geweint?« Sie zog geräuschvoll die Nase hoch.

»Klar, aber sag es niemandem weiter, sonst...« Jakob drohte mit der Faust und seine blauen Augen zogen sich zu kleinen schmalen Schlitzen zusammen.

»Mann, jetzt lass sie. Erzähl uns lieber noch einmal, wie dein Onkel starb«, bettelte John.

Amy spielte an einem ihrer dunkelblonden Zöpfe, es fiel ihr schwer, das Ganze noch einmal zu erzählen; aber sie wollte die Freunde nicht enttäuschen. »Der arme Onkel George hatte gestern Morgen Schmerzen in der Brust, ich kochte Bohnen mit Speck, und die schmeckten ausnahmsweise wirklich gut, da hatte er so komisch geatmet. Ich wollte eine Nachbarin zur Hilfe holen, aber er hielt mich fest und gab mir einen Schlüssel und sagte, die Truhe meiner Vergangenheit stehe auf dem Dachboden und ich könne mein wahres Leben mit einem Schiff erreichen. Dann hat er ganz komisch geröchelt ... und dann war er tot.« Amys letzte Worte waren kaum mehr hörbar.

»Genauso war es bei meinem alten Herrn auch, ein Atemzug und dann war er tot, einfach so, und er ist nie wieder aufgewacht«, erklärte Jakob theatralisch. Es herrschte ein kurzes andächtiges Schweigen.

»Hast du schon gesehen, was in der Truhe ist?«,

fragte John neugierig, und man sah es seiner sommersprossigen Nasenspitze an, dass er am liebsten selbst nachgeschaut hätte.

Amy schüttelte den Kopf.

»Du Spatzenhirn, die hat gerade andere Sorgen, vielleicht muss sie jetzt ins Heim«, schimpfte Jakob.

Bei diesen Worten schluchzte Amy noch mehr, ihr Herz zog sich schmerzhaft zusammen.

John boxte Jakob in die Seite. »Selber Spatzenhirn. Siehst du, jetzt heult sie, weil du das gesagt hast.«

Schuldbewusst wandte Jakob sich an Amy. »Ins Heim darfst du auf keinen Fall, wir brauchen dich als Königin, damit du uns – als John Hawkins und Francis Drake – zum Ritter schlägst, oder auch als die Frau von Robin Hood.«

Amy lächelte ihre beiden Kameraden dankbar an. Sie war das einzige Mädchen aus der Straße, das bei den Jungen mitspielen durfte. Wenn sie meist das Opfer von Piraten war, dem der Bauch aufgeschlitzt wurde. »Ich will auch hierbleiben. Meine Tante Ann, die verstorbene Frau von Onkel George, hatte noch Geschwister, vielleicht kann ich zu denen …«

»Ameeeliaaa«, erschallte eine schrille Stimme aus dem Haus.

»Wer heißt denn so?«, fragte Jakob.

»Ich. ‚Amy' hat meine Mutter mich genannt und ‚Amelia' ließ mich Tante Ann taufen. Als ich nach

Plymouth kam. Aber wehe, du verrätst davon ein Sterbenswörtchen, dann …« Amy drohte mit der Faust, so wie es Jakob zuvor getan hatte.

Zögernd stand sie auf, verabschiedete sich von den beiden Jungen und ging zum Haus. Tante Elizabeth, die Schwester von Onkel George, die außerhalb von Plymouth einen Gutshof hatte und wegen des Todesfalls in die Schneiderei gekommen war, wartete ungeduldig an der Tür und musterte sie mit einem grimmigen Blick von oben bis unten. »Hast du kein Taschentuch?« Sie packte Amy am Ärmel und drehte ihn barsch um. »Sieh dir das an. Kein Wunder, dass meinem armen Bruder das Herz stehen blieb, Gott hab ihn selig.« Die füllige Dame bekreuzigte sich schnell und warf einen verzweifelten Blick gen Himmel.

Schuldbewusst zog Amy die Nase hoch.

»Oh nein, wie bring ich dir nur Manieren bei? Ich sagte George schon damals, Ann soll nicht das uneheliche Kind ihres Bruders aufziehen. Jetzt sind beide tot und an wem bleibt alles hängen …?« Sie schüttelte den Kopf, dass sogar der streng zurückgekämmte Haarknoten ins Schwanken geriet.

»Tante Ann hatte doch noch Geschwister, da kann ich bestimmt zu jemandem von denen.«

»Arm sind die. Die sind froh, wenn sie ihre eigenen hungrigen Mäuler stopfen können. Meinst du, sie legen Wert auf so eine wie dich. Und jetzt geh deine Hände waschen.«

Amys Lippen zitterten bei all den aufgestauten Gefühlen. Wie konnte Onkel George ihr das nur antun, sie einfach ganz allein auf der Welt zu lassen und dann noch mit so einer wie Tante Elizabeth? Kein Wunder, dass er seine Schwester nicht gemocht hatte.

Bevor Amy jedoch erneut in Tränen ausbrach, durchdrang unsanft Elizabeths Stimme ihre Gedanken. »Ich werde jetzt gehen und erwarte von dir, dass du hier aufräumst und dich nicht draußen mit den verlausten Jungen herumtreibst. Pack deine Sachen zusammen, du wirst morgen mit zu mir kommen. Hoffentlich hat dieses Mädchen nicht auch Läuse.« Den letzten Satz murmelte sie nur leise vor sich hin.

Ehe Amy etwas erwidern konnte, fiel die Haustür ins Schloss. Sie sollte also in Zukunft bei Tante Elizabeth leben? Das war zu viel für sie. Amy ließ sich auf einen Stuhl in der Küche plumpsen und wartete darauf, dass jetzt ganz viele Tränen flossen. Am besten so viele, dass sie hier in der Küche auf der Stelle ertrank. Es kam jedoch keine einzige Träne, sie ärgerte sich nur ungeheuerlich über Tante Elizabeth und wollte auf keinen Fall zu ihr mitkommen.

Da sah sie ihn – auf dem Küchentisch lag der kunstvoll verzierte Schlüssel zur Truhe. Sie musste unbedingt schauen, was darin war. Vielleicht ein

Hinweis, wo ihre Mutter lebte? Amy wusste nicht viel über ihre Eltern, nur dass ihre Mutter sehr jung war und sie nie über den Tod von Amys Vater hinwegkam; und dass sie auf einer kleinen Insel lebte.

Eilig lief sie die Stufen zum Speicher hinauf und öffnete die Tür. Ein modriger Geruch stieg ihr in die Nase. Amy sah sich auf dem dämmrigen Dachboden zwischen all dem Gerümpel um. Schließlich, nach einer ganzen Weile, entdeckte sie eine schmiedeeisern verzierte Truhe unter dem kleinen Dachfenster.

Ihr Herz begann heftig zu pochen. Mit zittrigen Fingern steckte sie den Schlüssel in das Schloss. Er passte, ließ sich aber nur schwerfällig umdrehen. Beim Anheben des Deckels quietschten die Scharniere, was die unheimliche Stille des Dachbodens durchdrang, sodass sich Amy erschrocken umsah. Außer dem Staub, der im Sonnenlicht tanzte, war jedoch nichts zu sehen. Wer sollte auch hier sein, sie war ja ganz alleine, Tante Elizabeth würde so schnell nicht wiederkommen.

Neugierig wagte sie einen Blick in die Kiste, über dem Inhalt lag schützend ein Leinentuch.

Als sie es wegnahm, kamen Jungenkleider zum Vorschein. Ein weißes Spitzenhemd, eine beige Weste, eine braune Kniehose aus festem Leinenstoff, ein passender Gehrock, ein schwarzer Dreispitz und ein rot gemustertes Tuch, das sie sich gleich um den Hals band. Seufzend setzte sie sich auch den Hut auf. Einmal so angezogen zu sein wie ein Junge, in praktischen Hosen ungehindert auf Bäume klettern zu können und mit John und Jakob Piraten zu spielen, oder noch besser, sie könnte Robin Hood sein und nicht nur Marian, die Frau von Robin Hood – das wäre ein richtiges Abenteuer. Jungen durften so viel mehr als Mädchen.

Plötzlich wurde sie sanft von einer kleinen, feuchten Schnauze angestupst. Der rot getigerte Kater schlängelte sich unter ihrem Arm hindurch, stellte sich mit beiden Vorderpfoten auf die Kiste und sah neugierig hinein.

»Oh Henry, schön, dass du mich gefunden hast. Was meinst du, soll ich diese Kleider anziehen?«

Der Kater sah sie mit seinen grünen Augen an und gab ein liebenswürdiges »Miau« von sich, das wohl »Ja« hieß.

Achtlos warf Amy das Trauerkleid auf die schmutzigen Dielen. Dann schlüpfte sie in die Jungenkleider. Sie waren ein bisschen zu groß, aber das machte nichts. Großartig. Amy drehte sich und hüpfte umher, sodass die Holzdielen nur so knackten – bis ihr der verstorbene Onkel wieder in den Sinn kam. Sich zu freuen, gehörte sich in dieser Situation nicht.

Bei einem Griff in die Jackentaschen fand sie eine geschnitzte Flöte, die beim Hineinblasen quietschende Töne von sich gab.

»Wem die wohl gehört hatte?«, überlegte Amy laut und steckte die Flöte zurück in die Tasche.

Dann beugte sie sich erneut über die Truhe, legte einige Babykleider und eine gestickte Decke zur Seite, um dann aber enttäuscht feststellen zu müssen, dass sich außer dem roten Samt, mit dem die Kiste ausgeschlagen war, nichts mehr darin befand.

Dabei hatte sie so viel Hoffnung gehabt, einen Hinweis von ihrer Mutter zu finden. Tante Ann hatte ihr erzählt, dass ihre Mutter irgendwo auf den Westindischen Inseln lebte und dass sie Amy im Alter von zwei Jahren nach England geschickt hatte – weil sie hier anscheinend besser versorgt wäre. Was Amy nie so ganz verstanden hatte. Denn obwohl sie Tante Ann und Onkel George mochte, wäre sie viel lieber bei ihrer Mutter geblieben. Und jetzt war die Truhe leer, und Amy wusste genauso viel wie zuvor.

»Henry, was soll ich jetzt machen?« Amy seufzte schwer, sie fühlte sich allein und verlassen von allen, die sie jemals geliebt hatte.

»Miau«, ertönte es aus dem Inneren der Kiste. Henry spielte mit einem Faden, der langsam eine Naht im roten Samt auflöste. Amy erkannte, dass diese Stelle nachträglich zugenäht worden war.

Sanft schob sie Henry beiseite und löste mit ihren abgenagten Fingernägeln den Faden so weit, dass ihre Hand durch die Öffnung der Naht passte.

Langsam tastete sie sich nach innen, bis sie auf etwas Hartes stieß. Vorsichtig zog sie es heraus. Es war ein Säckchen, voll mit Gold- und Silbertalern. Staunend ließ sie die Münzen durch die Finger gleiten.

»Oh, ein richtiger Schatz. Schau mal, Henry, wir sind reich.« Der Kater bekam einen Kuss auf die Katerstirn und wurde so fest gedrückt, dass er ein gequältes Maunzen von sich gab und sich mit den Vorderpfoten von ihrer Brust abstieß.

»Lass uns schnell nachschauen, was da noch drin ist.«

Wieder steckte sie ihre Hand durch das Loch und fand noch ein kleines Messer, verziert mit einer goldenen Einlegearbeit im Griff, und – eine Landkarte. Die Karte aus vergilbtem Papier war sorgsam in eine Hülle aus geöltem Leder eingepackt, die sie wohl vor Nässe schützen sollte.

Mit ehrfürchtigem Staunen faltete Amy die Karte auf. Das Papier knisterte.

Auf der Karte entdeckte sie ein großes Meer und einen halbmondförmigen Landstrich, vor dem sich unzählige kleine Inseln befanden. Eine von ihnen war markiert. Und etwas war mit verschnörkelter, unleserlicher Schrift danebengekritzelt.

»Verflixt, warum kann ich das nicht lesen?
Henry, ob Onkel George wohl meinte, dass hier, auf dieser Insel, meine Mutter lebt? Aber wie kann ich nur dahinkommen? Eines weiß ich jedenfalls sicher: Ich will nicht zu Tante Elizabeth, die kann ich nicht leiden.« Amy äffte Tante Elizabeth übertrieben nach: »Ameeeeliaaaa, wie du nur wieder aaaussiehst. Aber ich habe es George ja gleeeich gesagt, dass du uuunmöglich bist, und alles bleibt immer an miiir hängen.« – Nein, zu Tante Pingelig wollte sie auf keinen Fall.

»Henry, du weißt doch, was mein allergrößter Traum ist: ein Schiffsjunge zu sein, so wie mein Vater es war, als er so alt war wie ich. Henry, ich werde Schiffsjunge und ich werde zu diesen Inseln fahren.« Entschlossen stemmte sie die Fäuste in die Hüften. »Zum Glück bin ich nicht so ein stupsnasiges, blond gelocktes Mädchen. Und genügend Geld habe ich auch.« Sie knabberte am Nagel ihres Zeigefingers und überlegte: »Nur ... ein richtiger Junge hat nicht so lange Haare.«

Gesagt – getan. Ohne zu zögern, schnitt sie sich mit dem Messer ihre langen Zöpfe ab und warf sie in die Kiste. Dann riss sie sich aus dem Leinentuch der Truhe einen Streifen ab und band sich damit einen kurzen Zopf im Nacken. Sie war fest entschlossen, ihr Schicksal selbst in die Hand zu nehmen.

»Siehst du, Henry, so schnell wird man ein Junge.« Schweren Herzens schloss Amy die Haustüre. Henry saß hinter der Tür und miaute jämmerlich, was ihr unendlich leidtat.

Aber was sollte sie machen? Sie musste ihn zurücklassen.

Amy fühlte sich auch etwas unbehaglich, weil sie morgen bei der Beisetzung des Onkels nicht dabei sein konnte – aber wenn sie wirklich als Schiffsjunge die Meere befahren wollte, um ihre Mutter zu suchen, musste sie sich schnell aus dem Staub machen. Tante Elizabeth würde es ihr keinesfalls erlauben, als Junge verkleidet ihre Mutter zu suchen.

Krampfhaft umklammerte sie die Flöte in ihrer Jackentasche. Ihr Vater war auch ein willensstarker Mensch gewesen, das hatte Tante Ann ihr erzählt. Und weil die Familie arm gewesen war, hatte Amys Vater sehr früh als Schiffsjunge auf einem Kriegsschiff angeheuert. Als seine Tochter wollte sie genauso mutig sein wie er.

Den Hut tief ins Gesicht gezogen, eingemummt in Onkel Georges Schal, damit niemand sie erkannte, lief sie zügig die Straße an den Fachwerkhäusern entlang, hinunter Richtung Hafen. Am liebsten hätte sie Jakob und John noch Lebewohl gesagt, aber sie befürchtete, dass ihr die beiden Jungen ihr Vorhaben ausreden könnten.

Am Ende der schmalen Straße, am großen Kastanienbaum, begegnete ihr ein älterer, elegant gekleideter Herr. Sein Gesicht war von einem tiefen Bronzeton. Solch eine wettergegerbte Haut konnte nur ein Seemann haben. Er schwang locker einen Spazierstock und am kleinen Finger seiner rechten Hand steckte ein auffallender Siegelring. Die Diamanten, die den Stein umrahmten, funkelten in der Sonne. »Junger Mann, weißt du, wo der Schneider wohnt?«, fragte er höflich.

Amy vermied es, dem Fremden direkt ins Gesicht zu sehen, sie starrte auf den Ring, der ihr irgendwie bekannt vorkam. »Vorletztes Haus, links«, brummelte sie in den Schal und lief eilig weiter. Puh, die erste Probe war bestanden, er hat sie für einen Jungen gehalten. Aber was wollte ein so edler Herr von ihrem Onkel? Er trug Schuhe aus feinstem Leder. Trotz der eleganten Kleidung wirkte er furchteinflößend. Amy war froh, dass sie nicht zuhause war und ihm dort die Tür geöffnet hatte. Vom Hafen her wehte ihr ein salziger Duft entgegen. In diese Richtung musste sie gehen. Als die ersten Masten der Schiffe in Sicht kamen, vergaß sie den mysteriösen Mann. Interessiert beobachtete Amy das rastlose Treiben der Seeleute am Hafen. Sie liebte den frischen, salzigen Geruch, auch wenn es, je nach Windrichtung, ein bisschen nach Fisch und Teer stank.

Heute lagen etliche Segelschiffe an den Anlegestellen. Mit großen Augen staunte sie jedes Mal über die Takelung der Segel, ein Gewirr aus unzähligen Tauen. Vor manchen Schiffen standen Fuhrwerke, beladen mit Kisten und Fässern, die darauf warteten, tief in den Schiffsrumpf verladen zu werden. Kreischende Möwen lauerten im Rundflug, ob Leckerbissen für sie abfielen.

Beeindruckt beobachtete sie die Männer aus aller Welt in ihrer sonderbaren Kleidung und mit jenem schwankenden Gang, der vom langen Aufenthalt auf einem Schiff zeugte.

Amy sog die salzige Luft tief ein – heute war es ein anderes Gefühl, hier zu stehen, als früher: Sie empfand Angst, gemischt mit Abenteuerlust, Trauer wegen Onkel Georges Tod und große Ungewissheit, was alles auf sie zukommen würde. Dabei hielt sie die Flöte in ihrer Tasche fest umklammert. Und plötzlich überkam sie der Drang, umzukehren und nach Hause zurückzulaufen.

Aber nein, sie konnte nicht mehr zurück – besser, sie suchte sich jetzt gleich ein Schiff aus, auf dem sie als Schiffsjunge anheuern konnte. Amy zog den Schal enger um sich. Sie fröstelte, denn trotz des Sonnenscheins war die Seeluft Anfang März noch sehr kalt.

Black, ein düsterer Seemann mit scharfkantigen Gesichtszügen, stand an der Reling. Er hatte schwarze Locken, die zu einem losen Zopf zusammengebunden waren, und trug einen Dreispitz. Einen Fuß auf den unteren Teil der Brüstung gestellt, schaute er nachdenklich auf Plymouth. Immer wenn er hier war, spürte er, dass hier ein Teil seiner Vergangenheit liegen musste. Vor einigen Jahren hatte er bei einem Schiffsunglück sein Gedächtnis verloren. Bei manchen Ereignissen oder Städten kamen immer wieder Bruchstücke der Erinnerung hoch, die er jedoch nicht einordnen konnte.

Ob er früher wohl auch so ein Junge gewesen war wie der kleine Kerl, der da an der Mauer lehnte?

»Hey, Black, fass mal mit an, du kannst auch heute Nacht noch von schönen Frauen träumen.« Eduard, ein kleiner, hagerer Seemann, dem ein Schneidezahn fehlte, riss Black aus seinen Gedanken.

Seufzend wandte sich Black wieder seiner Arbeit zu. Vielleicht war es ja besser für ihn, seine Vergangenheit nicht mehr zu kennen. Das Wenige, das er über sich wusste, könnte schon reichen, um am Galgen zu baumeln …

Morgen früh, mit den ersten Sonnenstrahlen, würden sie nach Indien auslaufen, deshalb blieb jetzt keine Zeit für irgendwelche Gedanken, die zu nichts führten.

Später, auf dem Weg zur Schenke, bemerkte er den Jungen wieder. Einen kurzen Moment sah Black in dessen moosgrüne Augen.

»Hast du Fernweh, Grünschnabel?«, fragte er mit einer tiefen, angenehmen Stimme.

»Ich bin kein Grünschnabel, aber ich wäre gerne Schiffsjunge.«

Amy hatte den Mann von dem Schiff mit einem prächtigen Löwen als Galionsfigur kommen sehen. Er war größer als die anderen Seemänner und trug eine Wolljacke, die wohl einmal schwarz gewesen war, ein weißes, schlichtes Hemd und graue Kniehosen. Um den Hals hatte er ein rot gemustertes Halstuch gebunden – genau wie sie.

Ein paar dunkle Strähnen hatten sich aus seinem Zopf gelöst. Sie fielen ihm über die Stirn und verdeckten nur teilweise eine lange blasse Narbe am Haaransatz, die vom Scheitel bis zur Schläfe verlief.

»Was sagen denn deine Eltern dazu?« Prüfend sah er sie an.

»Ich habe keine Eltern, und mein Onkel, bei dem ich bis jetzt gelebt habe, ist gerade gestorben.« Sie wischte sich mit dem Ärmel der Jacke über die Nase.

Der Seemann reichte ihr ein Taschentuch. »Du

hast wohl keins, du kannst meins haben. Wie alt bist du denn?«

»Danke, Sir. Bald Dreizehn. Fährt das Schiff an vielen Inseln vorbei?« Sie zeigte auf den roten Löwen, die Galionsfigur des Schiffs, von dem er gekommen war. Dann putzte sie sich geräuschvoll die Nase und steckte das Taschentuch in ihre Hosentasche.

»Wir segeln sogar an sehr vielen Inseln vorbei, bis wir in Indien sind.«

Amy strahlte – Indien. Von da war es bestimmt nicht weit bis Westindien. Was für ein großer Irrtum das war, ahnte sie nicht und fragte deshalb hoffnungsvoll: »Das ist gut, kann ich als Schiffsjunge mitfahren?«

»Wie heißt du?«

»Am … – äh, Robin. Robin Tailor, Sir.« Gerade noch rechtzeitig war Amy eingefallen, dass sie jetzt ja ein Junge war. So erfüllte sich ihr Wunsch schneller, als sie dachte, einmal Robin Hood zu sein. Ein Glück, dass ihr so schnell der Name eingefallen war. Krampfhaft umklammerte sie die Flöte in ihrer Tasche und hoffte, dass der Seemann ihr wirklich abnahm, dass sie ein Junge war.

Der Seemann grinste, wobei man eine Reihe weißer Zähne sah. »Ah, Robin Tailor, ich heiße John Black, aber alle sagen nur Black.« Er reichte ihr die Hand. »Robin, ein Schiffsjunge zu sein, ist nicht einfach, die Arbeit ist hart und Seeleute sind ein raues Volk.«

»Sir, das macht mir nichts, ich will alles lernen. Hauptsache, ich werde Schiffsjunge.«

Black nickte ernst. »Also gut, ich werde sehen, was ich für dich tun kann. Hast du Hunger?«

Amy nickte. »Ja, Sir.«

»Dann lass uns zur Schenke gehen, dort sind auch der Kapitän und ein Teil der Mannschaft.«

Zusammen gingen sie den Pier entlang in Richtung Hafenschenke. Amy konnte kaum seinen großen Schritten folgen und ihr Herz klopfte zum Zerspringen. Hoffentlich merkte niemand, dass sie in Wahrheit ein Mädchen war. Sie wollte unbedingt mit auf das Schiff.

In der voll besetzten Schenke stand die Luft. Ein Dunst aus Rauch, abgestandenem Ale und verschwitzten Männerkörpern hing über allem.

Amy musste blinzeln, bevor sie in der dicken, verrauchten Luft etwas erkennen konnte.

»Aye, aye, Käpt'n, ich hab einen kleinen Grünschnabel gefunden, er will bei uns als Schiffsjunge anheuern«, begrüßte Black einen grauhaarigen Mann mit hochgezwirbeltem Schnurrbart, der an einer Tabakpfeife zog. Seine Kleidung war edel, entsprach aber noch der Mode des vorigen Jahrhunderts mit üppiger Spitze und hohen Aufschlägen an den Ärmeln.

Der Kapitän musterte Amy von Kopf bis Fuß aus seinen blauen, von vielen Fältchen umkränzten Augen. »Ich bin Kapitän Cornelius Reers. Mhh, einen Schiffsjungen könnten wir gut gebrauchen, Gilbert ist langsam zu alt dafür. Aber ist er nicht ein bisschen zu klein? Zart wie ein Mädchen, da reicht ein Windhauch und er fliegt uns auf und davon.«

Amy wurde blass. War ihre Tarnung aufgeflogen?

»Mit ein paar Gewichten an den Beinen wird es schon gehen. Und er wächst ja noch«, schmunzelte Black. Die Matrosen, die mit am Tisch saßen, lachten.

Amy fiel ein Stein vom Herzen. Mit feuerroten Ohren stand sie da. Ihr wurde klar, dass es nicht einfach werden würde auf einem Schiff voller ungehobelter Männer. Tapfer schluckte sie ihre Angst hinunter und grinste spitzbübisch.

»So brauche ich schon nicht viel Platz und auch nicht viel zu essen. Außerdem bin ich flink und geschickt«, übertönte sie die Lautstärke, die in der Schenke herrsche.

Jetzt grölte die Meute vor Lachen.

»Setz dich, Junge – ich sehe schon, du bist nicht auf den Mund gefallen. Das gefällt mir. Und jetzt lang mal tüchtig zu, so gutes Essen wirst du nun lange nicht mehr sehen.«

Der Kapitän deutete ihr an, sich zu setzen.

Eine junge Frau mit dunklem Haar brachte das Essen an den Tisch. Das Interesse an Amy war sofort verflogen, die Männer hatten nur noch Augen für die Kellnerin. Diese ließ jedoch alle gekonnt abblitzen; nur zu Black war sie nett. Er war auch einer der Jüngsten am Tisch, obwohl seine Haare bereits mit grauen Fäden durchzogen waren.

Amy aß nur eine kräftige Suppe, sie war viel zu aufgeregt, um mehr zu essen. Außerdem fiel es ihr schwer, so lange still zu sitzen. Jetzt gähnte sie herzhaft. Vor lauter Aufregung hatte sie nicht mehr daran gedacht, wie müde sie eigentlich war, denn in der vergangenen Nacht hatte sie kaum geschlafen.

Black bemerkte es.

»Bist du müde, sollen wir auf das Schiff gehen?«

»Da ist es bestimmt besser als hier.«

»Das wirst du bald merken.« Black winkte den Wirt zu sich, um zu bezahlen.

Draußen war es inzwischen dunkel geworden. Amys Kopf schmerzte von dem Rauch und Gestank, nicht mal die würzige Seeluft, die sie tief einatmete, half. Doch all das nahm sie gerne in Kauf, denn endlich würde sie auf ein Schiff gehen; ihr großer Traum ging in Erfüllung.

Ihre Schritte erklangen dumpf, als sie über den

Anlegesteg an Bord gingen. »Ich freue mich so, auf ein Schiff zu kommen.«

»Freu dich nicht zu früh, die meisten bereuen es schon nach wenigen Stunden. Heute Nacht kannst du in der Offizierskabine schlafen. Die meisten Männer werden erst im Morgengrauen an Bord kommen.«

Staunend stand Amy vor dem Großmast des Schiffs und schaute nach oben.

»Wie hoch der ist. Warum sind da so viele Seile?«

»Das heißt Taue auf einem Schiff. Aber komm – geh jetzt erst mal schlafen, ab morgen wirst du alles lernen.«

Sie folgte ihm in die Kabine, in der sich zwei Stockbetten, die fest mit dem Schiff verbunden waren, befanden, außerdem eine große Truhe an der Wand, ein Tisch mit Karten, Zirkel, Lot und Kompass.

»Da oben rechts kannst du schlafen.«

Sie legte ihren Hut und ihre Jacke auf die Truhe, stellte die Schuhe davor und kroch unter die Decke. Es dauerte nicht lange, bis sie durch das gleichmäßige Schaukeln des Schiffs eingeschlafen war.

Black saß am Schreibtisch und lauschte seinem Atem. Er hatte sich seine letzte Nacht an Land etwas anders vorgestellt. Die dunkelhaarige Schönheit würde bestimmt noch auf ihn warten; aber irgendetwas hielt ihn davon ab. Er schenkte sich ein Glas Wein ein und saß noch lange da und überlegte, warum ihn der Junge so rührte. Vielleicht erinnerte er ihn an jemanden – oder daran, dass er womöglich selbst Frau und Kinder hatte? Er fuhr sich mit den Fingern über die Narbe an der Stirn und fluchte leise; sein Leben war wie ein Gefängnis in einer dunklen Kammer, ohne eine greifbare Erinnerung. Mit einem Zug trank er das Glas leer, schnappte sich seine Jacke und verließ das Schiff.

Von Weitem beobachtete Black, wie die Schankmaid einen gefüllten Eimer ins Meer leerte und kurz darauf von einem torkelnden Kerl angepöbelt wurde. Die junge Frau verlor das Gleichgewicht und wäre fast ins Meer gestürzt, hätte sie der Wüstling nicht festgehalten.

»Du Widerling, lass mich sofort los!« Der Wind trug ihre schrille Stimme zu ihm.

»Stell dich nicht so an, Mädchen, gib mir lieber einen Kuss!«, lallte der Seemann.

Mit wenigen Schritten eilte Black der Maid zur Hilfe, mit einem Hieb streckte er den Mann zu Boden.

Der Kerl rappelte sich torkelnd auf. Black packte ihn am Kragen, zog ihn auf die Beine und sah ihm drohend in die listigen Augen. »Verschwinde und lass dich hier nie wieder blicken!« Der Fremde, der viel kleiner und schmächtiger als Black war, schluckte schwer, nickte und eilte davon, bis ihn die Dunkelheit verschluckte.

»Danke, dass Ihr mir geholfen habt, doch das wäre nicht nötig gewesen.« Sie richtete ihre Schürze, die im Eifer des Gefechts verrutscht war, und hob den Eimer auf.

»Das sah aber ganz anders aus, der Kerl hätte dich fast ins Meer geworfen.« Lässig lehnte Black sich gegen ein Fass.

»Was glaubt Ihr, dass sowas das erste Mal war?«, fragte sie keck, sie schien ihm nicht besonders dankbar für seine Rettung zu sein.

»Vermutlich nicht. Ich hoffe, ich hab dir jetzt nicht deine Kundschaft vertrieben?« Er verzog einen Mundwinkel zu einem Grinsen.

Sie lachte ironisch auf. »Auch ich habe meinen Stolz und lass mich nicht von jedem anpöbeln!« Sie sah ihn abschätzend an. »Ihr seid bestimmt auch nicht hier, um die klare Nachtluft zu genießen, und ich muss zugeben, Ihr seid mir allemal lieber als dieser stinkende Kerl!«

Black griff nach ihrem Handgelenk und zog sie an sich. »Heute ist meine letzte Nacht an Land und ich fühlte mich magisch von deinen dunklen Augen angezogen!« Wie füreinander geschaffen schmiegte sich ihr Körper an seinen. Ihre Hände legte sie um seinen Nacken und spielte mit seinen Locken, sie lächelte ihn verführerisch an.

»Wie ist dein Name?«, flüsterte er rau, bevor ihr Mund sich auf seinen senkte.

»Kate«, hauchte sie und knabberte an seiner Unterlippe.

»Kate, wie schön!« Black zog sie fest an sich, ihn durchdrang eine flammende Leidenschaft, als ihre Zunge seinen Mund eroberte. Sanft streichelte er über die freie Schulter bis zum Brustansatz. Sie seufzte und einen Moment sahen sie sich in die Augen, in ihre warmen, sanften Augen. Obwohl sie bestimmt kein leichtes Leben hatte, hatte sie was Unschuldiges an sich. Es war ihm ein Rätsel, denn er bevorzugte keinen bestimmten Frauentyp, es war ihm egal, ob sie blond, rot- oder schwarzhaarig war, nur in ihren Augen musste etwas Weiches und Zärtliches sein und es gefiel ihm, wenn sie nicht zurückhaltend war. Doch schon im nächsten Augenblick fühlte es sich falsch an, was er machte. Schwer ächzend löste er sich von ihr und fuhr mit dem Handrücken über seinen Mund.

»Stimmt etwas nicht?«, fragte sie betroffen.

»Es liegt nicht an dir, du bist wundervoll …« Er sah sie sehnsuchtsvoll an, doch es war ihm unmöglich, nüchtern mit einer Frau zusammen zu sein, und das eine Glas Wein war entschieden zu wenig. Ihn plagten jedes Mal Schuldgefühle, die er sich nicht erklären konnte.

»Doch Ihr solltet bei Eurer Frau und Eurem Sohn sein, anstatt Euch hier mit mir rumzutreiben?«

Bedauernd zuckte er mit der Schulter. »Ich habe keine Familie!«

Erstaunt sah sie ihn an. »Und wer war der Junge?«

»Welcher Junge?«

»Mit dem Ihr heute Abend hier ward, ich habe euch bedient.«

»Ach, das war nur unser neuer Schiffsjunge.«

»Und ich dachte, er sei Euer Sohn.«

»Wie kommst du darauf?« Black suchte in ihren schönen Augen die Antwort.

»Es war nur so ein Gefühl, sonst nichts.« Kate zog bedauernd die Luft ein. »Dann werde ich schlafen gehen, es war ein harter Tag.«

»Warte, ich will dir noch etwas geben.«

Kate schüttelte schwach mit dem Kopf. »Lasst nur. Ihr habt mir heute den Glauben zurückgegeben, dass es noch anständige Kerle gibt. Schließt mich in Eure Gebete ein, dass ich einmal so einen Mann wie Euch finde.« Kate gab ihm einen Kuss auf die Wange und ging, bis auch sie von der Dunkelheit verschluckt wurde. So wie alles in seinem Leben.

Roter Löwe

10. März anno 1728
Neuer Schiffsjunge an Bord.
Im Morgengrauen Anker gelichtet.
48° 18', Wind: NO 45°, 22 Knoten, Neumond.
John Blackk

- Plymouth -

Kapitän Paulsgrave Williams brauchte erst mal ein kräftiges Frühstück, bevor er sich erneut auf die Suche nach dem Mädchen machte; gestern hatte er sie nicht wie erhofft in der Schneiderei angetroffen. Als ihm der korpulente Wirt seinen gebratenen Speck mit Eiern brachte, massierte sich Will erschöpft die Schläfe.

»Das ist wohl nicht Ihr Tag, Sir?«, brummte der Wirt und stellte geräuschvoll den Teller und einen Krug auf den Tisch.

»Nein, ganz und gar nicht; ich suche ein Kind,

ungefähr dreizehn Jahre alt, mit auffallend grünen Augen.«

»Hm, gestern Abend war so einer da, er bezahlte mit einer seltenen Silbermünze, ich habe sie noch hier in der Schürzentasche.« Er fischte nach der Münze.

»Er? Ich suche ein Mädchen.«

Mit seinen dicken Fingern hielt ihm der Wirt schon das Silberstück vors Gesicht.

Will hätte sich fast am Speck verschluckt. »Beim Klabautermann – das ist eine Piece of Eight.« Er nahm sie und drehte die Seite mit dem Kreuz und der Prägung nach oben. »1688, die könnte von der Whydah stammen.«

Die Münze hatte sogar eine tiefe Kerbe quer über der Vorderseite: So teilten sich die Piraten ihre Beute oder vergewisserten sich, dass das Geldstück echt war. Gedankenversunken fuhr er mit einem Finger über den unregelmäßigen Rand und sah vor seinem inneren Auge den Piraten Samuel Bellamy ein letztes Mal an der Reling stehen, bevor die Whydah in ihr Unglück segelte.

»Die gehört mir, ich habe sie rechtmäßig erhalten.« Der Wirt zog Will unsanft die Münze aus der Hand, auf der drei tiefe Kratzspuren zu sehen waren. »Außerdem war das ein Junge und Ihr sucht ein Mädchen.«

In dem Moment kamen Will die abgeschnittenen Zöpfe in den Sinn, die er in der Truhe auf dem Dachboden gefunden hatte. »Es könnte auch ein Junge sein. Wissen Sie, wo er jetzt ist?«

»Wenn der Junge Glück hat und nicht absäuft, wird er in eineinhalb Jahren hier im Hafen wieder einlaufen. Seit dem Morgengrauen befindet er sich auf dem *Roten Löwen*.« Der Wirt machte eine kurze Pause, fuhr sich über sein lichtes Haar und sah Will prüfend an: »Richtung Indien.«

Will schlug mit der Faust auf den Tisch: »Verdammtes Balg. Na warte, wenn ich dich zwischen meine Finger bekomme.« Eilig stand er auf, sodass der Stuhl donnernd auf den Boden knallte, und warf ärgerlich ein paar Münzen auf den Tisch.

Der Wirt sah ihm kopfschüttelnd nach.

»Indien. Das Kind macht nichts als Ärger.« Will war aufgebracht. Wenn er nur ein paar Stunden eher hier gewesen wäre, hätte er die Göre jetzt. Doch die Behörde von Plymouth hatte ihn gestern festgehalten und stundenlang sein Schiff durchsucht. Bevor er zu der Schneiderei wollte, um das Mädchen zu suchen; seine bunt zusammengewürfelte Mannschaft war im Hafen aufgefallen.

Aufzufallen war in England eine gefährliche Sache. Ein Gesetz erlaubte es, Mitglieder der Unterschicht, die besser gekleidet waren, als es ein durchschnittliches Einkommen erlaubte, festzunehmen und vor Gericht zu stellen. Zum Glück hatte Will alle nötigen Papiere, um zu beweisen, dass er ein ehrbarer Mann mit sogar königlichem Blut war. Auch wenn es Will nicht behagte, seine schwarzen Freunde als Sklaven auszugeben.

Gestern hatte er schließlich noch das ganze Haus des Schneiders durchsucht, um einen Hinweis auf den Verbleib des Mädchens zu finden. Er entdeckte auf dem Dachboden auch die geöffnete Truhe mit der fauchenden Bestie, dem Kater, der die Kiste fast schon wie sein Eigentum verteidigte. Doch die Münzen und die Karte fehlten, hoffentlich waren sie nicht in falsche Hände geraten.

Er hatte Mary schon damals gesagt, die Sache müsse geheim bleiben, aber sentimentale Frauen folgen nicht der Vernunft, sondern ihrem Herzen. Jetzt hatte er den Ärger und musste das Kind finden, bevor es zu spät war. Das hatte er auch diesem Drachen Elizabeth versprochen, die ihm die Tür geöffnet hatte und so gar nicht damit einverstanden war, dass er das Haus durchsuchte.

Als er mit großen Schritten zum Hafen lief und seine Mannschaft in Sichtweite war, brüllte er: »Männer, macht klar Schiff, wir laufen heute noch vor Sonnenuntergang aus. Richtung Indien.«

Den in die Jahre gekommenen *Roten Löwen* würde er mit seiner schnittigen *Marianne*, die auf Schnelligkeit konstruiert war, sicher rasch einholen.

An die Reling gelehnt sah Amy zu, wie das Schiff mit der Morgenflut langsam aus dem Hafen gezogen wurde, begleitet vom Kreischen der aufgescheuchten Möwen. Graue Schleier lagen über der Stadt. Nur an der Mole herrschte so früh lebhaftes Treiben. Es war bitterkalt, sodass der Wind Tränen in Amys Augen trieb. Sie hauchte sich warmen Atem in die Hände, um die klammen Finger zu wärmen, und zog sich den Schal bis über die Nasenspitze hoch.

Im Hintergrund hörte sie die sonore Stimme des Kapitäns. Cornelius Reers gab lautstarke Kommandos, die die Mannschaft eiligst befolgte. Jeder wusste, was er zu tun hatte, und bald füllten sich die gesetzten Segel mit Wind, und das Schiff gewann an Fahrt.

Amy sah hinüber zur St.-Andrews-Kirche. Heute war dort Onkel Georges Bestattung. Alles Vertraute ließ sie hinter sich, sie befand sich auf einem Schiff und ihre Zukunft lag im Ungewissen. Vor ihrem inneren Augen sah sie eine junge, wunderschöne Frau, die ihre Arme ausbreitete und liebevoll ‚Amy' sagte. Würde sie wirklich ihre Mutter finden? Die Welt war so groß und sie war nur ein kleines Mädchen. Bei der Erkenntnis musste sie sich an dem kalten Holz der Reling festhalten, um wenigstens irgendwo Halt zu finden.

Eine Bewegung hinter ihr riss sie aus ihren Gedanken. Es war der Kapitän.

»So ein Abschied ist immer schwer.« Kapitän Reers klopfte ihr tröstend auf die Schulter. »Aber es tut nicht lange weh. Wenn so viel Neues auf einen zukommt, dann vergisst man das Heimweh schnell.«

Amy sah zu dem drahtig-schlanken Kapitän auf, der in seiner maßgeschneiderten Kleidung sehr erhaben wirkte. Er lächelte ihr aufmunternd zu, sodass ihr ein wenig leichter ums Herz wurde.

»Komm, Robin, ich zeige dir alles.«

»Müsst Ihr nicht weiter Kommandos geben?«, fragte Amy erstaunt.

»Wenn der Wind beständig bleibt wie heute, muss an den Segeln wenig manövriert werden. Unser alter *Löwe* ist eine Galione. Eine Galione ist meist ein dreimastiges Schiff, das zu den schnellen und auch wenigen hochseetauglichen Kriegsschiffen zählt. Dieses Schiff stammt aus Holland und wurde 1597 gebaut.«

»So alt ist der *Löwe* schon? Das sieht man ihm gar nicht an.«

»Ein Schiff wird nur so alt, wenn ständig alles erneuert wird.« Er machte eine kurze Pause und tätschelte den Mast, als wäre es sein Lieblingspferd. »Mein Vater war der letzte Kapitän vor mir. 1693, nach seinem Tod, erbte ich im Alter von 23 Jahren sein Schiff. Seitdem sind wir unzertrennlich.«

Amy hörte ihm aufmerksam zu. »Sir, darf ich auch mal da hochklettern?« Sie zeigte auf den Ausguck des Großmastes, wo ein rothaariger junger Mann saß und durch ein Fernrohr schaute.

Kapitän Reers erwiderte mit einem rauen Lachen: »Das wirst du noch früh genug tun. Wir sind nur dreißig Mann; da müssen alle zusammenhalten.«

In diesem Augenblick schlingerte das Schiff, und der Kapitän konnte Amy gerade noch auffangen, sonst wäre sie gestürzt.

»Bevor du aber auf den Ausguck hinaufsteigst, musst du dich erst an das Schwanken des Schiffes gewöhnen. Durch den Winddruck und die Wellen gibt es immer wieder mal unerwartete Schiffsbewegungen.«

Amy kräuselte verlegen die Nase und murmelte: »Danke, Sir.«

Kapitän Reers stieg mit ihr auf das niederste Außendeck hinunter und erklärte weiter: »Das hier nennt man Kuhl oder Hauptdeck. Hier kann man sich aufhalten, wenn man keine Wache hat. Da ist auch unser Beiboot, außerdem vier von insgesamt zwanzig Kanonen.«

»Müsst Ihr damit oft schießen?«

»Nein, schon lange nicht mehr. Da unser Schiff alt ist und wir nur Tee geladen haben, liegt der *Löwe* nicht tief im Wasser. Wir sind deshalb keine lohnende Beute. Wenn wir feuern, dann meistens Salutschüsse. Sobald man einen fremden Hafen anläuft, zeigt man durch das Entladen der Geschütze, dass man in friedlicher Absicht kommt.«

»Kann ich auch mal eine Kanone abschießen?«

»Das können nur geübte Männer, weil es beim Abfeuern einen starken Rückstoß gibt.« Amüsiert zwirbelte er seinen Bart nach oben und führte sie weiter.

»Hier neben dem Tor steht ein Fass mit Süßwasser. Davon kann man trinken und sich waschen. Man schöpft sich einen Eimer voll und gießt es in die Schüssel, die hier in der Vertiefung des Waschtisches hängt.«

Neben dem Fass stand ein Tischchen, das an der Wand befestigt war. Der Tisch hatte ein kleines Geländer, worauf eine Seife, ein Kamm und ein in Leder gehülltes Rasiermesser lagen, die alle angebunden waren. Darüber hing ein teilweise blinder Spiegel.

Kapitän Reers fuhr fort: »Und ganz wichtig, falls

es brennt, auch zum Feuerlöschen. Deshalb sind die Eimer hier angebunden.«

»Damit sie bei starkem Seegang nicht ins Meer fallen?«

»Genau, außerdem könnten sie jeden schwer verletzen, wenn sie bei Wellengang über Deck geschleudert werden. Aus diesem Grund sind auch die Kanonen vertäut.«

Kapitän Reers berührte sie an den Schultern. »Komm, lass uns mal an den Bug gehen.«

Damit gingen sie durch das zweiflügelige Tor und gelangten in eine große Kammer. »Hier in der *Back* arbeiten der Segelmacher und der Zimmermann, überdies lagern hier auch Ersatztaue, Segel und Werkzeuge.«

Langsam durchquerten sie den Raum, der weder oben noch unten feste Decken hatte, nur Gitter.

»Durch diese schmale Tür kommen wir in den vordersten Teil des Schiffes, den Bug. Dort befindet sich die Latrine. Die Gitter hier oben und unten nennt man Gräting. Solche Grätings gibt es überall auf dem Schiff. Sie dienen der Belüftung der unteren Decks«, dozierte der Kapitän weiter, während sie durch die schmale Tür gingen, »oder wie hier am Bug dazu, dass das Spritzwasser wieder abfließen kann.«

»Hier ist es ja noch stürmischer«, stellte Amy fest

und wich der Wasserflut einer Woge aus, die sich am Bug des Schiffes brach.

»Tja – windig und feucht; es wird erst angenehm, wenn wir in wärmere Gefilde kommen. Jetzt zeige ich dir noch, von wo aus der *Löwe* gesteuert wird. Der Steuermann hat einen Kompass und sagt dem Ruderführer, wie er das Ruder stellen muss, um das Schiff auf dem rechten Kurs zu halten. Aber das wirst du gleich alles selbst sehen.«

Während ihres Rundgangs auf dem Schiff redete Kapitän Reers zwischendurch immer wieder mit Mannschaftsmitgliedern, denen sie auf ihrem Weg begegneten, und stellte ihnen dabei Robin vor.

Schließlich gingen sie zurück durch eines der drei Tore und am Großmast vorbei, wo das Achterdeck begann. Dort stand ein massiver Tisch, auf dem Seekarten ausgebreitet lagen. Vor dem Besanmast führte ein Niedergang, so bezeichnete man die schmalen Treppen auf einem Schiff, zum höhergelegenen Achterdeck empor. Unmittelbar hinter dem Besanmast befand sich der Steuerstand. Hier stand der Rudergänger während seiner Wache auf einem Podest und konnte durch einen flachen Schlitz das vor ihm liegende Achterdeck und die Back überblicken. Hinter dem Steuerstand befand sich eine prächtig verzierte Holzwand, die über die komplette Breite des Decks verlief. Durch die wuchtige Tür mit einer bleiverglasten Scheibe gelangte man in die Kapitänskajüte.

»Unseren Rudergänger Black kennst du ja«, stellte Kapitän Reers fest. Amy nickte nur und sah interessiert zu, wie der Seemann das Schiff steuerte. Sie war viel zu klein, um aus der Lücke hinauszuschauen.

»Hallo Robin, wie gefällt dir unser *Löwe?*«, fragte Black.

»Großartig, Sir. Am besten haben mir die Kanonen gefallen.«

»Das glaube ich, die faszinieren alle kleinen Jungs. Aber nur bis zum ersten Einsatz – dann haben sie die Hosen voll.«

Die beiden Männer lachten, und auch den Steuermann, der ein Deck weiter oben stand, hörte man lachen.

»Ich habe keine Angst, Sir«, widersprach Amy.

»Gut. Ich erinnere dich daran, wenn es so weit ist.« Black zwinkerte ihr zu.

»Wenn du den Niedergang hochkletterst, lernst du unseren Steuermann Stephen Holbeck kennen.«

Als Amy ein Deck höher den Kopf hinausstreckte, nickte ihr ein älterer Mann mit tiefen Falten und schlohweißem Haar zu.

»Willkommen auf dem *Löwen*, Robin, hier bist du auf dem Kampanjedeck. Das Achterschiff ist ausschließlich für den Aufenthalt des Kapitäns und der Steuerleute bestimmt; die Matrosen dürfen es nur auf Befehl betreten. Hinter uns befindet sich die Offizierskajüte, wo du heute Nacht geschlafen hast, und darunter die des Kapitäns.«

Amy sah sich um. Es gab so viel Neues für sie. Würde sie sich die ganzen Bezeichnungen jemals merken können?

»Komm, Kleiner, ich zeige dir die Kombüse«, rief der Kapitän von unten hoch. »Schließlich bist du nicht hier, um meine Mannschaft von der Arbeit abzuhalten, sondern du bist jetzt ein Schiffsjunge!«

Amy kletterte schuldbewusst den Niedergang wieder hinunter, doch der Kapitän schmunzelte.

»Kombüse – so nennt man auf einem Schiff die Küche, und den Koch nennt man Smutje«, erklärte Reers, während sie weiter in die Tiefe des Schiffes hinabstiegen. »Jetzt befinden wir uns auf dem Batteriedeck, und die Kombüse ist noch ein Deck weiter unten, im Orlopdeck.«

Je weiter sie nach unten kamen, desto unheimlicher fand Amy das Schiff. Zwei Männer standen an der Bilgenpumpe, mit der sie eingesickertes Wasser aus dem Schiff abpumpten.

»Und, Männer, alles in Ordnung?«, fragte der Kapitän.

»Käpt'n, es könnte etwas weniger Wasser sein«,

gab der Zimmermann zur Antwort. Sein Gesicht, durch Pockennarben verunstaltet, war zur Hälfte von einem grau melierten Bart verdeckt.

»Ist das gefährlich mit dem Wasser, Sir?«, fragte Amy neugierig.

»Nein, wir beobachten alles und reparieren es gleich, nur deshalb kann ein Schiff so alt werden wie der *Löwe*. Das sind übrigens unser Zimmermann William Butten und unser Vollmatrose Eduard Trevor.«

Der Matrose mit der großen Nase grinste sie breit an, wobei man eine Zahnlücke sehen konnte.

»Hier am Besanmast fängt das Kanonendeck an, hier werden abends über den Kanonen die Hängematten zum Schlafen aufgehängt.«

Trevor rief von der Pumpe herüber: »Zwischen Gilbert und mir ist noch ein Platz für eine Hängematte frei. Da bist du auch weit genug weg von Butten, der schnarcht nämlich wie ein Walross.«

Erst hörte man sein unterdrücktes Lachen, dann ein plötzliches »Aua.«

Butten hielt dagegen: »Schlaf lieber weit weg von Trevor. Wenn der seine Stiefel auszieht, verlassen sogar die Ratten das Deck.«

Der Kapitän lachte und führte die verdutzte Amy weiter in die Tiefe des Schiffs, wo schmauchende Talgkerzen in eisernen Wandlaternen spärlich den Weg zur Kombüse erhellten. Dann standen sie schließlich in der schlecht beleuchteten, schwankenden Schiffsküche.

Geschirrgeklapper erfüllte den Raum. Links befanden sich die Teller und Schüsseln in Regalen, die mit Querstreben gesichert waren, damit sie nicht herausfallen konnten. Außerdem baumelten etliche Töpfe von der Decke. Auf der rechten Seite hingen ein großes Stück Speck, Zwiebeln und Rüben herunter. An der gegenüberliegenden Wand des Niedergangs stand ein großer Herd, dessen Rauchfang bis oben in den Kuhl reichte. Eine schmale Tür führte in den bis unter die Decke gefüllten Vorratsraum.

»Und das ist unser Smutje Robert Miller. Er ist einer der besten Schiffsköche, das kannst du mir glauben, denn ich habe schon viele erlebt.«

»Aye, aye, Käpt'n, bringst du mir eine Hilfe? Du bist also der neue Schiffsjunge? Hier, nimm das Messer und schäl die Kartoffeln.«

»Ja, Sir.« Nach einem fragenden Blick zum Kapitän begann Amy sofort mit dem Schälen.

»Ein Schiffsjunge, der weiß, wie man Kartoffeln schält – das lob ich mir«, staunte der Smutje.

»Nach dem Tod meiner Tante habe ich den Haushalt gemacht, so gut ich halt konnte, während mein Onkel gearbeitet hat. Am Anfang habe ich oft was anbrennen lassen, aber zuletzt ging es schon recht gut.«

Amy merkte gleich, dass es gar nicht so einfach war, auf einem schwankenden Schiff Kartoffeln zu schälen. Sie musste gut auf ihre Finger aufpassen, denn die Bewegungen des Schiffs waren unberechenbar.

Der schwere Kessel hing frei über dem Feuer, so blieb er trotz aller Schwankungen im Lot, und der Teekessel hatte eine Extrakerbe, die genau in eine Vertiefung des Herdes passte.

Der Smutje Robert Miller war ein älterer Mann mit schütterem Haar, einer Knollennase und einem breiten Grinsen. Und er war immer zu Späßen aufgelegt.

»Robin, kann ich dich jetzt mit unserem Seebären Miller alleine lassen?«, fragte Kapitän Reers.

»Wir werden es uns in dieser düsteren Höhle schon gemütlich machen, nicht wahr, Junge?«

Amy nickte tapfer, denn hier war es wirklich nicht allzu behaglich.

»Und lass dich nicht erschrecken, unser Smutje spinnt gern Seemannsgarn.« Der Kapitän entfernte sich lachend.

»Kennst du die Geschichte vom jungen Smutje Robin van Norden?«, fragte Miller.

Amy schüttelte den Kopf.

»Als Robin van Norden auf der *Black Rose* anheuerte und feststellte, dass seine Kombüse tief im

Rumpf des Schiffes lag, schlotterten ihm die Knie vor Angst, denn bei jedem Ächzen und Stöhnen fürchtete er, die *Black Rose* würde sinken. So stand er in seiner Kombüse am Herd und heulte jeden Tag vor Heimweh, sodass er die Suppe nie salzen musste.«

Amy lachte herzlich. »Was für ein Angsthase. Auch wenn ich Robin heiße – die Suppe müssen wir schon mit *richtigem* Salz würzen.«

»So ist es recht, denn sollte das Schiff wirklich untergehen, dann sehen wir das sofort an den Ratten, die den Vorratsraum verlassen, als wäre der Leibhaftige hinter ihnen her. Aber wir haben dann noch viel Zeit, nach oben zu kommen.« Der Smutje grinste breit, sodass auf seinen fülligen Wangen Grübchen zum Vorschein kamen.

»Unser Kater Henry brachte immer Mäuse in unsere Küche. Manchmal haben sie noch gelebt, und ich habe sie gepflegt, bis es ihnen besser ging. Oder sie sind gestorben, dann habe ich sie beerdigt.« Ein kurzer Anflug von Trauer huschte über ihr Gesicht, weil sie an Onkel George erinnert wurde.

»Ah, dann hast du also keine Angst vor Ratten?«

»Nein.« Sie leerte die Kartoffeln in den Kessel und rührte um.

»Du hast keine Angst und bist der schnellste Küchenjunge, der mir jemals unter die Augen gekommen ist. Da hoffe ich mal, dass du uns lange erhalten bleibst und nicht vom nächsten Sturm über Bord gefegt wirst.«

»Vielleicht fischt mich ja die *Black Rose* auf, dann haben sie endlich einen brauchbaren Schiffskoch.«

Miller lachte so laut, dass es durch das ganze Schiff hallte. »Ich sehe schon, mit dir wird es nicht langweilig.«

Dann, immer noch schmunzelnd, kratzte er sich am Kopf. »Was haben wir denn heute für einen Tag?«

Amy überlegte kurz. »Heute ist Mittwoch.«

»Ah, gut. In der Vorratskammer stehen Fässer mit Sauerkraut, davon machst du die Schüssel voll. Jeden Mittwoch und Samstag gibt es auf Befehl vom Käpt'n Sauerkraut. Er schwört darauf, und es gab bei uns an Bord noch nie Skorbut – nicht mal bei wochenlanger Flaute.«

Amy rümpfte die Nase. Igitt, Sauerkraut, das mochte sie gar nicht, wie es überhaupt vieles gab, was ihr hier nicht sonderlich behagte. Doch sie erinnerte sich daran, dass sie jetzt ein Schiffsjunge war und keine Prinzessin.

Kurz vor der Zwölf-Uhr-Schicht teilten sie das Essen aus. Das Mittagessen wurde an einem langen Tisch auf dem Großdeck eingenommen. Die Männer, die noch Schicht hatten, kamen später dazu.

Das Essen schmeckte ganz gut, nur das Sauerkraut fand Amy scheußlich, aber der Smutje achtete darauf, dass sie es aufaß. Beim Essen lernte Amy auch den Rest der Mannschaft kennen. Es waren raue Gesellen, die nicht gerade freundlich wirkten und Amy ständig neckten oder herumkommandierten.

Nach einer kurzen Mittagspause stand der siebzehnjährige Gilbert Winslow vor Amy, ein sommersprossiger, blauäugiger Junge mit rotem Haar, und grinste sie frech an: »Du bist also der neue Schiffsjunge, ich bin Gilbert und bin froh, dass ich dir jetzt die leidvollen Aufgaben überlassen darf.«

»Ich heiße Robin.«

»Ich weiß. Der Käpt'n hat mir den Auftrag gegeben, dir meine Aufgaben zu zeigen, die ich als Schiffsjunge zu machen hatte.«

»Ich bin bereit.«

»Gut, dann komm mit. Fangen wir mit einer besonders beliebten Arbeit an.«

»Das Deck schrubben?«

Gilbert lachte schallend auf. »Kluger Junge. Gut, fangen wir oben an, aber erst brauchen wir Wasser.«

Mit einem Eimer, der an ein langes Seil gebunden war, holte Gilbert Wasser aus dem Meer. »Beim Hochziehen musst du aufpassen, dass dir das Seil nicht die Finger aufschürft, wenn die Gischt daran zerrt.«

Mithilfe eines Sandsteinklotzes kratzte man mit

losem Sand und Wasser den Schmutz weg. Amy machte es genauso, wie Gilbert es ihr zeigte.

»Weißt du, wie das Deck hier heißt?«, fragte Gilbert.

»Poopdeck – und normalerweise dürfen hier keine Matrosen hin, nur auf ausdrücklichen Befehl des Kapitäns; das hat mir heute schon der Steuermann erklärt.«

»Stephen Holbeck?«

»Genau der, ist er sehr streng?«

»Er ist etwas brummig und achtet gewissenhaft darauf, dass niemand unaufgefordert auf das Achterdeck kommt. Ansonsten ist Holbeck aber ganz in Ordnung.«

»Das ist gut. Und wie findest du Black?«

»Er behandelt alle gleich und macht keinen Unterschied zwischen Offizieren und Matrosen. Vor längerer Zeit hat er ein schweres Schiffsunglück überlebt und dabei sein Gedächtnis verloren.«

»Hat er deshalb die Narbe auf der Stirn?«

»Ja, sie stammt von damals.«

»Und er kann sich an gar nichts mehr erinnern?«

Gilbert hörte für einen Moment auf zu schrubben und zog die Schulter hoch. »Mhhh – er weiß zwar noch, wie man ein Schiff steuert, aber wer er vor dem Unfall war, daran kann er sich nicht mehr erinnern. Aber genug geredet. Lass uns weitermachen und komm bloß nicht auf die Idee, den armen Black danach zu fragen; er redet nicht gern darüber.«

»Nein, das würde ich doch nie machen.«

»Eisberg backbord voraus!«, erschallte Trevers Stimme vom Ausguck.

Die Mannschaft ließ ihre Arbeit liegen und bestaunte von der Reling aus den riesigen Eisberg.

Gilbert und Amy gingen nach Backbord an die Reling und sahen zu, wie der Eisberg durch die Wellen trotz seiner gewaltigen Größe schwankte. Es war ein beeindruckender Anblick. Das Eis funkelte in der späten Nachmittagssonne; gelegentlich brachen Stücke davon ab und fielen mit einer hohen, spritzenden Fontäne ins Wasser.

»Wo kommt der Berg so plötzlich her?«, wollte Amy wissen.

»Der hat sich von Grönland gelöst und es dauert lange, bis so ein riesiger Eisblock schmilzt, so treibt ihn der Wind gen Süden … Beim Klabautermann – wir haben Glück, ihm bei Tage zu begegnen, denn nachts könnte so ein Berg locker unser Schiff zertrümmern.«

»Bricht dann nicht eher das Eis kaputt?«, lachte Amy.

Gilbert sah sie ernst an: »Jedes Schiff muss einen großen Abstand zu einem Eisberg halten, weil der größte Teil des Eises unter Wasser liegt und man nicht erkennen kann, wie viel. Man sieht nur die Spitze des Eisbergs.«

Amy hauchte sich fröstelnd in ihre vom Wasser aufgeweichten Hände. »Das ist ja richtig gefährlich, hoffentlich begegnen wir dann keinem mehr! Du, Gilbert, ist dir auch kalt?«

»Daran bin ich gewöhnt, aber du, hast du keine wärmere Jacke?«

Amy schüttelte den Kopf. »Nein, nur den Schal von Onkel George.« Liebevoll strich sie darüber.

»Warte, ich komme gleich wieder.«

Kurze Zeit später kam Gilbert mit einem dicken Wollpullover und einer Mütze zurück.

»Das habe ich von meiner Großmutter; der Pullover ist mir zwar zu klein geworden, aber ich will beides wieder zurückhaben, pass also gut darauf auf.«

»Danke Gilbert, ich werde gut darauf achten.«

Über Amys Gesicht huschte ein Lächeln. Sofort zog sie sich die geliehenen Sachen über. Da ihre Jacke etwas zu groß war, passte sie sogar über den dicken Pullover. Endlich konnte sie so etwas wie Wärme fühlen. Den Schal zog sie sich wieder bis zur Nasenspitze hoch, so waren nur noch ihre Finger und Füße kalt. Wie gut es Gilbert doch hatte, sie hätte auch gerne eine Großmutter, die für sie strickte.

Nachdem alles sauber war, gab es Abendbrot, und danach half Amy dem Smutje wieder, bis die Dämmerung hereinbrach.

Schließlich schleppte sie sich erschöpft in den unteren Teil des Schiffes und ließ sich in ihre Hängematte fallen. Das Schwanken war zwar angenehm, aber obwohl sie müde war, konnte sie nicht gleich einschlafen. Der Tag war aufregend, aber auch anstrengend gewesen, außerdem tat ihr alles weh. Ihre Lippen waren vom rauen Wind aufgesprungen und die Kleider feucht von der Gischt. Ihre Hände waren vom Deckschrubben zerschunden, und das eiskalte Salzwasser, das man dazu benutzte, brannte in den Wunden. Sie sehnte sich nach der warmen Stube von Onkel George und dem Schnurren von Henry; sie vermisste beide sehr und weinte sich leise in den Schlaf.

Roter Löwe

11. März anno 1728
Keine besonderen Vorkommnisse
47° 39' Wind tagsüber: NO 45°, 18 Knoten.
John Black

Nach dem sonnigen Tag hingen nachts die Wolken tief, der Wellengang wurde stärker. Amy erwachte jäh. Sie hatte geträumt, ein Zentner Kartoffeln wäre auf sie gefallen. Aber da waren keine Kartoffeln, und doch schmerzte ihr Kopf. Noch nie in ihrem Leben hatte sie sich so elend gefühlt. Ihre Hängematte schaukelte kräftig hin und her, sodass sie mit Eduard und Gilbert, die rechts und links neben ihr lagen, zusammenstieß. An deren gleichmäßigem Atmen und Schnarchen erkannte sie, dass beide schliefen.

Amy drehte sich unruhig hin und her. Obwohl sie fröstelte, war sie schweißgebadet, und ihr war so schlecht, dass sie stöhnte.

»Robin, geht's dir nicht gut?«, fragte Black, der am Ende seiner Schicht nach ihr schaute.

»Da waren überall Kartoffeln und sie sind alle auf mich gefallen. Mein Kopf tut weh und mir ist so schlecht«, stöhnte Amy.

»Beim Neptun, du bist seekrank. Lass uns nach oben gehen, hier unten ist die Luft zu schlecht.«

Vorsichtig half er ihr aus der Hängematte und führte sie die schmale Treppe hinauf. Sie hatten gerade die Reling erreicht, als Amy zu würgen begann und sich übergab.

»Das war knapp.« Black ließ sie nicht aus den Augen, damit sie auf dem glitschigen Deck nicht ausrutschte und bei dem hohen Wellengang womöglich ins Wasser gespült wurde.

Amy fühlte sich, als hätte ihr Magen alles hochgebracht, was sie jemals gegessen hatte. Black trug sie in den vorderen Teil des Schiffes, den sie morgens mit dem Kapitän besichtigt hatte. Vorsichtig legte er Amy auf die Segeltücher und deckte sie mit einer Wolldecke zu.

Doch Amy hörte nicht auf zu zittern. Black legte sich ganz dicht neben sie und gab ihr somit etwas von seiner Körperwärme ab – was Amy unendlich gut tat.

So musste es sich anfühlen, wenn ein Vater sein Kind beschützt, das waren Amys letzte Gedanken.

Dort schlief sie ein – bis die ersten Sonnenstrahlen zum kleinen Bugfenster hereinschienen.

»Robin, meine Schicht fängt gleich an, willst du wieder nach unten gehen?«

Amy rieb sich verschlafen die Augen. Langsam fiel ihr wieder ein, wo sie war, dass sie hier Robin hieß und auf der Suche nach ihrer Mutter war. Benommen schüttelte sie den Kopf und sagte dann: »Ich habe schrecklichen Hunger, Sir.«

Black schmunzelte: »Dann geht's dir wieder besser, wenn du ans Essen denken kannst. Aber iss lieber nicht zu viel; wäre schade, wenn alles gleich wieder im Meer landen würde.«

Als sie zur Tür heraustrat, duftete es von der Kombüse herauf schon nach gebratenem Speck.

Black stand trotz des frischen Windes mit bloßem Oberkörper und offenen Haaren am Waschtisch und schäumte sich mit der Seife und einem Pinsel den Bart ein. Dann rasierte er mit einem Messer sorgfältig die Konturen nach.

»Warum macht Ihr den Bart nicht ganz ab?«, fragte Amy neugierig. Ihr gefielen Bärte nicht besonders. Bei Käpt'n Reers fand sie es noch in Ordnung und beim Zimmermann William Butten konnte sie es verstehen, denn damit konnte er sein pockennarbiges Gesicht etwas verdecken, aber Black würde bestimmt netter aussehen, wenn der Bart ab wäre.

»Vielleicht bin ich ein gefürchteter Pirat und will nicht erkannt werden?«, scherzte er.

»Das glaube ich nicht, dafür seid Ihr viel zu nett. Piraten sind schreckliche Mörder, die stehlen und schlitzen ihren Opfern die Bäuche auf. Die Eingeweide nageln sie dann an den Mast und lassen sie so lange tanzen, bis sie tot umfallen!« Amy schilderte es mit einer solchen Grimasse, dass sie die gefährlichsten Piraten das Fürchten lehrte.

»Wer erzählt dir denn solche Geschichten? Ich weiß nur von *einem*, der solche grausamen Dinge tat, und das war Edward Low; aber bestimmt sind nicht alle Piraten so.«

»Habt Ihr ihn gekannt?«

Black sah an sich hinunter: »Hm, nicht persönlich, meine Gedärme sind alle noch an der richtigen Stelle, aber lass uns vor dem Frühstück über andere Dinge reden, so etwas verdirbt mir den Appetit.«

Amy kicherte.

Mit beiden Händen schöpfte sich Black das eiskalte Wasser ins Gesicht und prustete dabei die Luft heraus, sodass das Wasser nur so spritzte und seinen Bart sowie die Haare mit feinen Tröpfchen benetzte.

Amy wich einige Schritte zurück und sah ihm beeindruckt zu. »Ist Euch das nicht zu kalt?«

Black spritzte sie mit dem Wasser nass, das an seinen Fingern herunterperlte: »Daran gewöhnt man sich. Komm, jetzt bist du dran.«

Während Amy sich mit dem eiskalten Wasser wusch, suchte Black in der Tasche nach der neuen Zahnbürste, die er für Amy besorgt hatte.

Mit einem Pulver, gemischt aus gebranntem Marmor, Bimsstein und weißem Natron, das nach Pfefferminz schmeckte, putzte sie sich die Zähne. Das kannte Amy so noch nicht, sie hatte sich bis dahin ihre Zähne nur mit einem feuchten Leinentuch geputzt, das man sich um den Finger wickelte.

Black grinste. »Mit schönen weißen Zähnen bekommt man auch die schönsten Mädchen im Hafen, das musst du dir merken, Grünschnabel.«

Nachdem auch er sich die Zähne geputzt hatte, steckte Black seine Zahnbürste in einen kleinen Leinenbeutel und schob ihn in seine Jackentasche.

»Es ist besser, man trägt sie bei sich. Man weiß nie, in welche Situationen man kommen kann.«

Amy bekam nun auch ein Leinensäckchen und eine kleine Dose gefüllt mit Zahnputzpulver, das sie stolz an der Schlaufe ihrer Hose festband. Wie sie später feststellte, passte in das Säckchen auch ihr kleines Messer hinein, so konnte sie es immer bei sich tragen.

Nach dem Frühstück half sie Gilbert auf dem Kampanjedeck beim Kalfatern: Man schob mit dem Kalfatereisen in Teer getränkte Taue zwischen die Planken, damit kein Wasser eindrang. Amy kratzte mit einem Schaber das übergequollene Pech ab. Es dauerte nicht lange und Amy wollte auch Gilberts Arbeit probieren.

Davon wollte Gilbert jedoch nichts wissen.

»Nee, lass mal lieber, sonst bekomme ich noch Ärger mit dem Käpt'n, das ist keine Arbeit für Kinder, das Pech ist heiß. Du könntest dich verbrennen.«

»Ich bin fast dreizehn und kein Kind mehr. Und ich kann gut Schnüre zwischen die Ritzen klopfen.«

Gilbert musste grinsen. »Das habe ich noch nie erlebt, dass sich jemand um die Arbeit reißt. Ich zeig es dir ein anderes Mal; aber heute müssen wir zügig fertig werden.«

»Wie lange bist du schon auf dem *Roten Löwen*?«, wollte Amy nach einer Weile wissen.

»Vier Jahre.«

»Hast du auch keine Eltern?«

»Doch, doch – und noch elf Geschwister dazu.«

»Ach, du hast es aber gut, ich habe keine; nicht mal meine Tante und mein Onkel hatten Kinder.«

»Du weißt gar nicht, wie gut du es hast. Besonders die kleinen Geschwister können nerven, wenn sie einem ständig Löcher in den Bauch fragen.«

Gilbert lachte.

»Ach was, ich würde die Kleinen herumkommandieren und ihnen sagen, was sie tun müssen, und sie müssten die schwerste Arbeit machen. Zum Beispiel Kalfatern.« Sie grinste.

Dann fragte sie weiter: »Wie bist du zu Käpt'n Reers gekommen?«

»Siehst du, das meinte ich. Fragen über Fragen – aber schön, dass du da bist, ich habe meine Nervensägen schon vermisst.«

»Na, dann erzähl mal.«

»Meine Großmutter war die Schwester von Käpt'n Reers Frau.«

»Er hat eine Frau?«

Gilbert fuhr sich nachdenklich über den spärlichen Bartwuchs am Kinn. »Hatte. Sie und ihr Sohn starben, als der Käpt'n auf See war.«

»Ach. Dann hat der arme Käpt'n jetzt niemanden mehr?« Amy war voller Mitgefühl.

»Er sagt immer, wir und der *Löwe* seien seine Familie. Deshalb behandelt er uns alle gut. Du solltest mal sehen, wie es auf anderen Handelsschiffen zugeht.«

Plötzlich rief Steuermann Stephen Holbeck zu ihnen herüber: »Gilbert, Butten braucht dich am Backdeck, aber schnell.«

Gilbert verschwand sogleich, und Amy übernahm, ohne zu zögern, seine Arbeit. Das war viel schöner, als nur das Pech abzukratzen – auch wenn sie sich am Zeigefinger ein wenig verbrannte.

Als Gilbert zurückkam, waren schon zwei Reihen Dielen fertig. Gilbert schüttelte den Kopf über ihre Sturheit, dann nahm er den Schaber und kratzte das übergelaufene Pech ab.

Immer wieder sah Amy voller Sehnsucht hoch zum Krähennest, es reizte sie zu sehr, auch einmal hinaufzuklettern.

»Gilbert.«

»Mhh, was willst du nun schon wieder wissen?«

»Nichts, ich will nur auch mal da hochklettern.«

Gilbert lachte. »Ach, gleich bis ganz nach oben? Da werden dir die Knie aber ganz schön schlottern.«

»Nur bis zum Ausguck.«

»Also gut. Wir sind hier sowieso fertig, lass uns alles zusammenräumen und dann lösen wir Evens im Krähennest ab.«

Die beiden wollten gerade am Großmast die Wanten hinaufklettern, als Käpt'n Reers dazukam. »Gilbert, du musst erst den Jungen sichern. Er ist leicht wie eine Feder; ein Windhauch, und er fliegt uns davon.«

So ließ sich Amy zähneknirschend ein Tau um die Taille binden. Als sie allerdings einige Meter hinaufgestiegen waren, wurden ihre Knie doch weich und sie war dankbar, gesichert zu sein. Mutig kletterte sie weiter, ohne sich ihre Angst anmerken zu lassen. Dabei musste sie feststellen, dass der Mast viel höher war, als er von unten aussah.

Evens war froh über die Ablösung, denn hier oben war es noch kälter und zugiger.

Im Dunst erahnte man noch die ferne Küste. Das Meer und der Himmel waren grau in grau und wurden nur durch die weißen Schaumkronen der Wellen durchbrochen, denn die Sonne vom Morgen war hinter einer Wolkenschicht verschwunden.

Neugierig sah Amy sich um.

»Warum haben die Masten eigentlich so viele Taue?«

»Die Taue heißen ‚stehendes Gut', und sie halten die Masten fest, sonst würden sie zu sehr schwanken.«

Gilbert erklärte ihr voller Begeisterung die einzelnen Teile am Schiff, man merkte ihm an, dass er mit Leib und Seele Matrose war. Er sprach von Bauchgordings, Nockgordings, Bulins, Brassen, Toppnanten, Eselshaupt, Tajle und noch vielem mehr.

»Ach je, Gilbert, das alles kann ich mir niemals merken«, stellte Amy zerknirscht fest.

»Ich bringe dir jeden Tag drei Begriffe bei, und schon bald weißt du alles.« Aufmunternd lächelte er ihr zu.

Vier Stunden später suchte Black nach Robin. Staunend entdeckte er ihn hoch in den Wanten mit Gilbert, wie er den anderen Matrosen half, Segel zu setzen. Noch im Hafen hatte Black nicht geahnt, was für ein zäher Bursche in diesem zarten Kind steckte.

- London -

Der Mond warf einen matten Lichtstrahl in das prächtige Londoner Stadthaus. Der ehemalige Gouverneur von Nassau, Gordon Rogers, lief nervös in seinem stilvoll eingerichteten Arbeitszimmer auf und ab. Er hinkte, was von einer missglückten Kaperfahrt kam, während der ein Holzsplitter seinen Fersenknochen zertrümmert hatte.

Gordon blieb vor einem großen Gemälde stehen, das ihn mit seiner Familie zeigte. Durch die Fenster warf der Mond bizarre Schatten auf das Bildnis, die wie die Gitter eines Vogelkäfigs wirkten. Gordon dachte an diese goldenen, viel zu kleinen Käfige, in die Adlige die einzigartigen bunten Vögel einsperrten, die die Seemänner aus fernen Ländern mit nach England brachten. Aus lauter Verzweiflung über ihre Gefangenschaft fingen die Papageien an zu plappern wie Menschen, damit man sie ja nicht vergaß.

Genauso fühlte sich Gordon. Auch er war ein Exot – gefangen in gepuderter Perücke, Parfum und Rüschen, überfreundlich an die Gesellschaft angepasst. Nicht selten wurde er wegen seiner Gesichtsnarben angestarrt. Manche zartbesaiteten Damen waren bei seinem Anblick sogar einer Ohnmacht nahe.

Bevor er Gouverneur wurde, war er Freibeuter im Spanischen Erbfolgekrieg gewesen. In diesen Kriegsgefechten hatte er wiederholt schwere Verwundungen erlitten, unter deren Folgen er heute zu leiden hatte. Sein Humpeln behinderte ihn zwar beim Gehen, aber noch viel gravierender war für ihn sein entstelltes Gesicht. Gordon konnte sich genau an den Moment erinnern, wo ihn die Kugel getroffen und er mit voller Wucht auf das Deck geworfen worden war. Nun war sein Oberkiefer zertrümmert, und seine rechte Gesichtshälfte durch große Narben entstellt. Deshalb ließ er sich stets nur von seiner linken unversehrten Seite malen.

Entschlossen kehrte er dem Bild den Rücken zu und drehte weiter seine Runden durch das Arbeitszimmer. All dieser Prunk und Reichtum bedeuteten ihm nichts mehr, er sehnte sich nach dem einfachen Leben auf seiner Karibikinsel.

Gordon blieb vor seinem großen Globus neben

dem Schreibtisch stehen. Er ließ seinen Finger darüber gleiten, bis er an den Bahamas stoppte. Nachdenklich zwirbelte er seinen Oberlippenbart.

Paulsgrave Williams, der aus einer aristokratischen Familie stammte, hatte Gordon kürzlich in London besucht und ihm auch wieder Hoffnung gemacht, einen Piratenstaat zu gründen.

Sie würden sich Mitte Juni auf Wills Insel *Beef Island* treffen mitsamt dem restlichen »gesetzlosen Haufen«, wie man die dort lebenden Piraten gerne nannte.

Gordon hatte die Ungerechtigkeiten auf der Welt so satt, auf der ein paar wenige im Reichtum schwammen und verächtlich auf diejenigen herabblickten, die ihnen ergeben dienten, während ihr eigenes Überleben einen täglichen Kampf bedeutete.

Er aber wollte Gerechtigkeit; und Sir Henry Morgan, einer der besten Freibeuter seinerzeit, hatte einen Schatz hinterlassen, der viel, viel wertvoller war als alles Silber, Gold und Edelsteine zusammen – den Piratenkodex, ein Regelwerk für mehr Gerechtigkeit unter den Piraten auf dem Schiff. Genauso ein Kodex schwebte ihm für einen eigenen Staat vor.

Roter Löwe

19. März anno 1728
Schiff auf Vordermann gebracht. 41° 51' Beständiger Passatwind. NO 45°, 15 Knoten.
John Black

Die Tage vergingen wie im Flug. Amy lebte sich auf dem *Roten Löwen* ein und lernte schnell, wo sie mit anpacken musste und was ihre Aufgaben waren.

Als sie die Zone des sehr gleichmäßigen Passatwindes erreicht hatten, wurden die Temperaturen angenehmer. Je südlicher sie segelten, desto wärmer wurde es. Bald schon konnte sie Gilbert den Pullover und die Mütze zurückgeben, und schon wenig später zog sie auch ihre Schuhe aus und ging barfuß wie alle anderen Matrosen. Da der Passatwind immer in der gleichen Stärke und aus der gleichen

Richtung wehte, waren bei gutem Wetter kaum Segelmanöver erforderlich.

An diesem Freitag wurde nach dem Frühstück die Schiffsglocke geläutet. Die ganze Mannschaft, außer dem Teil, der gerade Dienst hatte, versammelte sich eiligst an Deck.

»Gilbert, was hat das zu bedeuten?«, fragte Amy hektisch, als sie sich neben ihn stellte, noch mit den Schüsseln vom Frühstück in der Hand.

»Psst, das wirst du gleich hören.«

Unschlüssig sah Amy auf die Schüsseln, die sie in die Kombüse bringen sollte. Aber das musste wohl warten, denn Kapitän Reers stieg auf das Poopdeck und erhob seine Stimme: »Unsere Reise geht gut voran, in den nächsten Tagen werden wir den Wendekreis des Krebses erreichen.«

»Was ist der Wendekreis des Krebses?«, flüsterte Amy.

»Da steht bei der Sonnwende die Sonne im Zenit. Das heißt, die Masten werfen dann keine Schatten, weil die Sonne genau darübersteht – und jetzt sei still.«

Nach einer kurzen Ansprache teilte Käpt'n Reers seine Mannschaft zum Großputz ein, denn heute sollte das Schiff auf Hochglanz gebracht werden. Die herumliegenden Taue sollten neu aufgerollt, die Kajüten und die Kombüse geputzt und das verkrustete Salz aus den kleinsten Ritzen gekratzt werden. Die unteren Decks sollten bei Bedarf mit einem Kessel voll brennendem Pech und Schwefel ausgeräuchert werden, damit kein Ungeziefer überlebte.

Nachdem Amy nach dieser Rede schließlich das Geschirr in die Kombüse gebracht hatte, wurden sie und Gilbert zum Wäschewaschen eingeteilt.

Die Männer brachten ihnen ihre dreckigen Kleider und zogen dabei auch ihre Hemden aus. Aus der Kapitäns- und Offizierskajüte holten die beiden noch die schmutzige Bettwäsche, dann hatten sie alles zusammen. Zum Waschen brauchten sie den ganzen Vormittag. Amy befürchtete schon, das Waschen würde niemals enden. Doch so hatte sie jede Menge Zeit, Gilbert auszufragen.

»Gilbert, was passiert, wenn man den Wendekreis des Krebses erreicht?«

»Nichts, man merkt es nicht einmal.«

»Aber es gibt keine Schatten.«

»Nur in der Sonnwende, also am einundzwanzigsten Juni, und jetzt haben wir März.«

»Ach schade, ich hätte das gerne mal gesehen. Hast du es schon gesehen?«

»Nein, wir segeln immer im März nach Indien, weil da die Winde am besten sind. Aber für dich wird es spannend, wenn wir den Äquator überqueren.« Gilbert grinste verschmitzt.

Das machte Amy neugierig. »Warum, was ist da?«

»Das wirst du noch erleben!«

»Ach Gilbert, mach's doch nicht so spannend, sag schon.«

»Ich sag nur so viel: Alle, die noch nie den Äquator überquert haben, werden von Neptun getauft.« Gilbert konnte nur mit Mühe ein Lachen unterdrücken. »So, und jetzt keine Fragen mehr. Häng die gewaschene Wäsche an die Webleinen, sonst wird sie nie trocken.« Gilbert lachte immer noch.

Murrend hängte Amy die Hemden an die waagerecht angebrachten Webleinen zwischen den Wanten, die den Matrosen sonst zum Hochklettern dienten. Sie hätte so gerne gewusst, was eine Äquatortaufe war und warum Gilbert so lachte.

Ihr Missmut war jedoch schnell verflogen, als sie sah, wie schön die weiße Wäsche an den Wanten aussah.

»Gilbert, schau mal. Wie Blüten auf einem Apfelbaum.«

»Deine Fantasie möchte ich haben, aber man könnte sagen, es sieht aus, als hätten wir den *Löwen* für ein Frühlingsfest geschmückt. Komm jetzt, genug Zeit verplempert, putzen wir die Kajüten.«

Amy sah noch einmal zu der Wäsche, die im Wind flatterte, und dachte an die Apfelbäume im

Garten von Onkel George, die jetzt bestimmt in voller Blüte standen.

Die Offizierskabine war schnell geputzt, dann kam die des Kapitäns dran. Als Amy die große Karte auf dem Schreibtisch liegen sah, schaute sie näher hin und stutzte – sie erkannte den Ausschnitt ihrer Karte, die sie aus der Truhe vom Dachboden mitgenommen hatte.

»Gilbert, wo sind wir jetzt?«

Gilbert, der gerade das Bett frisch überzog, kam zu ihr und überlegte. »Wir sind kurz vor den Kanarischen Inseln, ungefähr hier.«

Amy zeigte dann auf die Westindischen Inseln. »Und wie lange dauert es, bis wir dort sind?«

»Dorthin fahren wir gar nicht, wir segeln um Afrika herum, nach Indien.« Mit dem Finger fuhr er den Weg auf der Karte nach.

Amy ließ sich entsetzt auf den Stuhl plumpsen. Das war ja genau die falsche Richtung. Verwirrt fuhr sie sich durchs Haar.

»Was ist mit dir?«, fragte Gilbert besorgt.

»Ich muss doch zu meiner Mutter, was mache ich denn jetzt?«

»Du hast noch eine Mutter?«

»Ja, nein, vielleicht. Ach, ich weiß es nicht. Ich habe in meiner Hängematte eine Karte, auf der eine der Inseln markiert ist, aber ich kann nicht entziffern, was daneben steht.«

»Lass uns schnell unsere Arbeit beenden, und dann zeig mir die Karte, vielleicht kann ich es entziffern.«

»Das ist eine gute Idee.«

Später im unteren Deck bei ihrem Schlafplatz suchte Amy mit zitternden Händen nach ihrer Karte.

Gilbert hatte auch Schwierigkeiten, die verschnörkelte Schrift zu entziffern, nur langsam brachte er den Satz zusammen.

»Auf dieser Insel findest du deine Mutter ... und dann steht da noch die Position und wie du die Insel finden kannst.«

»Mehr steht da nicht?«

»Das war alles!« Stirnrunzelnd begutachtete Gilbert die Karte.

Amy sah ihn fragend an. »Kennst du die Inseln, warst du schon einmal dort?«

Langsam schüttelte Gilbert mit dem Kopf. »Was weißt du über deine Mutter und warum bist du nicht bei ihr?«

Genau das war die Frage, die sie ständig beschäftigte: Warum hatte ihre Mutter sie weggegeben?

Sie musste sich erst räuspern, bevor sie antworten konnte: »Tante Ann erzählte mir, dass meine Mutter auf den Westindischen Inseln lebte und mich mit zwei Jahren nach England geschickt hatte – weil ich dort anscheinend besser versorgt wäre. Meine Mutter war sehr jung, als ich auf die Welt kam, und nach dem Tod meines Vaters hatte sie keine Kraft, mich zu versorgen. Mehr weiß ich nicht.«

»Es ist seltsam, dass eine alleinstehende Frau auf den Westindischen Inseln lebt. Es ist ein berüchtigter Stützpunkt für Piraten und den Sklavenhandel.« Gilbert überlegte kurz. »Außer deine Familie hätte dort eine Zuckerrohrplantage, dann würdest du aus reichem Hause kommen.« Gilbert lächelte sie aufmunternd an.

»Aber warum gibt sie mich dann weg?« Amys Herz schnürte sich schmerzhaft zusammen, wer war sie und wer war ihre Mutter?

»Stimmt. Kannst du dich an irgendetwas erinnern, bevor du nach England kamst?«

»Schiffe! Ich wollte immer auf ein Schiff und ich kann mich dunkel erinnern, dass ich mal auf einem war.«

»Natürlich warst du auf einem, du bist ja schließlich irgendwie nach England gekommen. Weißt du, wer dich nach Plymouth brachte?«

Konzentriert kniff Amy die Augen zusammen

und dachte angestrengt nach. Unwillkürlich musste sie an den unheimlichen Mann denken, der nach dem Weg in die Schneiderei fragte. Ihm würde sie zutrauen, dass er ein Sklavenhändler oder ein Pirat war, der Gedanke verursachte ihr eine Gänsehaut. »Nein, so gut kann ich mich nicht erinnern, und Tante Ann hat mir nie was darüber erzählt.«

»Frag doch mal Black, er kommt von der amerikanischen Küste und kennt sich bestimmt besser aus als ich.« Amy sah Gilbert an, dass es ihm leid tat, sie so entmutigt zu haben.

»Black hat doch sein Gedächtnis verloren, wie kann er mir da weiterhelfen?«

»Er kennt zwar seine Vergangenheit nicht, doch nach dem Unfall lebte Black einige Zeit in Cape Cod und arbeitete am Hafen, bevor er nach England kam. Da bekam er genug mit, was um ihn herum passierte. Und jetzt komm, lass uns angeln gehen!« Tröstend wuschelte er über Amys Haar. »Du bist doch mein kleiner Bruder, ich wäre traurig, wenn du uns schon wieder verlässt!«

Sie musste schlucken; doch dann nahm sie entschlossen Gilbert die Karte aus der Hand.

»Egal, sie scheint mich nicht sehr zu vermissen, also segle ich halt nach Indien. Ich kann sie später noch immer suchen.«

»Da hast du recht, so würde ich es auch machen.

Und jetzt komm, lass uns fischen gehen.« Gilbert klopfte ihr tröstend auf die Schulter.

Amy blinzelte die aufsteigenden Tränen weg. »Geh schon vor, ich verstau die Karte wieder.«

Sie war enttäuscht; es war kein persönliches Wort an sie gerichtet, nur nüchterne Fakten. Vielleicht hatte ihre Mutter auch gar kein besonderes Interesse an ihr, schließlich wurde sie als Kleinkind einfach weggegeben. Es konnte ja auch sein, dass ihre Mutter inzwischen eine neue Familie hatte und sie daher gar nicht mehr wollte? Oder sie war eine Gesetzlose und lebte auf einer Pirateninsel? John und Jakob hatten ihr erzählt, dass es auch Piratinnen gab, eine hieß Anne Bonny und die andere Mary Read. Ihre Mutter hieß auch Mary, das wusste sie von Tante Ann. Amy drehte es den Magen um, schnell verstaute sie die Karte zwischen ihren persönlichen Sachen. Sie brauchte dringend frische Luft.

Als sie auf das Großdeck kamen, strahlte die alte Galione vor Sauberkeit, und die Sonne schien durch die weißen Hemden. Es sah wirklich aus wie auf einem Frühlingsfest.

»Hey Robin, wo steckst du? Gilbert hat schon nach dir gefragt.« Black sah sie skeptisch an. »Du bist ganz blass um die Nase, bist du wieder seekrank?«

»Nein, ich glaub, ich hab nur Hunger.« Am liebsten hätte Amy ihn gleich gefragt, was er über die Westindischen Inseln wusste, doch das wollte sie lieber machen, wenn sie alleine mit ihm war, hier waren zu viele Matrosen um sie.

An jedem Freitag gab es zum Abendessen Fisch, sofern man welchen fing. Mit einem simplen Haken, der an einer Schnur hing, wurde geangelt. Amy saß neben Gilbert. Ihre nackten Füße, die sie durch das Geländer durchgesteckt hatten, baumelten am Schiffsrumpf.. Zeitweise wurden sie durch die Gischt nass gespritzt, was angenehm kühl war.

Zu Beginn war Amy noch sehr bedrückt. Unzählige Gedanken gingen ihr durch den Kopf: Was für eine Frau war ihre Mutter und warum hat ihr Tante Ann so wenig über ihre Eltern erzählt? Hatte Ann etwas vor ihr verheimlicht oder wusste sie es selber nicht? Aber vielleicht hatte sich auch Gilbert getäuscht, es gab so viele Inseln dort, es konnten unmöglich auf allen Piraten leben. Sobald sie die Gelegenheit hatte, mit Black alleine zu sein, würde sie ihn fragen.

Je mehr Fische ihr an den Haken gingen, desto mehr vergaß sie ihren Schmerz. »Gilbert, warum ist Westindien genau auf der anderen Seite von Indien? Ich dachte, das gehört zusammen?«, fragte sie unvermittelt.

Gilbert kratzte sich am Kopf. »Das hat irgendwas mit Christoph Kolumbus zu tun. Er wollte den westlichen Seeweg nach Indien finden; und als er schließlich Land sah, dachte Kolumbus, es sei die Küste Indiens, und nannte es Westindien.«

»Dann habe nicht nur ich Westindien mit Indien verwechselt, sondern auch Kolumbus«, versuchte Amy wieder zu scherzen.

Gilbert zuckte gleichgültig mit den Schultern. »Das kann dem besten Seemann passieren, so endlos, wie das Meer ist.« Er beschrieb mit seinem Arm einen weiten Bogen über den Ozean, der silbern in der späten Nachmittagssonne glitzerte.

Amy war stolz auf ihre gefangenen Fische. Aber auch die anderen Männer hatten Glück beim Angeln. So konnten sie an Deck reichlich Fisch zum Abendessen grillen.

Der Fisch schmeckte köstlich. Amy saß neben Gilbert und lutschte sich gerade noch genüsslich alle zehn Finger ab, als plötzlich ein lauter Knall ertönte. Beide drehten sich erschrocken um.

Gruselig gekleidete Piraten schwangen an Tauen über das Deck, sie schossen aus ihren Musketen und brüllten dabei fürchterlich: »Überfall. Ergebt euch, wenn ihr nicht Fischfutter werden wollt."

Amy stockte der Atem, jetzt hatte ihre Mutter sie

gefunden und überfiel den *Roten Löwen*, um sie zu holen. Doch sie würde niemals mit Piraten mitgehen, sie war ein ehrlicher Mensch, auch wenn ihre Mutter eine Gesetzlose war! Sie versteckte sich zitternd hinter Gilbert, der aber ruhig sitzen blieb und sogar lachte. Sie schaute hinter seinem Rücken hervor und sah, wie Black lässig am Mast gelehnt die Stirn runzelte. Er schien keine Angst zu haben. Sie folgte seinem Blick und sah, wie eine auffällig gekleidete Frau übers Deck lief und kreischte: »Hilfe, Hilfe – Piraten. Käpt'n Reers, retten Sie mich." Fast alle lachten, bis auf Black und der Kapitän, der ergriff theatralisch die Flucht vor der aufdringlichen Frau.

Da erst bemerkte Amy, dass sich ein Teil der Mannschaft verkleidet hatte und alles nur ein Spektakel war. Edward spielte die Frau, die jetzt Kapitän Reers erwischt hatte, stehen blieb und den Piraten beim Kampf zusah.

»Das sind aber fesche Burschen." Die Frau schaute noch einmal den Käpt'n an, der übertrieben den Kopf schüttelte, sodass die Perücke verrutschte, und sprang dann den Piraten hinterher.

»Entführt mich; ach bitte, entführt mich doch!"

Keiner der Piraten wagte es jedoch, die Frau zu entführen – im Gegenteil, sie traten ebenfalls die Flucht vor ihr an. Das Gelächter und der Beifall am

Ende waren groß. Als sich Amy erneut nach Black umsah, war er verschwunden.

Von Gilbert erfuhr sie, dass bei ruhigerem Seegang solche Spektakel abgehalten wurden, um sich die Zeit zu verkürzen.

»Und warum ging Black?«, wollte sie wissen.

Gilbert sah sich um und zuckte mit der Schulter. »Vielleicht hat er Kopfschmerzen von dem Lärm bekommen?«

»Oder er mag keine Piraten?« Amy erinnerte sich an das Gespräch mit ihm an dem Morgen, als sie ihre Zahnbürste bekam.

Als wieder Ruhe an Deck eingekehrt war, holte der Matrose Butten seine Laute. Zu seinem Spiel sangen sie Seemannslieder und tranken Rum. Alle waren ausgelassen und bester Laune, bis auf Black, er tauchte den ganzen Abend nicht wieder auf.

Als Amy spät in der Nacht erschöpft in ihrer Hängematte lag, war sie wieder rundum zufrieden. Nur noch mit einem ganz kleinen Rest Sehnsucht dachte sie an ihr früheres Leben. Und ihre Mutter? Sie wusste nicht, was sie davon halten sollte, doch irgendwie war sie ihr trotz allem dankbar, denn ohne sie hätte sie sich vermutlich niemals in dieses Schiffsabenteuer gestürzt.

Roter Löwe

25. März anno 1728
Drückend schwül, gegen Abend Sturm aus SO.
20° 42', 135°, 41 Knoten, Vollmond.
John Black

Jeder Tag brachte etwas Neues, und das Leben an Bord wurde härter. Auch die Arbeit endete nie, vor allem nicht für einen Schiffsjungen. Obwohl der *Rote Löwe* den besten Smutje an Bord hatte, wurde das Essen täglich karger. Amy konnte keinen Schiffszwieback mit zähem Pökelfleisch mehr sehen. Die Butter wurde flüssig und das Trinkwasser war so warm, dass es widerlich schmeckte. Amy fragte sich manchmal, warum sie sich das alles antat.

Aber wenn sie abends ihre Beine am Bug auf dem Backdeck durch die Reling baumeln ließ und zusah, wie der Ozean von der sinkenden Sonne in funkelnde Farben getaucht wurde, verspürte sie ein unerklärliches Gefühl von Freiheit und Abenteuer. Ein angenehmer Wind wehte um ihr inzwischen sonnengebräuntes Gesicht, und die dunkelblonden Haare hatten einen goldenen Schimmer bekommen.

Lächelnd setzte sie die Flöte an ihre Lippen und versuchte, ihr ein paar angenehme Töne zu entlocken, doch es wollte nicht gelingen, so sehr sie sich auch bemühte.

»Hast du die selbst gemacht?«, fragte Black und setzte sich zu ihr.

Sie schüttelte den Kopf. »Ich vermute, mein Vater; aber sie gibt nur schiefe Töne von sich.«

»Darf ich mal?«

Amy gab Black die Flöte, sie freute sich, dass sie endlich mal alleine mit Black war und ihn nach den Westindischen Inseln fragen konnte. Seit dem Tag, wo sie Gilbert die Karte gezeigt hatte, gab es keine Gelegenheit dafür. Nach den ersten missglückten Tönen hörte es sich richtig schön an, Black spielte *The Earl of Essex Galliard* von *John Dowland*.

»Ihr könnt aber gut spielen, Sir«, stellte Amy fest, als er das Lied beendet hatte.

Black zuckte mit den Schultern. »Das wusste ich bis jetzt auch nicht, dass ich Flöte spielen kann.«

»Black, ich wollte Euch ...« Gerade als sie ihren ganzen Mut zusammengenommen hatte, um zu fragen, ertönte: »Schiff in Sicht, Nord-Nordwest« vom Ausguck herunter.

Black stand sofort auf, legte eine Hand über die Augen und suchte nach dem Schiff.

»Wo?« Amy stand ebenfalls auf und sah zum Horizont. Dabei bemerkte sie: »Heute schwankt der *Löwe* aber sehr.«

»Mhh, ist mir auch aufgefallen, es war heute auch sehr schwül. Außerdem ist Vollmond; da ändert sich oftmals das Wetter. Es kommt wohl ein Sturm auf«, erklärte Black.

Die Sonne berührte gerade das Meer und tauchte alles in ein tiefgoldenes Zwielicht, als von Südosten her eine bedrohlich dunkle Wolkenwand am Horizont aufzog. Mit ihr kam ein scharfer Wind auf, der die Segel gefährlich aufblähte und die Taue gegen die Masten schmetterte.

»Refft die Segel«, ertönte Kapitän Reers Stimme über das Deck.

»Heute kommt auch alles auf einmal. Ich gehe zum Käpt'n, Robin. Wenn du hier fertig bist, komm zum Achtern. Du bleibst heute in meiner Nähe.«

Damit wollte er Amy die Flöte zurückgeben, aber diese hatte ihre Jacke nicht an, um die Flöte einzustecken, und beim Einholen der Segel konnte sie sie nicht gebrauchen. So steckte Black die Flöte ein und eilte in Richtung Heck.

»Halt dich gut fest«, hörte sie noch, dann wurde seine Stimme vom Grollen des herannahenden Donners übertönt.

Die ersten großen Tropfen fielen vom schwarzen Himmel, und innerhalb kürzester Zeit durchnässten sie das Schiff und seine Mannschaft, was nach der drückenden Hitze des Tages angenehm auf der verschwitzten Haut war.

Hier braute sich ein gewaltiger Sturm zusammen. So schnell wie möglich wurden die Segel bis auf das Focksegel festgemacht. Die Wellenbrecher donnerten gegen die Bordwand, sodass das Schiff erzitterte und herumgewirbelt wurde wie eine Nussschale im Strudel eines reißenden Baches. Die Matrosen hatten jede Menge zu tun.

Amy war froh, dass sie zu Black kommen durfte. Er stand mit Stephen am Ruder, und Käpt'n Reers musste die Befehle brüllen, um den Sturm zu übertönen.

Am liebsten wäre sie draußen bei den drei Männern geblieben, aber sie wurde bald in die Kapitänskajüte geschickt. Das Schiff schwankte so stark, dass man nicht mehr stehen konnte, ohne sich festzuhalten. Es ächzte und stöhnte, als würde es jeden Moment auseinanderbrechen.

Black kam kurz herein und gab ihr ein trockenes Hemd.

»Zieh das an und leg dich in die Koje. Versuch zu schlafen. Morgen gibt es viel Arbeit an Bord, da brauchen wir dich.«

Wie konnte man nur bei diesem Sturm an Schlafen denken? »Black, kann Gilbert nicht auch kommen?«

»Gilbert ist kein Schiffsjunge mehr, er weiß, wie man sich bei Sturm an Bord verhält. Also geh schnell ins Bett und schlaf!«

»Aye, aye, Sir«, erwiderte Amy, kurz überlegte sie, ob sie ihn fragen konnte, doch jetzt war entschieden der falsche Augenblick.

Black ging hinaus in den tobenden Sturm, der kurz durch den Raum wehte, sodass Black Schwierigkeiten hatte, die Tür zu schließen.

Beim Putzen der Kabine hatte sie sich gewünscht, in der Koje, diesem himmlisch weichen Bett, zu liegen, das mit dunkelblauen Samtvorhängen geschlossen werden konnte, statt in einer schwankenden Hängematte über den Kanonen. Doch jetzt wäre es ihr lieber, sie wäre nicht alleine, denn das Unwetter machte ihr Angst.

Als die ersten Blitze das Meer erhellten, sah sie zum salzverkrusteten Fenster gleich neben der Koje hinaus. Den Donner fand sie noch viel unheimlicher als die Blitze. Sein Knall ließ das ganze Schiff erbeben, aber trotz des Getöses um sie herum konnte sie die Männer vor der Tür fluchen hören. Ängstlich schlang sie die viel zu langen Ärmel des Hemdes um sich und drückte sich in die Kissen.

Beim nächsten Blitz befanden sie sich gerade auf einem Wellenkamm, und Amy konnte erstmals das andere Schiff sehen; es erschien in den tosenden Wogen grau und unheimlich wie ein Geisterschiff, verloren in den Weiten des Ozeans. Vielleicht war es ein Piratenschiff mit ihrer Mutter, die sie suchte. Amy schüttelte über ihre eigenen Gedanken den Kopf. Es gab viele Frauen, die Mary hießen. Warum sollte ausgerechnet ihre Mutter Mary Read die Piratin sein?

Irgendwann schlief sie, quer in der Koje liegend, vor Erschöpfung ein und träumte von dem unbekannten Schiff.

Roter Löwe

26. März anno 1728
Porto Ingles angelaufen für Schiffsreparaturen.
15°08' Wind: SSO 175.5°, 21 Knoten.
John Blackk

Als Amy am anderen Morgen die Augen aufschlug, lag sie zugedeckt und richtig herum unter der Decke. Mitten im Zimmer schlief Kapitän Reers in einer Hängematte. Der Wellengang war noch stark, aber der Sturm hatte nachgelassen.

Die ganze Nacht hindurch hatten sich die Männer an der Bilgenpumpe abwechseln müssen. Es war immer mehr Wasser in den Bug eingedrungen, sodass man mit dem Abpumpen kaum mehr nachkam. Nun hoffte jeder, dass bald Land in Sicht kam, die Kapverdischen Inseln konnten nicht mehr weit sein.

Den Tag über waren alle mit Reparaturen und Aufräumen beschäftigt. Amy half in der Back beim Segelflicken. Anstatt einen Fingerhut zu benutzen, wie das der Schneider tat, nahm man einen Segelmacherhandschuh aus dickem Leder. Die Nadel wurde in einem Horn mit Talg aufbewahrt, damit sie nicht rostete. Das Segel bestand aus dicht gewebtem Hanf und Flachs; der Faden war grob, deshalb wurden Amys Finger trotz des Handschuhs wund.

An Bord herrschte eine angespannte Stimmung. Die Männer waren müde nach der harten Nacht, und man machte sich Gedanken um das weiter eindringende Wasser.

Doch als am nächsten Morgen die Sonne aufging, sah man bereits die braungrünen Hügel einer Insel, zuerst nur als winzigen Punkt.

Amy ging das alles viel zu langsam. Ständig fragte sie die Matrosen, wann sie endlich an Land wären.

Einige Zeit verbrachte sie hoch oben im Ausguck und schaute durch das Fernglas, ob man nicht schon irgendetwas erkennen konnte. Dabei suchte sie auch nach dem Schiff aus der Sturmnacht; aber es war nicht mehr aufgetaucht. Gilbert meinte, es sei bestimmt gesunken.

Ein Gedanke, der Amy eine unbehagliche Gänsehaut bescherte.

Am frühen Mittag rief Kapitän Reers Amy zu sich. Er hatte an dem Ruderstand eine Kiste befestigt.

»So, mein Junge, du darfst uns heute in den Hafen fahren, zeig mal, was du kannst.«

Amy freute sich über diese unerwartete Ehre. Das Herz schlug ihr bis zum Hals. Sie durfte den *Roten Löwen* steuern. Dann stand sie stolz auf der Kiste neben Kapitän Reers und schaute aus dem Steuerhäuschen auf das Kampanjedeck. Dabei befolgte sie die Anweisungen von Black, der von oben die Kommandos gab, und fuhr das Schiff mithilfe des Kapitäns sicher in den Hafen.

In dem kleinen Hafen von Porto Ingles lagen nur wenige Schiffe, eines davon wurde gerade mit Baumwolle beladen. Die anderen waren Fischerboote und eine größere Fregatte, die wohl auch vor dem Sturm Zuflucht gesucht hatte.

Es war kurz vor der Mittagszeit, als Amy das Schiff auf einem langen Steg verlassen konnte, um an Land zu gehen. Geradezu hart erschien ihr der feste Boden unter ihren Füßen nach den vielen Wochen auf dem schwankenden Schiff. Es kam ihr vor, als müsste sie erst wieder laufen lernen.

Auch die Atmosphäre der Insel beeindruckte sie

und staunend sog sie alles in sich auf. Gleich links neben dem Hafen war ein breiter, weißer Sandstrand. Auf der rechten Seite stand eine Festung mit Kanonen, die die Stadt gegen Piratenangriffe schützen sollte.

Überall in den sandigen Straßen liefen Ziegen, Hühner und sogar Schweine umher oder lagen faul im Schatten von alten, knorrig verästelten Bäumen. Auch die Häuser sahen anders aus als in Plymouth, sie waren viel niedriger, bunter und bildeten eine lange Reihe.

In dem Dorf war gerade Markt, die verschiedenen Stände und Spielbuden zogen sich bis zum Hafen hinunter.

Die Mannschaft hatte für den heutigen Mittag frei bekommen, um sich vom Sturm und dem stundenlangen Pumpen zu erholen.

Amy wollte gleich auf den Markt und hoffte, dass Black mitkommen würde.

»Black, kommt Ihr mit mir auf den Markt?«

Der schmunzelte. »Einverstanden, aber nur, wenn du mit mir an den Strand zum Schwimmen gehst. Der Markt wird demnächst bei der glühenden Mittagshitze schließen und erst am frühen Abend wieder beginnen.«

Ein Strahlen huschte über Amys Gesicht. Sie würde den ganzen Tag alleine mit Black verbringen und außerdem lockte bei dieser brodelnden Mittagshitze das kühle Nass.

Gemeinsam mit Black schlenderte sie am Strand entlang. Sie suchten nach einer abgelegenen Bucht, wo sie ungestört schwimmen konnten. Schweigend gingen sie nebeneinander her. Man sah Black an, dass er die Anstrengung der letzten Tage in seinen Knochen spürte.

Amy seufzte tief, auch ihr Onkel sah kurz vor seinem Tod so müde aus und sie überlegte, ob sie Black mit ihrer Frage nicht noch mehr belasten würde.

»Was hast du?, fragte Black besorgt.

»Schade, dass mich Onkel George nicht sehen konnte. Das war unglaublich, dass ich das Schiff in den Hafen steuern durfte.«

»Das dürfen bei Kapitän Reers alle neuen Schiffsjungen.« Er schwieg kurz, dann meinte er: »Der Tod deines Onkels geht dir nahe, stimmt's?«

Amy nickte traurig.

»Das ist bestimmt schwer, wenn man ganz allein auf der Welt ist. Aber nun hast du die Mannschaft und den *Roten Löwen*, sie sind jetzt deine Familie und dein Zuhause.«

»Das hat Gilbert auch über Käpt'n Reers gesagt.«

Black lachte kurz auf. »So geht es uns Seemännern, das Meer macht einsam. Es ist für uns unmöglich, an Land zu leben, wir können nicht vergessen, wie es klingt, wenn die Takelage knarrt und der Wind in den Wanten singt.«

»Und das Gehen an Land fällt einem richtig schwer. Es fehlt das Schwanken des Schiffes.«

»Stimmt. An Land vermissen wir das Leben auf See, und auf dem Schiff verfluchen wir den Tag, an dem wir an Bord gegangen sind.«

Amy kicherte. »Genau das habe ich auch schon gedacht. Als Seemann seid Ihr bestimmt viel rumgekommen.« Sie senkte ihren Blick. Beide liefen barfuß und Amy beobachtete angestrengt, wie der Sand ihre braunen Füße mit einer weißen Staubschicht bedeckte.

»Oh ja, ich hab schon viel gesehen!«

»Wart Ihr auch auf den Westindischen Inseln?« Vorsichtig sah sie Black an. Sein Blick war in die Ferne gerichtet, als er sagte: »Das ist kein guter Ort, dort wimmelt es von Sklavenhändlern und Piraten. Warum interessiert dich das?«

»Ach, ich hab mal von meinen Freunden gehört, dass es eine Piratin gab, die dort lebte. Mary Read, stimmt das?«

Black überlegte. »Mary Read und Anne Bonny. Sie segelten mit Calico Jack Rackham. Ihr Schiff wurde von einem englischen Kriegsschiff angegriffen. Man erzählt sich, dass die ganze Mannschaft betrunken unter Deck lag und nur Anne

Bonny und Mary Read alleine gegen die Engländer kämpften.«

»Ach je, sind sie dabei umgekommen?«

»Nein. Sie wurden gefangen genommen und verurteilt.« Black lachte ironisch auf. »Es heißt, Rackham durfte Bonny vor seiner Hinrichtung noch einmal treffen, und sie sagte zu ihm: ‚Es tut mir leid, dich hier zu sehen, aber wenn du wie ein Mann gekämpft hättest, hätten sie dich nicht wie einen Hund hängen müssen'.«

Amy schluckte schwer und fasste sich an den Hals, sie wollte nicht mehr wissen, was mit den Frauen geschah, denn das war zu offensichtlich.

»Und schon wieder sind wir bei den gruseligen Piratengeschichten.« Black sah Amy grinsend an. »Piraten haben es nicht anders verdient, als zu hängen, schließlich bringen sie viele ehrliche Seemänner in große Schwierigkeiten.«

»Das stimmt! Auch mein Onkel fluchte, wenn wieder ein Schiff mit kostbaren Stoffen ausgeraubt wurde und er somit weniger zu tun hatte«, erinnerte sich Amy.

»Er bestellte seine Ware aus Übersee?«

»Nein, aber seine Kunden. Oft stand ein wohlhabender Geschäftsmann in der Schneiderstube und klagte, dass seine Fracht nicht angekommen war und Onkel George konnte nur einen Anzug ändern, anstatt einen neuen zu nähen.«

»Da sieht man mal, an einem ausgeraubten Schiff hängen ganze Existenzen. Vom Schiffsinhaber bis zur Neffe des Schneiders. Alle leben davon, dass die Ware an ihrem Bestimmungsort ankommt.«

»Piraten sind zu verachten!« Amy spuckte auf den Boden, wie sie es von den Jungs kannte.

»Sollten uns mal welche überfallen, schlagen wir sie mit einer Ladung Kanonenkugeln in die Flucht. Peng!« Black klatschte laut in die Hände und deutete eine Explosion an.

Amy erschrak kurz und kicherte. »So machen wir das, Piraten können uns nicht ausrauben!«

Als sie um eine Wegbiegung kamen, lag vor ihnen ein weißer Sandstrand, umsäumt von Felsen und knorrigen Bäumen.

»Seht mal, Black, ist das nicht eine wunderschöne Bucht?«

Das Wasser lockte klar und frisch, und es schien mit dem Himmel wetteifern zu wollen, wer das schönere Blau hatte.

Doch dann wurde ihr bewusst, dass sie ja ein Mädchen war – nicht dass ihre Tarnung aufflog, wenn sie baden ging!

Black jedoch krempelte nur seine Hosenbeine

nach oben und verkündete: »So können wir besser schwimmen.«

Amy lächelte erleichtert und machte es ihm, ohne zu zögern, nach. Das verlockende Wasser hatte gesiegt.

Sie zogen nur ihre Hemden aus. Nachdem Amy noch den Beutel mit der Zahnbürste vom Hosenbund gelöst hatte, sprang sie mit Black Richtung Meer. Der Sand war heiß und brannte unter ihren Füßen, sodass sie froh waren, das kühle Nass zu erreichen.

Amy blieb zögernd stehen, während Black sich in die Fluten warf. »Komm, Kleiner, es ist einfach herrlich.«

»Ich kann nicht schwimmen.«

»Wirklich nicht? Dann wird es aber Zeit. Hier kannst du noch stehen. Komm, ich bringe dir das Schwimmen bei.«

Vorsichtig watete sie zu ihm ins tiefere Wasser.

Black grinste. »Siehst du, das ist doch gar nicht schwer. Jetzt leg dich auf den Rücken, ich halte dich.«

Es war ihr überhaupt nicht geheuer, aber sie wagte nicht, Black zu widersprechen. Er legte seine Arme unter sie und so trieb sie, noch ein wenig ängstlich, auf seinen Armen im Wasser.

»Siehst du die Wolken da oben, sie sehen doch aus wie eine Schafherde.«

Amy schaute zum Himmel, aber sie sah nur gewöhnliche Wolken und kreischende Möwen, die nach Futter suchten – aber keine Schafe, so sehr sie sich auch bemühte. Black stand da und grinste sie an, bis sie bemerkte, dass er sie gar nicht mehr festhielt. Vor lauter Schreck zappelte sie panisch und ging unter. Black zog sie wieder nach oben und sie musste kräftig husten.

»Hast du gemerkt, schwimmen ist gar nicht schwer.«

»Bäh, schmeckt das Wasser salzig. Robin von Norden von der *Black Rose* hat aber viel geheult.«

»Robin von Norden?«

Amy erzählte Black die Geschichte von Robert Miller, dem Smutje, sodass beide aus dem Lachen nicht mehr herauskamen. Es wurde ein lustiger Mittag. Dank Black machte sie die Erfahrung, dass das Wasser sie trug, wenn sie ruhig auf dem Rücken lag. So hatte Amy keine Angst mehr, das Schwimmen zu lernen. Es dauerte dann nicht mehr lange, bis sie es richtig gut konnte.

Nach dem Baden ließen sie sich müde unter dem Schatten der Bäume in den warmen Sand fallen und schauten den wenigen vorbeiziehenden Wolken zu.

»Black, habt Ihr in den Wolken vorhin wirklich Schafe gesehen?«

»Hast du das noch nie versucht, Formen in den Wolken zu erkennen?«

»Nein, das sind doch einfach nur Wolken.«

»Aber beim genauen Hinschauen entdecke ich meistens etwas. Siehst du die kleine Wolke über uns? Links sind zwei lange Ohren, ein Schnäuzchen …«

»Stimmt, Ihr habt wirklich recht. Das ist ein Hase – und da drüben … unsere Galionsfigur, der *Rote Löwe*.«

Eine Weile suchte sie den Himmel nach Motiven ab, bis Black herzhaft gähnte. Es dauerte nicht lange, und er schlief ein.

Amy wusste, wie müde er war, da er fast zwei Nächte lang kein Auge zugemacht hatte. Um ihn in Ruhe schlafen zu lassen, ging sie zur Brandung hinunter und spielte im Sand.

Wenn sie den sehr nassen Sand durch die Finger rieseln ließ, entstanden kleine Tropfen, die sich zu Türmchen aufträufeln ließen.

Als Black später aufwachte, hatte sie schon ein tiefes Loch gegraben und um sich herum eine Tropfenfestung gebaut.

Black schlich sich heran und bewarf sie mit Seebällen. Diese rundlich braunen filzigen Kugeln stammten von abgestorbenen Pflanzenteilen des Neptungrases und lagen am Strand verteilt. Sie eigneten sich hervorragend als Wurfgeschoss.

»Angriff, lasst uns die Burg stürmen!« Und weitere Geschosse folgten.

Amy sammelte in aller Eile die weichen Kugeln

ein und feuerte damit zurück auf Black. Irgendwann nahm sie es nicht mehr so genau und warf auch Muscheln, Algen und Sand nach ihm.

»Na warte, das gibt Rache.« Black stürzte sich auf Amy und rieb sie mit Sand ein.

Beide waren voller Sand, Black warf sich Amy über die Schulter und trug den schreienden Schmutzfink ins Wasser. Dort ging die Schlacht weiter. So schnell gab Amy sich nicht geschlagen und bespritzte Black kräftig.

Mit der flachen Hand machte Black eine leichte Drehung und Amy bekam eine kräftige Ladung Salzwasser ins Gesicht, sodass sie den Boden unter den Füßen verlor. Sie wollte sich gerade auf ihn stürzen, als sie eine graue Flosse auf sich zukommen sah.

Amy hielt den Atem an, sie spürte, wie alles Blut von ihr wich, ihre Knie wurden weich, sie war unfähig, auch nur einen Laut hervorzubringen. Sie hatte die gefräßigen Tiere schon öfters neben dem Schiff schwimmen sehen. Wenn sie den Abfall ins Meer leerte, rissen sie ihr riesiges Maul auf und sie sah die Reihen scharfer Zähne blitzen. »Was sollen wir jetzt bloß machen?«, fragte sie mit tonloser Stimme.

Black stand ganz ruhig daneben und grinste. »Er wird uns nichts tun, Delfine haben schon manchen Menschen vor dem Ertrinken gerettet.«

Da sah sie erst, dass es gar kein Hai, sondern die

spitze Schnauze eines Delfins war. Amy atmete erleichtert auf, zitterte jedoch noch am ganzen Körper. Delfine, die so lustig in die Luft sprangen. Ihnen sah sie immer gerne zu, wenn sie den *Roten Löwen* einige Zeit begleiteten.

Der Delfin kam schnatternd näher. Er schwamm um sie herum und ließ sich sogar streicheln. Spielerisch sprang er in die Luft und stieß einen schrillen Pfiff aus. Dann verschwand er wieder, um kurze Zeit später hinter ihnen aufzutauchen und sie mit seiner Schwanzflosse nass zu spritzen.

»Black, er will mit uns spielen« stellte Amy fasziniert fest.

»Sieht ganz so aus – halt dich mal an seiner Flosse fest, vielleicht zieht er dich.«

Und wirklich, der Delfin zog sie.

Robin lachte so gelöst, dass Black keinen Blick von ihm lassen konnte. Es freute ihn, mit dem Jungen unbeschwerte Stunden zu erleben. Robin nahm ihn, so wie er war, fragte nicht nach dem Gestern oder nach dem Morgen, sondern genoss einfach den Augenblick. So sollte er auch leben können, im Hier und Jetzt, und aufhören, sich ständig um seine Vergangenheit zu sorgen. Irgendwann würde sein Gedächtnis vielleicht zurückkehren und womöglich hatte er sich ganz umsonst diese Sorgen gemacht.

In all den Jahren nach dem Unfall war er immer ein zutiefst ehrlicher und gerechter Mann gewesen. Er hatte sich nie etwas zuschulden kommen lassen oder wäre in Versuchung gekommen, etwas Unrechtes zu tun. Er würde lieber sein letztes Hemd hergeben, als jemanden zu berauben oder gar zu töten. Also konnte er wohl kaum zu der Piratenbande gehört haben, das wurde ihm jetzt mit einem Mal klar.

Dieser Gedanke gab ihm den Mut, der ihn die ganzen letzten Jahre verlassen hatte. Aber dank Robin entdeckte er das Schöne am Leben. Durch seine Augen spürte er, wie es sich anfühlte, noch ein unbeschwertes Kind zu sein. Er konnte durch ihn ein Stück Kindheit wiedererleben, was ihm völlig entschwunden war.

Hungrig kamen sie am frühen Abend in Porto Ingles an. Die Straßen waren voller fremd aussehender Menschen, die nach der Hitze des Tages ihre Häuser verließen.

Amy genoss es, neben Black an den Ständen entlang zu schlendern, beide in ihren inzwischen fast trockenen Kniehosen, die weißen Hemden locker in die Hosen gesteckt. Ihre roten Halstücher trugen sie als Sonnenschutz auf dem Kopf, Black hatte Amy das Tuch genauso gebunden wie seins.

Sie versuchte, genauso lässig zu gehen wie Black, was ihr aber nur leidlich gelang.

Sie gingen von einem Marktstand zum anderen, und Amy konnte sich nicht sattsehen. Es gab Stände mit Körben, Stoffen, Hüten, aber auch welche mit Obst und Gemüse und Säcken voller Gewürze. Ein unbekannter Duft lag in der Luft, der sich ständig wandelte, und über dem Ganzen lag ein Stimmengemurmel aus fremden, exotischen Sprachen, die Amy noch nie gehört hatte.

An einem Grill aßen Black und Amy gebratenen Fisch, der nach dem spärlichen Not-Essen an Bord eine Köstlichkeit war.

Anschließend versuchten sie, an einer Bude auf Äpfel zu schießen. Es war nicht einfach, und Amy zielte dreimal daneben.

Black dagegen traf schon beim ersten Mal und biss genussvoll in seinen roten Apfel, der ihm als Lohn gereicht wurde.

»Schmeckt er?«, schmollte Amy.

»Ja, ausgezeichnet. Willst du mal beißen?« Er hielt ihr den angebissenen Apfel hin.

»Nein, danke.« Amy verschränkte die Arme und drehte sich trotzig weg.

»Erinnere mich daran, dass ich dir das Zielen beibringe, wenn wir wieder auf dem *Löwen* sind.«. Damit drückte er ihr den Apfel in die Hand und holte ihr mit einem gekonnten Schuss auch einen Apfel.

»Danke, Sir«, schmatzte Amy.

Black lächelte.

Kauend sahen sie eine Weile einer jungen Frau zu, die in einem weißen Kleid auf einem Seil tanzte. Graziös bewegte sie sich von einem Ende zum anderen, in der Hand hielt sie einen ebenfalls weißen Schirm, ganz aus Spitze. Als sie in der Mitte ankam, machte sie einen Spagat. Das Seil schwang bedenklich zur Seite, und ein erschrockenes Raunen ging durch das Publikum. Doch dann erhob sie sich lächelnd wieder und lief mit einer Leichtigkeit auf dem Seil weiter, als wäre es das Einfachste auf der Welt.

»Black, könnten wir nicht ein Tau von Reling zu Reling spannen? Seiltanzen würde ich viel lieber lernen, als auf Äpfel zu schießen.«

Bei dieser Vorstellung musste Black herzlich lachen. »Soll ich dir etwa Seiltanzen beibringen, womöglich noch mit einem weißen Schirmchen aus Spitze?«

Jetzt musste Amy auch lachen – Black mit einem

Schirm auf dem Seil! »Ihr habt recht – Käpt'n Reers würde denken, wir hätten einen Sonnenstich bekommen!«

Langsam färbte sich der Himmel, die Sonne ging unter. Die letzten Strahlen tauchten das Meer mit der Insel in ein betörendes Licht. Das Markttreiben, die Bäume und Häuser hoben sich vor dem orangerot glühenden Himmel dunkel ab, es sah aus wie ein Gemälde, so schön war die Aussicht. Dazu ertönten fremde Klänge von Flöten und Trommeln und verzauberten die Marktbesucher mit berauschenden Rhythmen.

Als sie bereits wieder Richtung Hafen schlenderten, bemerkten sie am Ende des Marktes eine Fakir-Vorstellung. Zu wilden Trommeln wirbelten sechs junge Männer mit nackten Oberkörpern und schwarzen Pluderhosen durch die Luft, stellten sich zu einer menschlichen Pyramide auf, und der Kleinste an der Spitze machte noch einen Handstand oben drauf.

Aber das Faszinierendste für Amy war der Feuerschlucker: ein Junge mit gebräunter Haut, langen dunklen Locken, die zu einem festen Zopf gebunden waren, und einem strahlenden Lächeln. Er war höchstens zwei, drei Jahre älter als Amy. Der junge Fakir jonglierte mit vier Fackeln und konnte riesige Flammen spucken. Mit dem Feuer erhellte er die beginnende Nacht. Es zischte und knisterte, der Geruch von Petroleum lag in der Luft. Amy war gefangen von den tanzenden Flammen vor ihren Augen und von den Trommeln, die ihre Sinne benebelten. Wie konnte ein Mensch Feuer spucken, ohne dabei zu verbrennen? Am Ende löschte er auch noch das Feuer der Fackeln direkt in seinem Mund.

Als die Aufführung zu Ende war, klatschten alle begeistert und Amy am lautesten.

Der Feuerspucker ging nun mit einem offenen Beutel durch die Zuschauermenge. Jetzt konnte sie ihn aus der Nähe betrachten: Er hatte eine wohlgeformte Nase und mit schwarzer Farbe umrandete grünbraune Augen, die sie interessiert und mit einer Spur von Traurigkeit anblickten. Um seinen Hals hing ein Lederband mit einem großen Amulett.

Amy fischte aus ihrer Tasche eine silberne Münze. Sie schaute den Jungen bewundernd an und war zum ersten Mal sprachlos.

Auch Black legte eine Münze dazu.

»Vielen Dank, hat dir unsere Vorstellung gefallen?«, fragte der Junge in gebrochenem Englisch und sah Amy dabei direkt in die Augen.

»Oh ja, sehr, hast du dich dabei nicht verbrannt?«

»Nein, heute nicht. Nur die Härchen an den Armen verbrennen.« Er zeigte ihr seinen haarlosen, leicht vernarbten Arm. Man konnte noch den Geruch der verbrannten Haare riechen.

»Kann ich auch Feuer spucken lernen, wie machst du das?«, fragte Amy interessiert.

»Es braucht ein bisschen Übung, bis man Feuer spucken kann. Zuerst aber muss man die Furcht vor dem Feuer überwinden.«

»Ich habe keine Angst. Gibt es morgen wieder eine Vorstellung?«

»Ja, morgen ist unser letzter Tag, dann ziehen wir weiter.«

»Black, das müssen wir uns noch einmal ansehen.«

Black grinste und nickte. »Wenn wir Zeit haben, kommen wir wieder her.«

»Wo geht ihr dann hin?«, wollte Amy von dem Jungen wissen.

»Wir ziehen weiter, wohin der Wind uns treibt.«

»Und wo ist dein Zuhause?«

»Mein Zuhause ist überall dort, wo wir gerade sind.« Mit seiner Hand beschrieb er einen ausladenden Bogen.

»Euch gehört die ganze Welt?!«, stellte Amy fasziniert fest.

»Nur sind wir nicht überall willkommen.« Er zuckte bedauernd mit den Schultern.

Eine ältere Frau rief dem Jungen etwas in einer fremden Sprache zu.

»Es gibt Essen. Meine Tante sagt, dass ihr gerne mitkommen könnt, sie lädt euch zum Essen ein. Übrigens, ich heiße Larou.«

»Oh ja, Black, lass uns mitgehen, bitte.« Sie schaute ihn so flehend an, dass Black es ihr nicht abschlagen konnte.

»Wenn es deinen Leuten nichts ausmacht, kommen wir gerne. Ich bin John Black und der kleine Quälgeist hier heißt Robin Tailor.«

Larou sah von einem zum anderen und schnalzte mit der Zunge. »Ach, und ich dachte, ihr seid Vater und Sohn.«

Black drückte Amy an sich. »Robin ist für mich der Sohn, den ich mir immer gewünscht habe. Auch wenn wir nicht den gleichen Namen tragen!«

Genauso hatte Amy sich ihren Vater immer vorgestellt. Sie war gerührt und blickte bewundernd zu Black auf.

Nicht weit entfernt, zwischen niedrigen Büschen, befand sich der Lagerplatz. Zehn Zelte standen im Halbkreis, in der Mitte brannte ein Lagerfeuer, über dem an einem eisernen Dreibein ein dampfender Topf hing. Die Gauklertruppe von etwa zwanzig Personen saß bereits am Feuer.

Als die drei ankamen, wurden sie freundlich begrüßt, und die Tante reichte Larou sein Gewand. Er zog sich ein langes weißes Hemd an, das an beiden Seiten bis zur Hüfte geschlitzt war, sodass man die verzierte Seitennaht der Pluderhose noch sehen konnte. Um den Kopf banden Larous geschickte Finger einen dunklen Stoff zu einem Turban. Jetzt sah er genauso aus wie die anderen Männer, die um das Feuer saßen. Zuletzt legte er sich noch eine reich verzierte Lederscheide um.

Larou deutete seinen neuen Freunden an, sich zu setzen.

Amy staunte über seine Verwandlung: Eben war er noch ein schlaksiger, großer Junge gewesen, jetzt wirkte er wie ein erwachsener Mann. Das machte Amy etwas befangen.

Eine junge Frau, ebenfalls in ein dunkles Gewand mit aufwendig besticktem Oberteil gehüllt, geschmückt mit großen Ohrringen, einer breiten Kette und vielen Armreifen, teilte Schüsseln und Brote aus. Es roch nach Hammelfett und Knoblauch. Sie lächelte Amy und Black freundlich an. Amy hatte noch nie eine schönere Frau gesehen: Sie hatte ein ovales Gesicht mit kunstvoll geflochtenen Haaren, die Brauen waren tiefschwarz nachgezogen, dazwischen und auf den Wangen waren rötliche Tupfen gemalt.

Aus dem großen Topf, der über dem Feuer hing, wurde jetzt das Essen ausgeteilt. Bis auf das Fleisch schmeckte es Amy ganz gut, trotz der ungewohnten Zutaten und starken Gewürze. Zu trinken gab es vergorene Kamelmilch oder Pfefferminztee. Amy und Black bevorzugten jedoch den, wenn auch stark gesüßten, Pfefferminztee. Zum Nachtisch gab es schmackhafte Datteln.

Black unterhielt sich mit Larous Onkel, der etwa in Blacks Alter war und neben ihm saß. Die beiden schienen sich gut zu verstehen.

Es war eine milde Nacht. Am Himmel funkelten unzählige Sterne, die Grillen zirpten, bis sie von der zauberhaften Musik einer Frau, die auf einer Art Geige aus einem ausgehöhlten Kürbis spielte, übertönt wurden. Das Instrument hatte nur eine einzige Saite, dazu benutzte sie einen kleinen Bogen aus Holz. Jetzt setzte sich ein Mann zu der Frau und sang zu ihrer Musik.

Es waren für Amy unbekannte Klänge, die sich wehmütig und fast wie von einer verstimmten Geige anhörten. »Larou, worüber singt der Mann?«

»Über unsere Heimat und die Sehnsucht danach.

Einst fiel die Urmutter vom Himmel. Zu dieser Zeit gab es nur das Meer, und die Schildkröte kam der Himmelsfrau zu Hilfe. Auf der Schildkröte war es ihr aber auf die Dauer zu unbequem. Dann kam eine Bisamratte. Diese holte Schlamm vom Meeresgrund und bedeckte damit den Panzer der Schildkröte als Polster für die Urmutter. So entstand das erste Land.«

»Das ist sehr schön. Dann weißt du also, wo deine Heimat ist?«

»Wir zogen mit der Karawane durch die Wüste, der Wind war unser Begleiter, die funkelnden Sterne unsere Wegweiser. Die glühende Sonne und die eisigen Nächte konnten uns nichts anhaben. Die Wüste war unser Zuhause – bis wir vertrieben wurden.«

»Warum hat man euch vertrieben?«, wollte Amy wissen.

»Fremde Männer kamen in unser Land und wollten, dass wir ihre Sitten und ihren Glauben annehmen. Ich war zum ersten Mal mit einer Karawane unterwegs, als unser Lager überfallen wurde. Nur meine Tante und ein paar Mädchen haben überlebt, die weiter weg Holz gesammelt hatten. Jetzt haben wir keine Heimat mehr, keinen Ort, an dem wir willkommen sind. Wir wollen als freies Volk anerkannt werden und nach unserer Tradition leben dürfen.« Larous Augen schimmerten sehnsüchtig im flackernden Feuer.

»Unterscheiden sich eure Traditionen so sehr von unseren?«

Ein Strahlen huschte über sein Gesicht. Dann schnalzte er mit der Zunge. »Oh ja, wir sind das älteste Volk der Erde. Die Kinder der Echsen, die einst zwischen Menschen und Göttern vermittelten. Ein Sprichwort sagt: ,*Die Eidechse kannst du mit der Hand fangen, doch ist sie in den Palästen der Könige.*'«

Amy staunte. »Woher weißt du das alles?«

»Es sind die Geschichten und Lieder, die beim Lagerfeuer weitergegeben werden.«

»Und was ist bei euch noch anders?«

Larou schwieg für einen Moment und sah auf das knisternde Feuer. »Bei euch bestimmt der Mann über die Frau. Es ist der Vater, der den Fortbestand seiner Linie sichert. Bei uns ist es die Mutter. Frau und Mann sind Freundin und Freund für das Herz, den Geist und die Augen. Ohne die Frau vertrocknet das Herz des Mannes wie ein Baum ohne Wurzeln. Das Zusammenleben von Frau und Mann ist bei uns anders als bei den meisten anderen Völkern. Jedes junge Mädchen darf sich seinen Herzensfreund wählen. Wenn sie einen anderen heiratet, ändert sich die Beziehung zwar, aber sie können trotzdem noch Zeit miteinander verbringen.«

»Und das erlaubt ihr Mann?«

»Ihm bleibt nichts anderes übrig, denn der Mann

wohnt in dem Zelt seiner Frau. Würde sie ihn vor die Tür setzen, würde er dastehen wie ein Taugenichts.« Larou wandte den Blick vom Feuer ab, sah Amy an und musste lachen, als er in ihr skeptisches Gesicht blickte.

»Dann ist die Frau bei euch mehr wert als der Mann?«, fragte sie ungläubig.

»Die Frau ist das Wesen, aus dem das Leben entsteht. Wir beschützen und ehren sie. Wir achten darauf, dass sie sich wohlfühlt, und dafür bekommen wir ihre Liebe. Sanftheit zu zeigen, ist für die Männer unseres Stammes keine Schwäche, sondern Stärke, denn in der Wüste können nur starke Menschen überleben.«

Black, der ebenfalls zugehört hatte, nickte anerkennend. »Ich habe schon viele verschiedene Völker kennengelernt. Aber das war das Schönste, was ich je gehört habe.«

»Ich auch. Am liebsten würde ich euch alle mit auf den *Roten Löwen* nehmen, dann habt ihr wieder ein Zuhause.« Amy war begeistert von ihrer Idee.

»Ein schöner Gedanke, aber dafür ist der *Löwe* leider zu klein«, bemerkte Black.

»Meine Sippe möchte wieder zurück in die Wüste gehen, aber ich träume schon lange davon, mehr von der Welt zu sehen. Sobald sich die Gelegenheit ergibt, werde ich alleine weiterziehen.«

»Dann kommst du eben alleine mit uns nach Indien«, schlug Amy vor.

Larou lachte. »Das ist wirklich sehr nett von dir, nur zieht es mich in die andere Richtung, nach Virginia, wo mein Bruder lebt.«

»Komm, Robin, wir müssen uns jetzt verabschieden. Die Mannschaft trifft sich noch in der Spelunke, und wir sollten davor noch auf das Schiff«, ermahnte Black Amy.

Missmutig stand Amy auf. Bevor sie sich verabschiedete, stellte sie Larou noch eine Frage: »In welchem Zelt wohnst du?

»Gleich vorne links.« Er deutete darauf.

»Gehört das deiner Frau?«

»Ich bin erst 15, da habe ich noch keine Frau.«

»Hast du denn eine Herzensfrau?«

»Robin, du bist mal wieder zu neugierig. Das geht dich nichts an, lass uns jetzt gehen«, warf Black ungeduldig ein.

Larou wurde ernst. »Schon gut, die Fragen stören mich nicht. Nein, unser Volk ist nicht wie früher, wir können nicht mehr alle unserer alten Traditionen fortführen.« Dabei tippte er ihr auf die Nase.

»Das tut mir leid.« Amy sah zu Black. »Kann ich nicht noch hierbleiben?«

»Das wäre schön, Ihr könnt ihn später abholen«, half ihr Larou sogleich.

Black gab sich geschlagen. »Also gut, in zwei Stunden hole ich dich – und frag dem armen Jungen keine Löcher in den Bauch – und Finger weg vom Feuer.« Er drohte scherzhaft mit dem erhobenen Zeigefinger und zwinkerte Larou zu, was Amy aber nicht davon abhielt, Larou, sobald Black gegangen war, zu fragen, ob er ihr nicht doch das Feuerspucken beibringen könnte.

»Was ich mache, ist gefährlich. Mein Vater starb, weil er sich am Petroleum verschluckt hatte. Er wurde krank, und das Atmen fiel ihm immer schwerer, bis er gar keine Luft mehr bekam. Deshalb wollte ich eigentlich nicht mehr Feuer spucken, aber weil ich es am besten von allen kann, muss ich es leider weiter tun, denn damit bekommt man die meisten Zuschauer und Geld zum Leben.«

»Das tut mir leid.« Voller Sorge sah sie ihn an. »Dann könntest du ja jeden Tag sterben.«

Larou lächelte wieder. »Nein, ganz so schlimm ist es nicht, es gibt nur ein paar Regeln, die ich beachten muss.«

»Und was musst du beachten?«

»Ganz wichtig ist, bevor ich beginne, Feuer zu spucken, den Mund mit Milch auszuspülen, damit der Geschmack des Petroleums nicht ganz so stark ist.«

»War das Milch, was du bei der Vorstellung immer getrunken und zwischendurch wieder ausgespuckt hast?«

»Ja, da hast du aber gut aufgepasst.«

Amy lächelte verlegen. »Ich wollte es auch unbedingt lernen, aber seit ich das mit deinem Vater weiß, möchte ich es lieber nicht mehr versuchen. Aber wissen will ich doch, wie es möglich ist, eine so große Flamme zu spucken.«

Larou nahm sein gefülltes Teeglas. »Ich zeig es dir. Beim Feuerspucken musst du immer auf die Windrichtung achten und dass du weit genug von den Zuschauern entfernt stehst. Auch sollte man keinen Bart haben, und die Haare müssen zurückgebunden sein. Erst musst du den Mund mit Milch ausspülen, und dann nimmst du einen großen Schluck Petroleum.« Er trank sein Teeglas leer, sodass seine Wangen reichlich mit Wasser gefüllt waren, und atmete kräftig durch die Nase ein. Dabei zeigte er auf seine Lippen, die starr und strichförmig aufeinandergedrückt und leicht nach innen gerollt waren. Dann schaute er Richtung Feuer und pustete kraftvoll das Wasser wieder heraus. Ein feiner, gewaltiger Sprühnebel rieselte auf das zischende Feuer.

Larou schaute sie lachend an. »Wenn das jetzt Petroleum gewesen wäre, dann wäre es uns mächtig heiß geworden.«

Amy war beeindruckt.

»Das kannst du aber gut. Und wie schluckst du das Feuer?«

»Schlucken sollte man das Feuer niemals, dass würde wohl keiner überleben. Es gibt einen Trick, aber du darfst ihn niemandem verraten.«

Amy nickte und flüsterte: »Ich schwöre, ich werde es niemandem erzählen.«

Jetzt nahm Larou einen kleinen Stock aus dem Feuer, der an einem Ende brannte. »Man muss den Kopf ganz weit nach hinten neigen, dann führt man die Fackel mit gestrecktem Arm zum Mund. Pass gut auf.« Er führte es vor, und in dem Moment, als die Flamme die Lippen passiert hatte, machte er hörbar »Charb« und umschloss den Stock mit den Lippen.

»Du hast die Flamme ausgehaucht«, empörte sich Amy.

Larou lachte. »Ja, genau. Das ist der Trick dabei. Trotzdem muss man aufpassen, weil der Stock sehr heiß ist, damit man sich die Lippen nicht verbrennt.«

»Von wem hast du das alles gelernt?«

»Wir haben das früher zum Zeitvertreib gemacht oder bei Festen, wenn wir uns mit anderen Gruppen unseres Stammes getroffen haben.«

Die Zeit verging wie im Flug. Als es schließlich auf Mitternacht zuging und Amy zu gähnen anfing, begann sie sich allmählich Sorgen zu machen.

»Black hätte mich schon längst abholen müssen, ich werde lieber nach ihm suchen.« Sie wollte schon aufstehen und sich verabschieden, als Larou ihr vorschlug: »Du kannst hierbleiben, in der Taverne hat er bestimmt die Zeit vergessen. Er wird bald kommen.«

»Hm, nein, ich gehe lieber. Auf Black kann ich mich verlassen, und er würde niemals die Zeit vergessen. Irgendetwas stimmt nicht.«

»Warte, ich komme mit. Ich sage nur den anderen Bescheid, falls er doch noch kommt und wir weg sind.«

Es war nicht weit bis zur Taverne. Von fern hörte man das Stimmengewirr und Lachen aus den offenen Fenstern, einige Männer sangen Seemannslieder.

Als Larou die Tür öffnete, schlug ihnen eine dicke Rauchwolke entgegen. Eduard Trevor und der Smutje Robert Miller saßen noch am Tisch und tranken Wein. Es war eindeutig nicht ihr erstes Glas.

Von ihnen erfuhren sie, dass Black schon vor einer Stunde gegangen war. Er hatte wohl mit drei fremden Männern am Nebentisch gesessen und Karten gespielt, aber die drei Männer waren kurz nach Black auch gegangen.

Auf weitere Hilfe der beiden konnte Amy nicht hoffen, sie waren zu betrunken und konnten froh sein, wenn sie den Weg zum Schiff noch fanden.

Ratlos standen Amy und Larou vor der Taverne.

»Was sollen wir jetzt machen?«, fragte Amy.

»Warte hier in der dunklen Ecke, damit dich niemand sieht, ich höre mich kurz um.«

Um die Schenke herum herrschte reges Treiben. Im Laufe des Tages hatten noch mehrere Schiffe angelegt, und die Matrosen feierten ausgiebig nach den langen Wochen auf See mit viel Alkohol und willigen Frauen in der Hafenschenke. Grölend liefen sie durch die Straßen, hier und da hörte man sie streiten oder lachen.

Amy stand hinter einem Busch an einer Hauswand. Ein schmaler Käfer mit langen, wippenden Fühlern krabbelte an der Mauer nach oben. »Ja, wer bist denn du? Du siehst aber nett aus.« Sie hielt ihre Hand hin, ließ den Käfer darauf laufen, bis sie einen Mann bemerkte, der dicht an ihr vorbeiging.

Sie erkannte ihn im Halbdunkeln gleich an seiner Körperhaltung und dem Spazierstock wieder. Sein mit Diamanten umfasster Siegelring blitzte auffällig in dem Licht auf, das aus dem Fenster der Taverne darauf fiel. Selbst hier auf der Insel, wo es so heiß war, trug er eine Perücke.

Warum war er hier, was tat er hier? War es Zufall – oder suchte er sie etwa? Amy hielt den Atem an, bis er an ihr vorbei war. Gott sei Dank hatte er sie nicht bemerkt. Sie setzte rasch den Käfer auf ein

Blatt des Busches und hoffte zitternd, dass Larou mit Black bald auftauchen würde.

Es war heiß, Will holte mit seinen langen Fingern aus der mit Gold umsäumten Tasche ein Tuch heraus und betupfte sich die Stirn. Für einen Augenblick blieb er stehen, er war vorsichtig, damit seine Perücke nicht verrutschte. Will trug sie immer, sie war aus dem Haar seiner Mutter nach seiner Vorstellung angefertigt worden und sie musste nicht einmal gepudert werden, da die Haare seiner Mutter schneeweiß waren.

Will atmete tief durch, sah kurz zum funkelnden Sternenhimmel hoch und lief langsam weiter, den Spazierstock lässig unterm Arm geklemmt. Er brauchte keinen Stock, aber mit einer leichten Drehung am Griff kam daraus ein Florett zum Vorschein. Er kannte die Insel und ihre Gepflogenheiten nicht und im Gebüsch hatte es verdächtig geraschelt. Er wollte lieber vorsichtig sein.

Wenn er doch nur endlich das Mädchen finden würde. Mit Kindern konnte Will noch nie gut umgehen, aber dieses Mädchen brachte ihn zum Wahnsinn.

Ein wenig plagte ihn bei dem Gedanken sein schlechtes Gewissen. Obwohl er ein angesehener, wohlhabender Mann war, hatte er vor Jahren seine Frau und seine beiden Kinder verlassen, um das Leben eines Piraten zu führen. Er ließ ihnen zwar regelmäßig reichlich Geld zukommen; trotzdem war ihm bewusst, dass er seine Familie im Stich ließ. Auch er selbst hatte seinen Vater früh verloren und wusste, wie es sich anfühlte. Aber er war nicht für ein biederes Familienleben geschaffen, es nahm ihm die Luft zum Atmen. Es engte ihn ein, sodass er dankbar war, damals Samuel kennengelernt zu haben. Will lächelte beim Gedanken an Sam. Vom ersten Augenblick an hatte er sich von Sams Abenteuerlust angezogen gefühlt. Er gab ihm einen Großteil seines Vermögens für die verrückte Idee, das Gold der gesunkenen spanischen Silberflotte zu bergen. So wurde nach kurzer Zeit aus der Abenteuerlust eine richtige Berufung; sie raubten Schiffe aus und wurden so zu Piraten.

Will schüttelte den Kopf, als könnte er so die Vergangenheit abschütteln. Es gab Wichtigeres zu tun, als alten Zeiten nachzutrauern.

Als seine Mannschaft vor ein paar Tagen den *Roten Löwen* endlich gesichtet hatte, war ein Sturm aufgekommen und sie hatten ihn aus den Augen verloren. Nur der Knappheit der Vorräte war es zu verdanken, dass sie mit den letzten Sonnenstrahlen hier an Land gegangen waren – und da lag der *Rote Löwe* am Kai. Von dem Kind aber fehlte bis jetzt jede Spur, aber spätestens morgen früh würde er das Mädchen in seine Finger bekommen, da war er sich sicher.

Will hatte inzwischen den Hafen erreicht. Er sah auf die am Ankerplatz liegenden Schiffe. Auf allen Schiffen war es ruhig, nur auf einem herrschte betriebsame Unruhe. Die Mannschaft von der Fregatte *Tanner* würde doch nicht so leichtsinnig sein und bei Dunkelheit auslaufen?

»John Julian, bist du das?«, fragte er einen Mann, der, wie es aussah, im Schatten eines Baumes schlummerte. Die Frage war unnötig, weil er den Indianer schon an seinen ungewöhnlichen, markanten Umrissen erkannt hatte.

»Aye Käpt'n, ich hab alles im Blick. Das Mädchen ist bis jetzt nicht aufgetaucht, aber vor ungefähr einer Stunde traute ich meinen Augen nicht, da ging ein Mann wie unser alter Käpt'n von der Whydah die Molle entlang. Was hieß ‚ging' – er wurde von Matrosen genötigt, auf die *Tanner* zu gehen. Sie legen gleich ab und wollen nach Boston.« Die tiefe Stimme des Miskito-Indianers klang unheilverkündend.

»Glaub mir, John Julian, mir geht es an fast jedem Hafen so, immer sehe ich Sam. Die ersten paar Jahre verfolgte ich diese Männer und jedes Mal stellte ich fest: Ich hatte mich getäuscht. Wir müssen akzeptieren, dass Sam tot ist. Er hat uns für immer verlassen.«

»Hast du die Fregatte *Tanner* gesehen, wir hatten sie damals mit Sam vor Petit Goave bei Haiti ausgeraubt. Dies kann doch alles kein Zufall sein, die Geister wollen uns was sagen.« John Julians Stimme klang schaurig.

»Genug mit deinen Gruselgeschichten, lass uns schlafen gehen. Der *Rote Löwe* wird nicht vor morgen Abend auslaufen, sie müssen ihr Schiff erst gründlich überholen. Morgen früh werde ich gleich mit dessen Käpt'n reden und dann haben wir das Mädchen.«

John Julian löste seinen starren Blick von der *Tanner* und folgte seinem Käpt'n. Er war sich jedoch sicher, dieses Schiff würde Unheil bedeuten.

Amy war erleichtert, als Larou zwanzig Minuten später zurückkam. Er nahm sie an die Hand und rannte mit ihr los. Atemlos erzählte er ihr, was er wusste: »Ich habe meinen Leuten Bescheid gesagt, sie haben sich umgehört. Also – Black wurde von drei Männern gegen seinen Willen auf ein Schiff gebracht. Das Schiff wird jeden Augenblick auslaufen, wir müssen uns beeilen.«

Amy packte das blanke Entsetzen, sie musste Black helfen, er war wie ein Vater für sie. Sie wollte ihn nicht auch noch verlieren.

Die beiden erkannten gleich den Dreimaster. Auf der Fregatte *Tanner* herrschte reges Treiben, das Schiff wurde tatsächlich zum Auslaufen bereit gemacht.

»Larou, ich muss mit, und du sagst Kapitän Reers vom *Roten Löwen* Bescheid, was passiert ist, hoffentlich kann er uns helfen.«

»Robin, das ist zu gefährlich.«

»Mach dir keine Sorgen, ich kenne mich gut auf Schiffen aus und ich weiß, wo ich mich verstecken kann. Aber vielleicht braucht Black meine Hilfe, ich muss zu ihm.«

»Du bist verrückt«, stöhnte Larou verzweifelt, half ihr aber, an den Tauen zum Schiff hinüberzuklettern. Wie gut, dass der Mond gerade von Wolken verdeckt wurde.

»Pass gut auf dich auf, kleine Meeresprinzessin. Ich werde euch irgendwie helfen, das verspreche ich dir.«

»Du weißt ...??« Amy sah ihn entsetzt an.

»Deine Verkleidung ist gut, aber deine Augen haben dich verraten.«

»Und du lässt mich trotzdem gehen, obwohl ich ein Mädchen bin?«

»Gerade deshalb. Bei uns gibt es ein Sprichwort: ‚Eine Frau tut immer, was sie will.'« Er gab ihr einen Kuss auf die Wange und kletterte lautlos zurück.

Amy berührte die Stelle auf ihrer glühenden Wange und sah ihm verdutzt nach. Ihr Herz zog sich schmerzhaft zusammen, als sie ihn gehen sah. Hoffentlich würde sie Larou bald wiedersehen.

Erst die unfreundliche Stimme des Kapitäns, der seiner Mannschaft Kommandos zubrüllte, riss sie aus ihren Gedanken. Schon an seiner Stimme erkannte sie, dass er ein unangenehmer Mensch war.

Vorsichtig sah sich Amy um, offenbar hatte sie noch niemand bemerkt. Auf der *Tanner* herrschte nicht die Ordnung wie bei Kapitän Reers, was für Amy gut war, denn so gab es genug Möglichkeiten, sich zu verstecken.

Die Anker wurden gelichtet, die benötigten Segel gesetzt – die *Tanner* verließ langsam den Hafen. Amy war gerade noch rechtzeitig gekommen, um unbemerkt aufs Schiff zu gelangen.

Nachdem die Fregatte weit genug von der Küste entfernt war, kroch sie im Schutz der Dunkelheit näher an die Männer heran, die sich um den Großmast versammelt hatten.

Der Kapitän, in dunkler Kleidung und mit einem

Dreispitz, stand schwankend auf dem Poopdeck und lachte lauthals. »Männer, wir werden fette Beute machen. Ein Toter ist zum Leben erwacht, haha. Der *Robin Hood* der Piraten ist auferstanden – und er wird uns zu seinem Schatz führen.«

Jetzt erst sah Amy Black, der gefesselt am Großmast stand. Die Männer hatten ihn übel zugerichtet. Er blutete aus der Nase und sein linkes Auge war geschwollen. Voller Verachtung blickte er zum Kapitän hinauf.

»Hast du mir nichts zu sagen, Samuel Bellamy?« Der Kapitän der *Tanner* ging langsam und mit festem Schritt auf ihn zu.

Mit der Messerspitze hob er das Kinn seines Gefangenen an und blickte Black überlegen in die Augen. Black jedoch hielt seinem Blick stand.

Amy hätte vor Entsetzen fast laut geschrien. Doch geistesgegenwärtig schlug sie sich noch rechtzeitig die Hand vor den Mund. Dann fing sie aus lauter Verzweiflung an, an ihren Fingernägeln zu kauen.

»Was für ein Pech, dass Ihr mich beim Kartenspielen nicht erkannt habt, was? Ihr dachtet wohl, Ihr hättet eine Glückssträhne, doch ich habe Euch extra gewinnen lassen.« Jetzt lachte der Kapitän noch mehr, und mit einem gekonnten Messerschwung schnitt er den Beutel von Blacks Gürtel ab. Ein Matrose hob ihn eiligst auf und gab ihn dem Kapitän.

Dieser warf den Beutel einige Male hoch, sodass man die Münzen klirren hören konnte.

Der Zorn stieg in Black hoch. Nicht, dass er wirklich wusste, was für ein Interesse dieser elende Kerl an ihm hatte, aber er erkannte in diesem Kapitän mit einem Mal Thomas Checkley von der Gerichtsverhandlung in Boston wieder, die nach dem Schiffsunglück stattfand, das er überlebt hatte. Allerdings war das fast elf Jahre her, und er hatte den verwahrlosten Mann nicht gleich erkannt.

Checkley hatte sich damals als seriöser Seemann ausgegeben, dem bei einem Piratenangriff übel mitgespielt worden war. Er hatte in dieser Verhandlung gegen sechs Piraten ausgesagt, die damals am Überfall beteiligt gewesen waren und sich an Land hatten retten können. Mit seiner Aussage hatte er diese Männer schwer belastet.

Auch Black war ein Überlebender dieses Schiffsunglücks gewesen, aber er war schwer verletzt von einem Fischer gerettet worden. In jener Nacht waren zwei Schiffe gekentert. Eines davon war ein Piratenschiff, das andere ein Handelsschiff. Black hatte bei seiner Suche nach Erinnerung immer gehofft, dass er nicht an Bord des Piratenschiffes gewesen war. Die jetzige Erkenntnis traf ihn wie ein Schlag – er war also doch einer dieser Piraten gewesen.

»Jetzt seid Ihr kleinlaut, aber damals, als Ihr

unser Schiff gekapert habt, habt Ihr noch herzzerreißende Reden gehalten. Was ist aus Eurem losen Mundwerk geworden, *Samuel Bellamy*, Piratenkapitän der *Whydah*; und wo habt Ihr Eure Mannschaft gelassen? Haben sie alle den Boden unter ihren Füßen verloren?«

Die Meute brach in ein schadenfrohes Gelächter aus – bis Black fragte: »Was wollt Ihr von mir?«

Wieder lachten alle, als hätte Black einen Scherz gemacht.

»Was wir wollen? Sollen wir Eurem Gedächtnis ein wenig auf die Sprünge helfen?« Der Kapitän hielt das Messer dicht an Blacks Hals. Doch Black verzog keine Miene.

»Und – könnt Ihr Euch wieder erinnern?«, blaffte ihn der Kapitän an.

Black schwieg, seine Augen wurden zu schmalen Schlitzen, in seinem Kopf schwirrte es wild durcheinander. Noch immer konnte er sich an nichts erinnern – aber jetzt kannte er wenigstens seinen echten Namen, *Samuel Bellamy*. Er hatte wieder eine greifbare Vergangenheit, und die behagte ihm so gar nicht. Doch der Einzige, der ihm mehr darüber hätte erzählen können, stand gerade hämisch grinsend mit einem Messer vor ihm.

Blacks Schweigen dauerte Checkley viel zu lange. Langsam wurde er ungeduldig.

»Elender Hund. Man sagt, bevor die *Whydah* sank, habt Ihr einen Schatz vergraben. Könnte er vielleicht auf Beef Island sein? Dort habt Ihr Euch doch so gerne herumgetrieben.« Seine Stimme wurde lauter. »Entweder Ihr sagt uns, wo sich der Schatz befindet, oder wir bringen Euch vor das Admiralitätsgericht in Boston. Dann könnt Ihr Hochzeit feiern mit des Seilers Tochter.«

»Aber dann wird Euch das Gericht gleich mitverurteilen und Euch Schmuggler ebenfalls aufhängen. Und ich werde dann mein Geheimnis mit ins Grab nehmen«, erwiderte Black verächtlich. Dieses hier war kein gewöhnliches Handelsschiff, das war ihm gleich aufgefallen, als er gesehen hatte, dass die Matrosen bis auf den letzten Mann schwer bewaffnet waren.

»Bringt ihn runter in die Arrestzelle und bindet ihm eine Fußfessel um. Jeden Tag bekommt er eine Ration Wasser und ein Stück trockenes Brot, sodass er gerade halbwegs am Leben bleibt. Dann werden wir sehen, wie lange er noch vergessen hat, wo er den Schatz vergraben hat. Bis wir in Boston sind, haben wir noch ein paar Wochen Zeit.« Sein gehässiges Lachen war noch weit zu hören.

Zwei Matrosen brachten Black in den Laderaum, tief unten im Rumpf des Schiffes, wo es entsetzlich nach Bilgenwasser und verdorbenem Fleisch stank.

Black fühlte sich genauso, wie er sich vor zehn Jahren gefühlt hatte. Das hatte sich erst an jenem Tag geändert, an dem Eduard Trevor ihn in einer Spelunke vor vier wild gewordenen Matrosen gerettet hatte. Davor war ihm sein Dasein so sinnlos und leer erschienen, ohne jede Erinnerung an sein bisheriges Leben, sodass er die Zeit mit Trinken und Spielen in Spelunken verbrachte. An besagtem Abend hatte er Streit mit gleich vier Matrosen. Eduard war ihm zu Hilfe gekommen. Er war es auch gewesen, der ihn auf das Schiff von Kapitän Reers gebracht hatte, nachdem er von Blacks Geschichte erfahren hatte. Das war das Beste, was Black hatte passieren können.

Zehn gute Jahre war er inzwischen an Bord des *Roten Löwen*, bis ihn jetzt seine Vergangenheit wieder eingeholt hatte.

Nachdem zwei Männer ihn in den dunklen Laderaum gebracht hatten, ging ihm nur ein entsetzlicher Gedanke durch den Kopf: Er sollte der Piratenkapitän der *Whydah* gewesen sein? Dann hätte er über fünfzig Schiffe ausgeraubt?

Damals bei der Gerichtsverhandlung nach dem Schiffsunglück hatte er viel über den Anführer der Piraten gehört. Er sei ein kalter, habgieriger und grausamer Mensch, der angeblich ohne Skrupel und Gewissen war. Einer, der kaltblütig Schiffe ausraubte und unschuldige Matrosen zwang, ebenfalls Piraten zu werden. Und dieser Anführer sollte er selbst gewesen sein?

Es erschien ihm absurd, es passte nicht zu ihm.

Was hatte er denn die letzten Jahre für schlechte Eigenschaften an sich entdeckt? Er war eine Kämpfernatur, die nicht so schnell aufgab, darüber hinaus liebte er seine Freiheit und Unabhängigkeit. Mit Sicherheit war er waghalsig, gelegentlich impulsiv und ganz selten aufbrausend – aber nur, weil er Ungerechtigkeiten hasste. Außerdem konnte er sich durchsetzen und verlangte viel, war aber auch bereit, selbst bis zum Umfallen zu schuften.

Reichte all das dafür aus, ein grausamer Pirat zu sein?

Vielleicht war er aus Not, gezwungenermaßen, an Bord eines Piratenschiffes gewesen, weil er ein hervorragender Steuermann war, aber niemals als *Kapitän* der Piraten.

Plötzlich wurde Black durch ein scharrendes Geräusch aus seinen Gedanken gerissen; er konnte jedoch nichts erkennen, sosehr er seine Augen auch anstrengte.

»Black, seid Ihr hier?«, klang Amys zaghafte Stimme aus der Dunkelheit.

»Robin?? Was in drei Teufels Namen machst du hier, geh sofort zurück an Land.«

Jetzt hörte er eine Zunderbüchse und das Geräusch von Feuerstein auf Stahl, und dann sah er Robin im schwachen Schein einer Kerze.

»Mach sofort die Kerze aus, sie könnten das Licht durch die Grätings sehen«, zischte er ihr zu.

»Über uns ist nur ein Laderaum, und dort sind nur Kisten. Ich bringe Euch etwas zu essen, der Koch an Bord soll miserabel sein«, versuchte Amy zu scherzen, dabei verzog sie entsetzt ihr Gesicht, als sie Blacks Wunden bei Kerzenschein sah.

»Smutje.«

»Entschuldige: Smutje. Habt Ihr Hunger?«

»Robin, wie kommst du auf das Schiff?«

»Ich bin am Seil hinübergeklettert.«

»Tau, das heißt Tau.«

»Ja, am Tau.«

»Was machst du hier?«

»Soll ich Eure Fessel lösen?«

»Lieber nicht, sonst werde ich dir den Hals umdrehen.«

»Black, jetzt seid mir bitte nicht böse, ich wollte Euch nur helfen«, erwiderte Amy schuldbewusst, tröpfelte etwas Wachs auf den Boden vor Black und stellte die Kerze in das noch warme Wachs hinein.

»Wie stellst du dir das denn vor? Dass wir beide eine Meuterei anfangen und das Schiff kapern?«

»Ich dachte, Ihr seid Pirat, Sir.«

Ein schmerzvoller Ausdruck erschien auf Blacks Gesicht. »Du hast alles mitgehört?«

Amy nickte.

»Schande über mich. Robin, ich bin keinen Deut besser als diese Schmuggler da oben. Du hättest mir nicht folgen dürfen. Spring über Bord, schwimm an Land, aber bleib bitte nicht hier. Du kannst mir nicht helfen. Geh von Bord, solange du kannst!«

»Aber Larou sagt Kapitän Reers Bescheid. Er wird uns bestimmt helfen!«

Black schnaubte ärgerlich durch. »Das hättest du nicht tun sollen. Außerdem habe ich Reers alles über mich erzählt, was ich wusste. Er hat mich trotzdem in seine Mannschaft aufgenommen. Ich habe Käpt'n Reers versprochen, sollte sich herausstellen, dass ich was mit den Piraten zu tun habe, werde ich den Löwen verlassen, um sie nicht in Gefahr zu bringen. Also brauchst du auf deren Hilfe nicht zu hoffen.«

Als Amy widersprechen wollte, schnauzte er sie unbeherrscht an: »Verschwinde jetzt, ich will dich nicht mehr sehen!«

Damit blies er die Kerze aus und kickte sie mit dem freien Fuß weg. Er war aufgewühlt, seine Wunden schmerzten und er wusste nicht einmal, wie er mit sich selbst fertigwerden sollte. Wie sollte er in dieser Lage, als Gefangener, auch noch auf ein Kind aufpassen?

Amy wich erschrocken zurück, noch nie hatte sie ihn so außer sich erlebt. Verwirrt stolperte sie den langen Gang entlang, öffnete die Tür, schloss sie dann von innen wieder. Wo sollte sie auch hin? Hier unten war der sicherste Platz. Hier gab es die besten Möglichkeiten, sich zwischen den Kisten zu verstecken. Zurück an Land konnte sie nicht mehr, das Schiff war schon viel zu weit weg, außerdem war es mitten in der Nacht.

Warum war Black nur so hart zu ihr? Sie wollte ihm doch nur helfen und konnte nicht glauben, dass Black ein grausamer Pirat war. Ein Kloß steckte in ihrem Hals. Nein, sie durfte jetzt nicht weinen. Sie war doch jetzt ein Junge. Ärgerlich wischte sie die verräterischen Tränen weg.

Amy wusste nicht, wie lange sie so dagesessen hatte, als sie ein leises Rufen hörte: »Robin!«

Sie antwortete nicht.

»Ich weiß, dass du hier bist, komm her!«

Widerwillig kroch sie im Finsteren zu Black.

»Es ist zu gefährlich hier, wenn du einschläfst, werden dich die hungrigen Ratten, die überall sind, anfressen. Wenn du müde bist, schlaf bei mir, ich passe auf dich auf.«

»Soll ich Euch jetzt vielleicht die Fessel lösen?«, fragte sie kaum hörbar. Black war mit einem Fuß an einer längeren Kette gefesselt, die am Boden befestigt war.

»Mit deinen Zähnen?«, kam die ironische Antwort.

»Nein, aber mit einem spitzen Messer lässt sich das Schloss vielleicht knacken.«

»Du hast ein Messer?«

»Ja, sicher verstaut.« Sie hatte das kleine Messer aus der Truhe in dem Leinensäckchen, in dem sich auch ihre Zahnbürste befand, im Inneren ihrer Hose befestigt.

»Mach mal die Kerze wieder an.«

Amy kroch über dem Boden und tastete nach der Kerze, die sie schnell wiederfand. Als sie sie angezündet hatte, nahm Black ihr das Messer ab und sah es sich im Kerzenschein an.

»Alle Achtung, ganz schön gefährlich, was du so mit dir rumträgst. Damit könnte ich das Schloss aufbekommen, aber das versuche ich erst, wenn ich einen Plan habe. Inzwischen ist es zu spät, über Bord zu springen.« Damit wollte er Amy das Messer wieder zurückgeben.

»Behaltet es, Ihr könnt bestimmt besser damit umgehen.«

Darauf schob sich Black das Messer in den Schaft seines Stiefels.

Fregatte Tanner

27. März anno 1728
Richtung Norden.
Um Mitternacht in missliche Lage geraten,
gefangen unter Deck der Fregatte Tanner.
Black!

Kapitän Reers war ratlos. Mit entsetztem Schweigen hatte er dem fremden Jungen zugehört.

»Wir müssen zuerst einige Reparaturen an unserem Schiff vornehmen, sonst sind wir zu langsam und können die *Tanner* nicht einholen.« Cornelius stand in einem weißen, langen Nachthemd und einem grün karierten Morgenmantel in seiner Kabine. Die meisten Männer seiner Mannschaft waren nicht mehr ganz jung. Wie sollten sie Black nur befreien? Er mochte den ehrgeizigen jungen Mann, der im gleichen Alter war wie sein verstorbener Sohn. Und er wusste, dass Black nicht wollen würde, dass er die Mannschaft seinetwegen in Gefahr brachte. Doch so wie er seine Männer kannte, würden sie Black helfen wollen.

»Junge, mach dir keine Sorgen, wir werden heute noch auslaufen und den beiden helfen«, versicherte er Larou gegen seine Bedenken entschlossen und fuhr sich über sein unrasiertes Kinn.

Als Larou nach dem Gespräch mit Kapitän Reers von Bord ging, hätte er zu gerne gefragt, ob er mitkommen könnte, um das Mädchen zu suchen, aber auf dem Schiff waren nur Engländer, bestimmt war er dort nicht erwünscht. Unschlüssig spielte er mit dem Gedanken, sich als blinder Passagier an Bord zu schleichen, als ihn ein fremder Mann ansprach.
»Entschuldigung, könntest du mir eine Auskunft geben?«

Larou war so in Gedanken, dass er den modisch gekleideten Mann mit der weiß gepuderten Perücke nicht gesehen hatte, der ihm auf dem Bootssteg entgegenkam.

»Mein Name ist Paulsgrave Williams, und ich suche den Schiffsjungen vom *Roten Löwen*. Ist er an Bord?«

»Nein, *sie* ist leider nicht hier.« Larou hatte sich aus Versehen verplappert, aber da sein Englisch sowieso nicht das beste war, würde der Mann es hoffentlich nicht merken.

Doch Will sah ihn prüfend an. »Ist es aufgefallen, dass sie ein Mädchen ist? Ich hoffe, es geht ihr gut?«

Larou kratzte sich unsicher am Kopf. Wer war der Mann, und was wollte er von dem Mädchen? »Es ist nur mir aufgefallen, und um ehrlich zu sein, steckt sie in ziemlichen Schwierigkeiten. Sie befindet sich als blinder Passagier auf der *Tanner*. Um einem Freund zu helfen.« Schlimmer konnte es auch nicht mehr werden, und vielleicht konnte dieser Mann schneller helfen als der Kapitän vom *Roten Löwen*.

»Auf der *Tanner*? Seit wann?« Der Mann verzog ärgerlich sein Gesicht.

»Seit heute Nacht.«

»Das gibt es nicht, immer entwischt mir der Wildfang knapp. Das ist kein Kind, das ist der Teufel höchstpersönlich.«

»Sie suchen den Jungen?« Kapitän Reers, der gerade an die Reling kam, hatte wohl die letzten Worte gehört.

»Ja, den suche ich«, bestätigte Will knapp.

»Dann kommen Sie doch auf mein Schiff, und wir können in Ruhe alles besprechen.«

Unsicher stand Larou am Pier und wartete. Der Mann war wütend auf Robin oder wie auch immer sie hieß. Warum suchte er sie, und konnte man ihm vertrauen? Auf jeden Fall sah er sehr wohlhabend aus.

Irgendwann setzte Larou sich in den Schatten eines Baumes und gähnte herzhaft. Die ganze Nacht hatte er nicht geschlafen, und hungrig war er obendrein. Aber er rührte sich nicht von der Stelle und ließ das Schiff keinen Augenblick aus den Augen. Was musste das arme Mädchen nur durchmachen? Irgendwie musste er ihr helfen. Er würde es nicht ertragen, nie zu erfahren, was aus ihr geworden war. Warum dauerte alles so lange?

Amy konnte einigermaßen gut schlafen, denn in Blacks Armen fühlte sie sich sicher. Nach dem Aufwachen aßen sie zusammen Speck und Zwieback, beides hatte Amy in der Nacht besorgt. Danach hatten sie sich mit dem Wasser, das ein Matrose zum Trinken gebracht hatte, gewaschen und die Zähne geputzt. Jetzt verstand Amy, was Black damit meinte, man solle seine Zahnbürste immer bei sich tragen.

Ein wenig Licht drang durch die Holzritzen, sodass man Umrisse erkennen konnte. Alles, was auf ihre Anwesenheit hindeutete, versteckte Amy hinter Kisten. Oben an Deck hörte man ab und zu laute Rufe und die Schritte der Männer, die über die Planken liefen. Die See war ruhig, es schien fast so, als hätte die Mannschaft ihren Gefangenen im Laderaum vergessen. Die Hitze war unerträglich, und der Tag zog sich endlos dahin. Black lag nur da, war nicht ansprechbar und wenn, gab er nur kurze Antworten. Amy gab sich den Tagträumen hin, dass Larou bald mit der Mannschaft vom *Roten Löwen* zu ihrer Rettung kam.

Die Sonne stand schon hoch am Himmel, und Larou wurde allmählich unruhig. Er wollte endlich etwas unternehmen, um dem Mädchen zu helfen.

Endlich sah er den Mann vom Bootssteg kommen. Erstaunt fragte er Larou: »Du hast doch nicht bis jetzt auf mich gewartet?« Dabei tupfte er sich mit seinem Taschentuch die Schweißperlen von der Stirn, dann lächelte er und wirkte dadurch gleich viel freundlicher.

»Doch Sir, ich mache mir Sorgen um das Mädchen.«

»Hast du schon etwas gegessen?«

Larou schüttelte den Kopf.

»Ich auch nicht. Komm, ich lade dich zum Essen

ein, und dann erzähle ich dir alles, du platzt mir sonst noch vor Neugier.«

Larou sah an seiner einfachen Kleidung hinunter bis zu seinen schmutzigen, nackten Füßen. Dass ein so feiner Herr mit ihm essen wollte, konnte er kaum glauben.

Fregatte Tanner

1. April anno 1728
Gefühlt noch Richtung Norden.
Die Lage hat sich nicht gebessert.
Black?

Seit fast einer Woche war ein Tag wie der andere. Es gab nur eine karge Mahlzeit pro Tag, und einmal kam jemand, um den Eimer für die Notdurft zu leeren. Meistens kam der Erste Offizier Chester Longmore oder der Bootsmann Philip Hopkins und fragte Black, ob er inzwischen wüsste, wo der Schatz lag. Diese Frage beantwortete Black jedes Mal mit einem »Nein«, womit er sich regelmäßig ein paar Tritte und Schläge einhandelte.

Dann waren sie wieder alleine.

Blacks Laune war nicht die beste, er lag immer

noch meist da und hatte die Augen geschlossen. Deshalb war Amy froh, dass es die Ratten gab. Eine kleine schwarze Ratte wurde mit der Zeit immer zutraulicher. Gegen alle Anschuldigungen der Seeleute fand Amy, dass die Ratten saubere Tiere waren, sie putzten sich schließlich ständig. Und es gefiel Amy zuzuschauen, wie die Barthaare der Ratten lustig vor- und zurückzuckten, während sie genüsslich an einem Stück Brot nagten.

Am Anfang lockte Amy die Ratten noch mit Brot, aber mittlerweile kam die schwarze von alleine. Sie kroch unter Amys Haare oder durch den Ärmel ihres Hemdes, nur vor Black lief sie davon. Aber so brummig, wie er war, war das auch kein Wunder.

Oft hörte Amy den Kapitän auf dem Schiff herumbrüllen. Unbarmherzig kommandierte er seine Mannschaft herum, sodass Amy die schlimmsten Schimpfworte von ihm lernen konnte. Falls sie noch einmal mit John und Jakob Piraten spielen würde, würden die über ihren neuen Wortschatz staunen.

Wenn es dunkel wurde, schlich sie häufig auf dem Schiff umher, weil es ihr zu langweilig wurde, immer nur im Laderaum zu sitzen. So bekam sie öfter mit, wie schlecht der Kapitän seine Mannschaft behandelte, er ließ seine Leute sogar auspeitschen, wenn sie Fehler machten.

Amy hatte schreckliche Angst um Black. Was

würden diese Männer nur mit Black machen, wenn ihm nicht einfiel, wo der Schatz vergraben war?

Abends, wenn es ruhig auf der *Tanner* wurde, schlich sich Amy zur Vorratskammer und versorgte sich und Black mit Nahrungsmitteln.

Als sie eines Abends dasaßen, Black an eine Kiste gelehnt, Amy gegenüber im Schneidersitz, zwischen ihnen die Kerze, fragte Black beiläufig: »Bereust du eigentlich, dass du als Schiffsjunge auf dem *Löwen* angeheuert hast?«

Amy sah ihn an, aber sein Blick war leer, nur das Kerzenlicht spiegelte sich in seinen dunklen Augen.

»Darüber habe ich noch nicht nachgedacht«, antwortete sie ehrlich.

»Da hast du recht, durch Nachdenken kann sowieso nichts mehr rückgängig gemacht werden, es bringt einen nur zur Verzweiflung.« Black atmete schwer durch.

»Ihr denkt viel nach.«

»Es gibt nichts, worüber ich nachdenken könnte, es ist wie eine dunkle Wand, hinter die ich nicht blicken kann. Ich kann mich nicht an mein früheres Leben erinnern, seit ich vor vielen Jahren einen Unfall hatte. Vielleicht wartet irgendwo auf der Welt jemand auf mich, und ich kann mich nicht daran erinnern, nicht einmal an meine Eltern.«

»Ich kenne das.«

»Du?«

»Ich kam erst mit zwei Jahren zu meiner Tante Ann und Onkel George. Davor war ich bei meiner Mutter. Immer und immer wieder versuche ich, mich an sie zu erinnern, aber es geht nicht. Ich habe sie einfach vergessen.«

»Ist sie gestorben?«

»Nein, Tante Ann erzählte mir, dass sie keine Kraft mehr hatte, sich um mich zu kümmern, nachdem mein Vater gestorben war.«

»Das ist schlimm.«

»Black?«

»Ja?«

Amy nahm ihren ganzen Mut zusammen. »Meine Mutter lebt auf einer der Westindischen Inseln.«

Black sah sie an und zog skeptisch eine Augenbraue nach oben.

»Könnt Ihr mir helfen, sie zu suchen?«

Er zeigte auf sich. »Ich?«

Amy nickte ein paarmal und sah ihn flehend an.

»Robin, ich bin ein gefangener Pirat! Dort oben ist eine Meute bewaffneter Männer, die darauf warten, ihre Belohnung für mich zu kassieren.«

Amy wollte widersprechen.

»Hör mir zu, wenn wir am Hafen sind, werde ich versuchen, mich zu wehren, die Mannschaft wird abgelenkt sein und du nutzt die Gelegenheit, über

Bord zu springen. Du schwimmst gut, du schaffst es bis an Land! Und dann versuche, nach Plymouth zurückzukehren und im nächsten März wird der *Rote Löwe* dort einlaufen, Kapitän Reers wird dich gerne wieder als Schiffsjunge aufnehmen!«

»Und was wird aus Euch?« Amy hatte Tränen in den Augen.

»Das Übliche, was man mit Piraten macht!« Er schluckte schwer. »Ging es dir wenigstens gut bei deinem Onkel und deiner Tante?«

Amy musste sich erst auf die Frage konzentrieren, zu sehr war sie verwirrt von der Tatsache, dass Black gehängt werden würde, und auf ihre Mutter ging er nicht einmal ein. Sie blinzelte ihre aufsteigenden Tränen weg und versuchte, ein Zittern in ihrer Stimme zu verbergen. »Ich hatte Tante Ann sehr gerne, auch Onkel George war nett. Tante Ann wurde vor drei Jahren krank und starb. Von da an war Onkel George ganz anders, er konnte sich über nichts mehr freuen, und dann starb auch er.«

»Das war bestimmt eine schlimme Zeit für dich.«

Amy nickte. »Ich war richtig böse auf Onkel George, dass er mich auch noch alleine gelassen hatte. Wenn wenigstens Henry bei mir wäre, er fehlt mir so.«

»Wer ist Henry?«

»Mein Kater.« Sie seufzte bei der Erinnerung an

ihn. In diesem Moment sah eine freche rote Nase neugierig hinter Amys Schulter hervor.

»Na ja, jetzt hast du ja eine Ratte.«

Amy versuchte zu lächeln. »Sie braucht noch einen Namen.«

»Nenn sie doch Black Sam. Black Sam die Ratte«, schlug Black sarkastisch vor.

»Black Sam ist gut, denn sie ist eine besonders nette Ratte.«

»Nett! Ratten sind genauso wenig nett wie Menschen.«

Amy wollte widersprechen, doch Black war so verbittert, dass es vergebens gewesen wäre. Stattdessen fragte sie schließlich: »Warum werden Menschen böse?«

Black schwieg eine ganze Weile. Als Amy schon nicht mehr mit einer Antwort rechnete, sagte er plötzlich mit belegter Stimme: »Es ist das Geld. Das Geld ist das Übel aller Dinge, und diejenigen, die welches besitzen, unterdrücken diejenigen, die keines haben. Manche fügen sich dem Schicksal und andere werden dafür zu Dieben.«

»So wie die Piraten?«

Black lachte verächtlich. »Ja, so wie Piraten! Aber glaub mir, das Geld ist es nicht wert. Glück und Zufriedenheit kann man nicht kaufen. Wir können es nur an andere Menschen weitergeben, deshalb ist der *Löwe* ein so friedlicher Ort. Es geht dort nicht um Reichtum und Macht, sondern nur darum, ein paar einsamen Seelen ein Zuhause zu geben. Du hättest dortbleiben sollen.«

Black rutschte an der Kiste, an die er sich gelehnt hatte, hinunter und schloss wieder die Augen. Da wusste Amy, dass er wieder für lange Zeit schweigen würde.

Schnell räumte sie ihre Sachen zusammen und legte sich auf die hintere Kiste, um zu schlafen. Es verletzte sie, wenn Black so unnahbar war, deshalb wollte sie nicht in seiner Nähe bleiben. Doch sie fand lange keinen Schlaf. Ihr wurde jetzt erst richtig bewusst, dass Black ein gefangener Pirat war. Die Vorstellung, er würde gehängt werden, machte sie so mutlos, wie sie sich noch nie in ihrem Leben gefühlt hatte. Kein Wunder, dass er die letzten Tage so wortkarg und gereizt gewesen war, wie musste er sich nur fühlen? Und dennoch machte er sich noch Gedanken um sie, wie er ihr helfen konnte. Warum hatte er ihr geraten, zurück auf den *Roten Löwen* zu gehen, anstatt ihre Mutter zu suchen? Was wusste er über die Westindischen Inseln? Unruhig wälzte sich Amy im Halbschlaf hin und her, bis sie von Blacks Schreien hellwach wurde. Im Dunkeln kroch sie zu ihm und sah, wie er wild um sich schlug. »Black, was habt Ihr? Wacht auf.«

»John King, Gott sei Dank, du lebst«, murmelte Black verwirrt.

»Black, ich bin es, Robin.« Amy suchte im Dunkeln nach der Kerze und dem Feuerstein und fand beides auf Anhieb. Der schwache Schein erleuchtete Blacks entsetztes Gesicht. Nur langsam kam er wieder zu sich. Verwirrt setzte er sich auf und rieb sich die Stirn. »Ich kann mich erinnern. An den Untergang der *Whydah*. Oh mein Gott, es war grauenvoll.«

»Wer war John King?« Amy setzte sich neben ihn, am liebsten hätte sie einen Arm um ihn gelegt, aber sie traute sich nicht.

Blacks Stimme klang leise und fremd, als würde der Mann, der er einmal gewesen war, sprechen, Samuel Bellamy.

»John King war erst acht, als wir die *Bonetta* kaperten. Der Kleine war fasziniert von uns Piraten. Als ich der Mannschaft und den Passagieren anbot, sich meiner Mannschaft anzuschließen, trat John King vor. Der kleine Kerl wollte unbedingt Pirat werden. Seine Mutter flehte ihn an, bei ihr zu bleiben, aber er drohte, sofort über Bord zu springen, wenn sie ihn daran hindern sollte.«

»Und er wurde Pirat?«

»Ja. Als die *Whydah* sank, suchte ich ihn, aber ich konnte ihn nirgends finden. Der Sturm war gewaltig, die *Whydah* ächzte und stöhnte. Einer meiner Männer rief: ‚Brecher. Brecher.' Er hatte durch das Heulen des Sturms hindurch die Wellen gegen die Küste schlagen hören. Ich hielt mich am Großmast fest und schrie: ‚Werft den Hauptanker.' Das Schiff sollte sich mit der Vorderseite, dem Bug, in den Wind drehen, damit die Wellen von vorne kamen und das Schiff nicht zum Kentern brachten. Sie schafften es, und langsam begann sich die *Whydah* zu drehen. Doch noch immer brachen meterhohe Wellen auf das Schiff ein. Viele meiner Männer wurden einfach über Bord gespült. Die *Whydah* drehte sich weiterhin, doch dann hörten wir den verhängnisvollen Aufprall. Der hintere Teil, das Heck, war auf Grund gelaufen, deshalb konnte sich das Schiff nicht mehr weiterdrehen. Noch mehr Wasser brach über das Deck herein und füllte die Laderäume, die randvoll mit unseren Schätzen waren. Allmählich bekam das Schiff Schlagseite, und plötzlich sah ich John King, der sich verzweifelt an einer Kanone festhielt.« Black wischte sich stöhnend über die Augen, als könnte er damit die aufkommenden Bilder wegwischen.

»Konntet Ihr ihm helfen?«

»Ihm konnte niemand mehr helfen. Die Taue, mit denen die Kanone gesichert war, lösten sich aus der Verankerung und John King stürzte in die Tiefe. Selbst während des Sturzes ließ er die Kanone nicht los, und zusammen versanken sie in den grauen tosenden Fluten. Kurz darauf krachte es im Großmast, dann wurde es dunkel um mich. Das Nächste, an das ich mich erinnere, war, dass mich ein Fischer am Strand fand.«

»Oh mein Gott, ist das schrecklich. Aber Black, Euer Gedächtnis ist wieder zurück. Jetzt wisst Ihr wieder, wer Ihr seid und woher Ihr kommt.«

Black lehnte sich wieder an die Kiste und schüttelte den Kopf. »Nein! Nein, ich weiß es nicht. Ich kann mich nur an das erinnern, was ich im Traum gesehen habe, und jetzt lass uns weiterschlafen.«

Amy zog sich ohne Widerrede zurück, sie musste erst einmal verdauen, was sie gerade gehört hatte. Der arme John King. Sie fühlte so viel Mitleid mit diesem Jungen, der mit gerade mal acht Jahren sein Grab in der Tiefe des Meeres gefunden hatte, dass es ihr erneut die Tränen in die Augen trieb. So schön das Meer sein konnte, so grauenvoll war es auch.

Die Wellen schlugen gegen den Bug wie immer, Amy fröstelte jedoch. Sonst war der Seegang wie die Melodie eines Schlafliedes, doch jetzt war er auf einmal das Grab von so vielen Seemännern, und auch ihr eigener Vater lag da unten am Meeresgrund. So schmerzlich war ihr der Verlust des Vaters noch nie bewusst gewesen wie in diesem Moment. »Black?«

»Mhhh?«

»Ich fürchte mich so, darf ich zu Euch kommen?«, fragte sie mit zitternder Stimme.

»Natürlich, mir ist es lieber, wenn du in meiner Nähe bist!«

Im Dunkeln kroch Amy zurück zu ihm, Black zog sie in seine Arme, und sie schmiegte sich dankbar an ihn, was unendlich gut tat.

»Black?«

»Mhhh?«

»Mein Vater starb auch bei einem Schiffsunglück, er passt jetzt auf John King auf. Und Ihr passt auf mich auf wie ein Vater auf einen Sohn!«

Er strich ihr tröstend übers Haar. »Ich bin ein Pirat, solch einen Vater wünsche ich keinem Kind. Außerdem ...« Er bewegte seinen Fuß so, dass die Kette der Fußfessel klirrte. »... so gerne ich wollte, ich kann dir nicht helfen.«

»Ihr könnt Euch an Eure Vergangenheit nicht mehr erinnern und jetzt seid Ihr John Black. Und John Black ist kein böser Mensch! Und wir schaffen es gemeinsam, von hier wegzukommen!« Als Antwort bekam sie nur ein verächtliches Schnauben, aber Amy war sich sicher, dass sie recht hatte. Black hatte ein gutes Herz.

Tanner

2. April anno 1728
Gefühlt immer noch Richtung Norden.
Die Lage hat sich nicht gebessert
, langsam wird es unerträglich.
Black Sam die Rattek

Larou saß im Ausguck der Sloop *Marianne* und suchte das Meer nach der *Tanner* ab. Doch es erschien ihm aussichtslos. Die See war endlos, wie sollten sie da Amy jemals finden?. Die Wüste war zwar genauso endlos, doch die Wüste kannte er. Er wusste, wie er dort Spuren finden konnte. In der Wüste kannte er jeden Stein, jedes Versteck, dort würde er sie finden, dessen war er sich sicher, aber hier auf dem Wasser?

Wenn er sich nicht solche Sorgen um Amy machen würde, dann wäre er mit seinem Leben auf dem Schiff sehr zufrieden. Käpt'n Will, wie man

Paulsgrave Williams nannte, war ein wunderbarer Kapitän. Als Larou angedeutet hatte, dass er auch gerne mitkommen würde, um das Mädchen zu suchen, hatte Will mit Larous Familie gesprochen. Will wollte ihm sogar helfen, seinen Bruder zu finden.

Doch mittlerweile war Larou so fasziniert von Wills Mannschaft, dass er sich gut vorstellen konnte, bei ihnen zu bleiben. Die Männer hier an Bord waren ein wild zusammengewürfelter Haufen. Egal, welche Hautfarbe, ob Engländer, Franzose oder Holländer, fast jede Nation der Welt war hier vertreten, und fast die Hälfte der Mannschaft hatte eine dunkle Hautfarbe. Sie redeten sich alle mit Vornamen an und waren gleichberechtigt.

Auch er, ein Wüstensohn aus einer völlig anderen Welt, für die die wenigsten Verständnis hatten, wurde geachtet.

»Larou, lass dich ablösen, du sitzt schon stundenlang da oben.« John Julian, der Miskito-Indianer von großer, kräftiger Statur mit kupferfarbener Haut, breiter Nase und schwarzem langem Haar, kam hochgeklettert.

Larou mochte den Indianer. Sie hatten viele Gemeinsamkeiten. Auch John Julian war feinfühlig, stets freundlich und lebte im Einklang mit der Natur und den Elementen. Beide verstanden die Geschichten, die der Wind flüsterte, sie kannten die Bedeutung der Sterne und blickten tiefer in die Seelen der Menschen als andere.

Larou sah immer noch durch das Fernrohr. »Meinst du, wir werden sie jemals finden?«

»Wir sind schon um die halbe Welt gesegelt, um das Mädchen zu suchen, und wenn es darauf ankommt, segeln wir auch noch um die andere Hälfte.« John Julian klopfte Larou auf die Schulter. »Mach dir nicht so viele Gedanken, ein guter Geist ist mit uns. Wenn wir alle an das Gute glauben, wird das Gute siegen.« Und nach einer kleinen Pause fragte er plötzlich: »Warum lächelst du?«

»Es ist seltsam, wir sind in verschiedenen Welten aufgewachsen, so weit voneinander entfernt, und trotzdem ist unser Denken erstaunlich ähnlich.«

»Wir sind alle eins. Das wissen nur noch wir Naturvölker. Weil wir seit Tausenden von Jahren in unserer Tradition leben.«

»Ja, wir sind alle eins, nur scheint das der Großteil der Menschheit vergessen zu haben.« Larous Stimme klang bitterer als beabsichtigt.

»An Land war ich durch meine Hautfarbe ein Niemand. Auf dem Wasser macht mich mein Geschick zu einer geachteten Person. Auch an dir sehe ich eine besondere Begabung, sodass das Wasser dein Element werden könnte.«

»Der Sohn der Wüste wird zum Herrn der Meere.« Larou grinste.

»Wir beide wissen, dass wir ein Teil der Natur sind«, bestätigte John Julian, »das haben wir den Weißen voraus. Deshalb kommen wir mit extremen Situationen besser zurecht. Außerdem sind wir Piraten, dem Meer auf Gedeih und Verderb ausgeliefert – wie die Nomaden der Unberechenbarkeit der Wüste. Häfen sind nur Oasen für eine kurze Rast auf unserer Seefahrt. Hier auf weiter See«, er machte mit seiner Hand eine ausladende Bewegung, »sind wir frei. Hier leben wir nach unseren eigenen Regeln. Ich denke, das wird bei euch in der Wüste nicht anders sein.«

»Stimmt, in der Wüste überleben nur die Stärksten. Und das Gefühl von Freiheit ist hier auf dem Schiff genauso stark wie in der Wüste.«

Larou rutschte das Ende von seinem Turban, das ihm sonst als Gesichtsschleier diente, ins Gesicht. Während er versuchte, seinen Turban anders zu binden, fragte er: »Seit wann kennst du den Käpt'n?«

»Will ist ein ganz besonderer Mensch, er hat königliche Vorfahren, was man an seinem Äußeren auch durchaus noch erkennen kann. Doch noch nie hatte er Berührungsängste mit fremden Kulturen oder unteren Schichten, er behandelt ausnahmslos alle gleich. Wenn du müde bist, kannst du dich, ohne zu fragen, in seine Koje legen, wenn du hungrig bist, bekommst du sein Essen, und wenn du es brauchst, gibt er dir auch sein letztes Goldstück. Zum ersten Mal bin ich Wills Mannschaft vor der Küste meiner Heimat Belize, an der Karibikküste Nicaraguas, begegnet. Ihr altes Schiff hatte Schlagseite, und sie mühten sich mit Eimern und Schüsseln ab, das Wasser aus dem Bug zu bekommen. Es war zu komisch. Ich beobachtete sie eine Weile vom Land aus. Ihr Schiff sank immer tiefer, und ich bekam allmählich doch Mitleid mit ihnen und rettete sie mit einem Kanu, bevor der alte Kahn endgültig absoff. Ich erfuhr, dass sie nach dem Silber einer versunkenen spanischen Silberflotte suchten, aber da gab es nichts mehr zu holen. Die gestrandeten Jungs waren ziemlich ratlos, was sie nun tun sollten, denn ohne Geld wollte keiner nach Hause kommen. Mein Stamm baut Piraguas, das sind schnelle Kanus aus einem Holzstamm mit einem großen Segel. Unsere Kanus waren bei Piraten beliebt, denn dort gab es genügend Platz für einige Drehbassen, also kleinere Kanonen, außerdem sind Piraguas blitzschnell. Mir gefielen die Männer aus dem gesunkenen Schiff, deshalb machte ich ihnen den Vorschlag, ihnen zu helfen, wenn sie mich mitnehmen würden. Und so steuerte ich schon vor dreizehn Jahren eines ihrer zwei Piraguas. Ich kannte viele versteckte Häfen und führte sie durch die schwierigen Gewässer der Karibik.« Stolz grinste er Larou an, der ihm aufmerksam zuhörte. Dann überlegte er kurz und fragte: »Kannst du eigentlich schwimmen?«

»Ja, natürlich.«

»Gut. Lernt man das in der Wüste im Sand?« John Julian lachte wieder.

Larou erwiderte sein Lachen. »Nicht direkt, aber wenn man in der glühenden Hitze der Wüste eine Oase mit viel Wasser findet, kann einen nichts davon abhalten, in dem kühlen Nass zu schwimmen«, erklärte Larou, der wieder mit seinem Turban zu kämpfen hatte.

»Möchtest du dir nicht lieber etwas Passenderes anziehen? Auch ich habe mich von meiner Stammeskleidung getrennt.«

Dabei grinste John Julian so breit, dass Larou neugierig wurde. »Was trägt man denn bei euch?«

»Einen Lendenschurz. Bei der Meeresbrise ist das ein Anblick, den nicht jeder so leicht verkraftet. Als wir unser erstes Schiff überfielen, wollte unser damaliger Käpt'n, dass wir uns alle so anziehen sollten wie die Männer meines Stammes. Wir schockierten die Mannschaft, die wir überfielen, schon alleine durch unseren Anblick. Aber das Beste kam erst noch. Wir hatten unsere Beute ausgiebig mit

Rum gefeiert und waren an Deck eingeschlafen. Erst gegen Mittag erwachten wir wieder. Meine weißen Brüder waren feuerrot, und am schlimmsten hatte es diejenigen getroffen, die auf dem Bauch geschlafen hatten, denn sie konnten einige Tage nicht mehr sitzen.« John Julian klopfte sich vor Lachen auf die Schenkel.

Larou lachte ebenfalls lauthals. »Da wäre ich gerne dabei gewesen. Dann hast du jetzt ja richtig viel an.« Dabei schaute er auf John Julians nackten Oberkörper. Ansonsten trug er nur eine dunkle Hose, die bis zu den Knien ging, und ein breites Lederband mit Verzierungen um den muskulösen Oberarm.

Larou zog an den Bändern des Lederbandes, schnalzte mit der Zunge und meinte: »So etwas würde ich auch anziehen.«

»Ruh dich jetzt aus, und wenn ich hier fertig bin, machen wir zusammen eins.«

Larou war schon dabei herunterzuklettern, als er plötzlich innehielt und wieder zurückkam.

»John Julian, warum hast du als Indianer eigentlich einen englischen Namen?«

Der Miskito-Indianer lachte erneut.

»Unser Stamm kennt keine Namen. Da ich namenlos war, nannte mich Sam, unser ehemaliger Käpt'n, *John* und Will nannte mich *Julian*. Der Rest der Mannschaft nannte mich dann einfach John Julian, und als ehemaliger Namenloser lege ich großen Wert darauf, jetzt zwei Namen zu tragen.« Dabei schnalzte er mit der Zunge, wie er es bei Larou gehört hatte, und zwinkerte ihm zu.

Am nächsten Morgen kam nicht nur Bootsmann Philip Hopkins, sondern auch Kapitän Thomas Checkley in den Laderaum. Sofort als er den Raum betrat, spürte Black Checkleys schlechte Laune. Er hoffte nur, dass Robin gut versteckt war und sich ruhig verhielt.

»Bellamy, Ihr habt meine Männer jetzt lange genug zum Narren gehalten, es reicht. Entweder Ihr sagt sofort, wo der Schatz ist, oder wir werden Euch kopfüber am Mast aufhängen.« Checkley hielt die Laterne so, dass sie direkt sein grimmiges Gesicht beschien. »Es reicht, ich meine es ernst.«

Es war nicht zu übersehen, *wie* ernst Checkley es meinte. Black dachte erneut an Robin. Dieser Bengel würde ihm bestimmt folgen, wenn man ihn wegbrachte, um ihn zu foltern, so leichtsinnig, wie er nun mal war.

»Also gut. Wenn Ihr, Kapitän Checkley, schon einmal persönlich nach mir seht, werde ich Euch gerne verraten, wo sich der Schatz befindet«, antwortete Black großzügig, während sich in seinem

Kopf die Gedanken überschlugen. Er brauchte eine glaubwürdige Schatzinsel, aber wo sollte die sein? Gestern, als Robin ihm erzählte, dass seine Mutter auf einer der Westindischen Inseln lebte, suchte er in seiner Erinnerung, was er darüber wusste. So viel war ihm klar, das war kein Ort für einen anständigen Jungen.

Checkley bückte sich zu ihm hinunter und packte Black am Kragen seines Hemdes.

»Ich warne Euch, wenn Ihr nicht die Wahrheit sagt, werdet Ihr das bitter bereuen, ich sehe es, wenn jemand lügt. Außerdem gibt es Möglichkeiten, Menschen so zu quälen, dass sie um den erlösenden Tod flehen.«

Als sich Checkley wieder aufrichtete, schlug er seinen Kopf an die Decke, die nicht hoch genug war, um gerade zu stehen. Wütend fauchte er seinen Bootsmann an: »Hopkins, steh nicht herum wie ein Trottel, hol Longmore. Er soll etwas zu schreiben mitbringen. Aber beeil dich, du Taugenichts.«

»Aye, aye, Sir.« Der große, kräftige Mann mit dem runden Vollmondgesicht eilte davon.

»Also Bellamy, erzählt mal. Wo auf Beef Island muss ich graben?« Checkley rieb sich genüsslich die Hände.

»Nicht Beef Island, ich vergrabe doch nicht einen Schatz dort, wo jeder denkt, dass ich ihn vergraben würde«, antwortete Black selbstsicher, was er bei Weitem nicht war.

»Ich warne Euch, Ihr wärt ein hirnverbrannter Narr, wenn Ihr mich anlügen würdet.«

»Das würde ich niemals wagen, ich liebe mein Leben. Außerdem habe ich das Gold bis jetzt nicht gebraucht. Also kann ich auch gut ohne es leben, und die Männer an Bord sehen nicht aus, als würden sie genügend Lohn von Euch bekommen.«

»Die Güte Eures Herzens bringt mich zum Weinen, Bellamy. Ein Mann wie Robin Hood, das sagte ich auch damals vor Gericht aus«, erwiderte Checkley ironisch.

»Ich weiß, ich war bei der Gerichtsverhandlung und habe Euch gehört.« Black zog einen Mundwinkel nach oben und deutete ein Lächeln an.

»Ein gerissener Hund seid Ihr, Bellamy, das muss man Euch lassen.«

Atemlos kamen Hopkins und der Erste Offizier Chester Longmore zurück.

»Longmore, schreib alles mit, was dieser Mistkerl sagt, jede Kleinigkeit. Hast du verstanden?«, befahl Checkley.

»Aye, Käpt'n.« Longmores hellblaue Glupschaugen waren gierig auf Sam gerichtet.

»Also schießt los, oder sollen wir Euren Gedanken auf die Sprünge helfen?.«

»Danke, sehr aufmerksam, aber es geht auch so.« Black wischte über seinen Hemdkragen, als hätten Checkleys Hände ihn beschmutzt, er musste Zeit gewinnen. »Mhh, Ihr kennt Great Harbour Island?« Der Name kam ihm plötzlich in den Sinn.

»Natürlich kenne ich die Insel.« Checkley runzelte die Stirn und wurde achtsam.

»Süd-südwestlich von Great Harbour liegt die kleine Insel Diamond Cay.« Black sah vor sich die kleine Insel, einen Weg und einen Mangroventeich, hier könnte man gut einen Schatz vergraben, aber war das wahr oder nicht? Darüber hatte er keine Zeit nachzudenken. Die Worte sprudelten einfach aus ihm heraus: »Sie hat die Form eines Diamanten. Umsegelt sie bei Flut und achtet auf eine Kanone auf dem Grund des Meeres. Geht dort an Land und folgt dem schmalen Pfad der wilden Ziegen, an einem Mangroventeich entlang. Ihr müsst über ein paar Felsen, dann seht Ihr einen Tümpel. Der Seegang dort muss sich durch einen schmalen Felsspalt pressen, er bäumt sich zu einem hohen Brecher auf und rauscht wie ein Wasserfall in den kleinen Teich. Klettert auf den linken Felsen und geht auf dessen Kamm bis zur Spitze. Dreht Euch landeinwärts und geht zehn große Schritte geradeaus, dort wächst wilder Salbei. Links und rechts davon stehen zwei Kiefern, genau in deren Mitte müsst Ihr graben.«

»Hast du alles notiert, Longmore?«, fragte Checkley breit grinsend.

»Aye, Käpt'n, nur noch das mit den Kiefern.« Ohne aufzublicken, schrieb er mit seinen langen, dünnen Fingern, die an Vogelkrallen erinnerten, im Schein der Fackel weiter.

Noch ein letztes Mal drohte Checkley Black: »Ihr wisst ja, wenn das nicht die Wahrheit war, bekommen wir das heraus. So lange bleibt Ihr hier, bei Wasser und Brot.«

Lachend verließ er den Laderaum, und die beiden Männer folgten ihm.

Sein Lachen konnte man noch lange hören. Erst als es ganz verklungen war, wagte sich Amy aus ihrem Versteck und kam zu ihm.

»Könnt Ihr Euch denn wieder an den Schatz erinnern?«

»Hab ich erfunden.« Black hatte sich schon wieder hingelegt und die Augen geschlossen, er hoffte, dass er es wirklich nur erfunden hatte, oder konnte er sich wirklich an einen echten vergrabenen Schatz erinnern? Er suchte nach weiteren Hinweisen in seinen Erinnerungen – doch da war nichts.

»Aber es hörte sich so verdammt echt an, als hättet Ihr den Schatz dort wirklich vergraben.«

»Du sollst nicht fluchen wie ein gottloser Pirat. Und nein, ich kann mich nicht erinnern, und jetzt geh mit deiner Ratte spielen.« Es tat ihm leid, so barsch zu dem Jungen zu sein, doch seine Tage waren gezählt und der kleine Kerl hatte schon genug Leid in seinem kurzen Leben erfahren. Ihm war es lieber, Robin würde ihn als unausstehlichen Widerling in Erinnerung behalten, und nicht als einen Freund, der wie ein Vater zu ihm war.

Fregatte Tanner

9. April anno 1728
Das Blatt wendet sich!
22° 21', Wind: OSO 112.5°, 25 Knoten, Neumond.
Samuel Bellamy

Gelangweilt lag Amy auf ihrer Kiste. Mit ihren Händen ertastete sie eine leichte Schwellung in der Brustgegend. Auch das noch, bald würden alle sehen, dass sie ein Mädchen war.

Es war heiß, sie fühlte sich schmutzig und sehnte sich nach frischem Wasser, um sich zu waschen, nach dem Sonnenlicht und danach, etwas Vernünftiges zu essen. Manchmal dachte sie noch an Larou und ob er Kapitän Reers Bescheid gesagt hatte? Doch ihr war bewusst, dass die Besatzung des *Roten Löwen* keine Chance gegen die Männer von der *Tanner* hatte.

Am Abend hörte sie die Männer, wie sie auf Deck ausgelassen feierten. Black lag wieder nur da, er schien ganz in sich versunken zu sein, von der Feier bemerkte er offensichtlich nichts.

Als es oben ruhiger wurde, unternahm Amy ihren nächtlichen Streifzug durch das Schiff, immer auf der Suche nach etwas Essbarem. Amy fand sich im Dunkeln schon ganz gut zurecht, aber sie fühlte sich heute nicht wohl, und hätte sie nicht so entsetzlichen Durst gehabt, wäre sie lieber im sicheren Versteck geblieben.

Die Kombüse wurde vom schwachen Licht der glühenden Kohle im Herd beleuchtet. Schnell nahm sie einen Becher aus dem Regal und schenkte sich Tee aus einer Kanne ein, die auf dem Herd in der Vertiefung stand. Tief atmete Amy den Dampf des Schwarztees ein. Doch kaum hatte sie den ersten Schluck getrunken, wurde sie fest von hinten gepackt, sodass sie vor Schreck die Tasse fallen ließ.

»Hab ich dich endlich, Bürschchen«, klang eine raue Stimme dicht an ihrem Ohr.

Panik stieg in Amy auf, am liebsten hätte sie nach Black geschrien, aber dann hätte sie ihn nur in noch größere Gefahr gebracht. Vergeblich versuchte sie, sich zu wehren, doch der korpulente Smutje hatte sie mit seinen dicken Wurstfingern fest im Griff und brachte sie nach oben an Deck.

»Ja, wen haben wir denn da, einen blinden Passagier.«

Der Kapitän der *Tanner* stand mit verschränkten Armen und schadenfrohem Grinsen vor ihr.

Checkley könnte sogar richtig nett aussehen, wenn er nicht so widerlich wäre. Seine blonden, lockigen Haare umrahmten sein tiefgebräuntes Gesicht mit auffallend blauen Augen, in denen eine eisige Kälte lag.

»Weißt du, was die Strafe für einen blinden Passagier ist, Freundchen?«

Amy sah ihn mit großen Augen an und schüttelte zaghaft den Kopf.

»Kennst du das Gesetz Moses?«

»Käpt'n, das wird der Kleine nicht überleben«, wagte Jack Barry, ein junger Matrose in zerlumpter Kleidung, einzuwenden.

Daraufhin versetzte Checkley ihm mit der Hand einen Stoß, sodass er rückwärts gegen ein Wasserfass stieß und dann auf den Boden fiel.

»Du darfst ihm gerne zehn Hiebe abnehmen, Jack. Vielleicht überlegst du dir dann in Zukunft, was du sagst«, stieß Checkley gefährlich ruhig hinter zusammengepressten Zähnen hervor.

Dann wandte er sich wieder an Amy: »Du weißt also nicht, was das Gesetz Moses ist? Nach dem Alten Testament kann ein Mensch vierzig Peitschenhiebe überleben und das Gesetz Moses sieht daher vierzig Peitschenhiebe weniger einen vor. Dank dem verweichlichten Hundesohn Jack sind es jetzt nur noch neunundzwanzig.«

Amy fing plötzlich an, wie wild um sich zu schlagen und mit den Beinen zu strampeln, was für den Smutje so unvermittelt kam, dass sie ihm entwischte.

»Bindet den verdammten Bengel über einer Kanone fest und zieht ihm die Hose runter. Crackston, bring mir die Peitsche, ich werde ihm persönlich die Flausen austreiben«, brüllte Checkley über das Deck.

Die Matrosen versuchten, nach ihr zu greifen, doch sie konnte ihnen entwischen.

Der Kleine war schon viel zu lange weg. Black lauschte auf die Stimmen, die man durch die Gratings bis hinunter in den Laderaum hörte. Die Einzelheiten konnte er zwar nicht verstehen, aber er bemerkte, dass auf der *Tanner* eine Unruhe herrschte.

Black lehnte sich gegen die Kiste und schloss die Augen. Irgendetwas stimmte nicht, das spürte er. Black zog die Beine an und griff in den hohen Stulpenstiefel, in dem Robins Messer steckte.

Vorsichtig stocherte er in dem Schloss herum, bis er einen leichten Widerstand spürte, ein Glück, das Schloss ließ sich problemlos knacken. Außerdem nahm er noch ein Seil mit, das auf einer der Kisten lag. Wenn er durch die Tür des Laderaums gegangen war, würde es kein Zurück mehr geben. Aber er saß sowieso schon viel zu lange untätig herum und hatte sich durch den Jungen versorgen lassen, das würde sich jetzt ändern. Blacks Lebensgeister kamen wieder zum Vorschein.

Langsam richtete er sich auf, um nicht an die niedrige Decke zu stoßen. Den Kerzenstummel, der einen kleinen Lichtkreis warf, trat er mit seinem Schuh aus. In gebeugter Haltung, das Messer in der Hand, ging er zur Tür und öffnete sie vorsichtig. Aufmerksam sah er sich um, doch keine Sterbensseele war zu sehen.

Sobald er gerade stehen konnte, musste er erst einmal seine steifen Wirbel strecken, damit sich die Muskelverspannungen lösten. Dann schlich er wie eine Katze den Niedergang hinauf, Stufe um Stufe. Von oben hörte er Gelächter und Checkleys höhnische Stimme. Ihm stockte der Atem, als er Robins Schreie hörte. Verdammt, man hatte ihn erwischt.

Für einen Augenblick blieb er stehen, mit dem Rücken zur Wand. Er spürte das raue Holz, das seine Sinne schärfte. Jetzt durfte er keinen Fehler machen. Wenn er Robins Leben retten wollte, musste er ganz alleine ein Schiff kapern. Denn dass dieser Checkley nichts Gutes im Schilde führte, war ihm klar.

Seine Hände wurden feucht, und sein Puls raste. Er musste sich zwingen, ruhiger zu werden und einmal tief durchzuatmen.

Von unten hörte er Schritte. Schnell wischte er die feuchten Hände an seiner Hose ab und nahm das Messer mit festem Griff, bis er das Gefühl hatte, dass das Messer mit seiner Hand verschmolz.

Die Schritte kamen näher, offenbar handelte es sich nur um eine Person, die vor sich hin pfiff.

Black drückte sich eng an die Wand, bis die Person nahe genug war, dann ließ er sich vom Niedergang herunterfallen wie eine Spinne auf ihre Beute. Alles ging blitzschnell, ein gezielter Schlag, und der Matrose lag bewusstlos am Boden.

Black hatte geahnt, dass mehr in ihm steckte, als bis jetzt zum Vorschein gekommen war, aber dass er gezielt einen Menschen niederstrecken konnte, war ihm nicht bewusst gewesen.

Kurz fühlte er den Puls des Matrosen, er war noch zu spüren.

Black nahm dem jungen Matrosen die Peitsche, die er noch in der Hand hielt, und eine Pistole weg, dann band er ihm die Hände mit dem Seil zusammen, damit er ihm nicht mehr gefährlich werden konnte. Zügig kletterte Black wieder hoch. Die unteren Decks waren leer, alle schienen oben zu sein.

Tatsächlich – die Männer standen um den Großmast. Höchste Zeit, dass er Robin zur Hilfe kam. Wieder hörte er den Jungen verzweifelt schreien.

Black sah sich im Schutz der Dunkelheit nach einem Platz um, von wo aus er am besten auf Thomas Checkley zielen konnte. Das Poopdeck erschien ihm am geeignetsten. Die Mannschaft war gerade dabei, Robin, den Chester Longmore wieder eingefangen hatte und zwischen seinen Greifvogelfingern festhielt, an einer Kanone festzubinden.

»Wenn ihr dem Jungen auch nur ein Haar krümmt, werdet ihr es bereuen, jemals einen Fuß auf dieses Schiff gesetzt zu haben. Lasst ihn los. Sofort«, dröhnte plötzlich Blacks tiefe Stimme vom Poopdeck.

Breitbeinig und bedrohlich stand er an der Reling und zielte auf den Kapitän: »Lasst den Jungen los.«

Die Männer traten zurück, der Käpt'n erhob seine Hände.

»Werft alle eure Waffen auf das Deck. Los, ein bisschen schneller«, befahl Black und atmete tief die frische Seeluft ein, die er seit Tagen vermisst hatte.

»Ihr seid verrückt, wenn Ihr glaubt, damit durchzukommen. Ihr seid schon jetzt ein toter Mann, Bellamy.« Checkleys Gesicht lief vor Wut rot an.

»Ruhe, oder die erste Kugel gehört Euch, Käpt'n Thomas Checkley. Robin, nimm dir so viele Schusswaffen, wie du tragen kannst, und komm her.«

Amy gehorchte. Mit zittrigen Händen hob sie die Waffen auf. Jeden Moment rechnete sie damit, dass einer der Männer sie wieder von hinten packte. Als sie die Waffen aufgesammelt hatte, ging sie eilig auf Black zu und sah in sein angespanntes Gesicht. Mit stahlhartem Blick beobachtete er die Mannschaft, er sah völlig verändert aus. Jetzt war er ein echter Pirat. Ein Pirat, der mit ihrer Hilfe ein Schiff kaperte.

Amy riss sich zusammen und gewann ihre Fassung wieder. Wie befohlen legte sie die Schusswaffen vor seinen Füßen nieder.

Mit einer Handbewegung bedeutete Black ihr, ihm noch eine Waffe zu geben.

»Und drei steckst du in meinen Gürtel, mach schnell.«

Als Amy ihm die Pistolen in den Gürtel steckte, spürte sie die Anspannung seines verschwitzten Körpers.

»Ich will Euch helfen, Bellamy. Käpt'n Checkley ist ein grausamer Mann. Lieber sterbe ich, als weiter unter ihm zu leiden«, meldete sich Jack Berry mit zitternder Stimme, während er sich am Wasserfass hochzog.

»Dann komm zu uns. Wer …« Black verstummte.

Vom Meer her drang plötzlich eine schaurig schöne Melodie. Die Musik war so traurig und ergreifend, dass einem eisige Schauer den Rücken hinunterliefen.

»Black, was ist das?« Angstvoll suchte Amy Schutz bei ihm.

»Bleib ruhig, Junge, jetzt wird alles gut, es gibt nur *einen* Piraten, der so begnadet *La Follia* von Vivaldi auf einem schwankenden Schiff spielen kann.« Dabei grinste Black breit.

»In drei Teufels Namen, der Geist der *Whydah*«, flüsterte Käpt'n Checkley, der leichenblass um die Nase wurde. Die Melodie kannte er nur zu gut.

Piraten hatten oft Musiker an Bord, die für die Unterhaltung der Piraten sorgten und während eines Angriffs spielten, um die Überfallenen in Angst und Schrecken zu versetzen, damit sie sich schneller ergaben. Nicht, dass sich Checkley davon erschrecken ließ, aber es war genau dieselbe perfekt gespielte Melodie der *Whydah*, und das, wo das Schiff doch schon seit über zehn Jahren auf dem Grund des Meeres lag. Bestimmt kamen jetzt die toten Piraten zurück, um ihrem Kapitän Samuel Bellamy zur Seite zu stehen.

Die Männer Checkleys packte das blanke Entsetzen. Ihre Augen waren vor Angst geweitet, manche klammerten sich ängstlich aneinander. Es gab sogar welche, die weinend stumme Gebete Richtung Himmel schickten.

Amy erging es nicht anders, nur Black ließ sich nicht aus der Ruhe bringen. Obwohl der schwermütige Klang der Violine immer näher kam, blieb er ruhig stehen und ließ die Männer nicht aus den Augen, die Pistole noch immer auf Checkley gerichtet.

Plötzlich hörte Amy das Geräusch von Holz auf Holz, dann flogen Enterhaken auf die *Tanner* und krallten sich ächzend fest.

Jetzt kamen lautlos und mit geschmeidigen Bewegungen dunkle, unheimliche Gestalten mit zerschlissenen Kleidern, weißen Gesichtern und schwarzen, hohlen Augen an Bord. Ihre Gesichter sahen wie Totenschädel aus, Thomas Checkley sollte wohl glauben, der Geist der *Whydah* sei zurückgekehrt. Black stand da, stolz, mit geschwellter Brust, das war *seine* Mannschaft, das waren *seine* Freunde. Sein Gedächtnis, es war wieder da.

»Will, alter Freund, schön, dich zu sehen«, begrüßte er den gespenstischen Anführer breit grinsend.

»Sam. Sam, sind *wir* die Geister oder *du*? Das gibt es doch gar nicht, Samuel Bellamy, du lebst?« Wills Stimme war schrill. Einige Sekunden lang starrte er Sam fassungslos an, dann umarmten sich die beiden Kameraden und klopften sich mit Tränen in den Augen auf die Schultern.

»Dann bist du der Seemann, der sein Gedächtnis verloren hat?«, fragte Will ungläubig.

»Durch *La Follia* kam mir eben die ganze Erinnerung zurück. Ich bin tatsächlich ein Pirat.« Lachend fuhr er sich mit der Hand über die Stirn. »Bevor wir unser Wiedersehen feiern, lass uns die Angelegenheit hier noch zu Ende bringen, wir dürfen keine Zeugen übrig lassen. Es ist besser, wenn niemand weiß, dass ich noch lebe.« Entschuldigend zuckte er die Schulter. »Außerdem habe ich wegen meines Gedächtnisverlustes unwissentlich verraten, wo wir einen Teil unseres Schatzes vergraben haben. Entweder schließen sie sich uns an oder sie ziehen ein feuchtes Grab vor.«

Black oder Sam, wie er wirklich hieß, war wieder in seinem Element als der gefürchtete Piratenkapitän Samuel Bellamy, den man auch den »Prinzen der Piraten« nannte.

»Ich kümmere mich darum, Sam, nimm deine Tochter und bring sie in Sicherheit«, entgegnete Will.

»Meine Tochter?« Jetzt überschlug sich Sams Stimme.

Will deutete auf Amy, die zusammengekauert an der Reling saß und schützend die Hände über den Kopf hielt.

»Ihretwegen bin ich hier. Ich wollte Amy zu ihrer Mutter bringen, zu Mary.«

Bevor Sam weitere Fragen stellen konnte, übernahm Will das Kommando und gab Anweisungen an seine Männer.

Sam wusste, was jetzt kam, sie würden die Mannschaft nach Waffen absuchen, einzeln nach der Ladung befragen und dann würde ihnen die Frage gestellt, ob sie sich den Piraten anschließen wollten. Diejenigen, die dazu bereit waren, würden den Piratenkodex unterzeichnen, die anderen würden auf einer einsamen Insel ausgesetzt werden.

Mary, Will, seine Mannschaft, wie konnte er nur alle vergessen haben? Sam ging zu dem verängstigten Kind.

»Komm, Kleine, ich bringe dich hier weg.«

Amy zitterte am ganzen Leib und klammerte sich ängstlich an ihn.

Mit einem Mal konnte er sich erklären warum er sich zu dem Kind so hingezogen gefühlt hatte. Sie war seine Tochter, sein eigen Fleisch und Blut. Sein Herz hatte es immer gefühlt, nur der Verstand weigerte sich, die Wahrheit zu sehen. Ihre Gesichtszüge, die Augen und wie sie sich bewegte – sie war die jüngere Ausgabe von Mary. Mary war die Liebe seines Lebens. Der Gedanke trieb ihm Tränen in die Augen.

Sloope Marianne

12. April anno 1728
Alles wird gut!
Weitersegeln mit der alten Besatzung der Whydah.
24° 57', Wind: SSO 157.5°, 22 Knoten.
Samuel Bellamy

Da lag sie, seine Tochter. Seit dem Überfall hatte Amy hohes Fieber. Sam war keine Minute von ihrer Seite gewichen.

Der Kampf war gewonnen, alle Männer hatten sich den Piraten angeschlossen, außer Thomas Checkley. Der war voller Panik über Bord gesprungen, als Will auf ihn zukam. Hopkins, sein Bootsmann, warf ihm noch ein Holzfass nach, aber auf offener See hatte Checkley kaum eine Chance, zu überleben.

In den Lagerräumen auf der *Tanner* befand sich eine Vielzahl von Waffen und Munition. Sam hatte mit seiner Vermutung richtiggelegen, dass es sich um ein Schmugglerschiff handelte.

Auf der Bettkante sitzend, sah Sam sich in seiner alten Kabine um. Alles sah noch aus wie früher, als er der Kapitän der *Marianne* war. Wenn man zu der Tür hereinkam, stand auf der rechten Seite ein Bücherregal, wo einige neue Bücher hinzugekommen waren, wie Sam auf den ersten Blick erkannte. Seit er bei seinem Mentor Benjamin Hornigold lesen gelernt hatte, war es eine Leidenschaft von ihm.

Bei dem Gedanken an Hornigold musste Sam lächeln. Hornigold war einer der hart gesottensten und gerissensten Seemänner, die Sam kannte. Im Erbfolgekrieg hatte er mit Hornigold als Freibeuter für England gekämpft, es gab kaum etwas, das dieser Mann nicht über die Piraterie wusste. Von Hornigold hatte er damals gelernt, wie man Schiffe kaperte, schnell zuschlug und wieder verschwand. Ebenso hatte er von ihm die Lage der Riffe und Untiefen gelernt, was wichtig war, um den Handelsschiffen leicht entkommen zu können.

Nach dem Krieg hatte Hornigold seinen Stützpunkt auf der Bahamas-Insel New Providence und bildete dort viele Piraten aus, so wie Sam, Will und auch Edward Thatch, einer der bekanntesten und gefürchtetsten Piraten.

Edward Thatch war so bekannt, weil er Schiffe

mit brennenden Lunten im Haar kaperte, um auf seine Opfer möglichst grausam zu wirken. Und er trank seinen Rum mit angezündetem Pulver. Sam war immer gut mit ihm ausgekommen.

Leider waren jetzt beide tot, Hornigold und Thatch.

Sam fuhr sich nachdenklich über das Kinn und atmete schwer ein, es war nicht einfach, sich wieder an alles erinnern zu können.

Dann nahm sein Blick die Wanderschaft durch die Kabine wieder auf. Über die ganze Breite des Hecks und darüber hinaus verliefen kunstvoll vergitterte Fenster. Darunter befand sich eine Bank mit roten Samtkissen.

Früher, in jungen Jahren, hatte er dort manchen Rausch ausgeschlafen. Ihm stand damals als Anführer zwar die Kapitänskajüte zu, aber jeder Pirat konnte ungefragt hereinkommen und die Kammer samt Bett mitbenutzen. Aus diesem Grund schlief er öfter auf der Bank, sofern sie frei war. So waren die Gesetze auf einem Piratenschiff.

In der Ecke stand ein unordentlicher Schreibtisch, auf dem Karten und Instrumente zum Navigieren lagen.

Am Schreibtisch standen ein alter Ledersessel und davor zwei Stühle. Dann kamen eine große Truhe mit Kleidern und persönlichen Gegenständen, ein Waschtisch mit eingelassener Schüssel und Wasserkrug und schließlich das eingebaute Bett in der Wand mit den roten Samtvorhängen, in dem Amy lag, seine Tochter.

Es war ein seltsames Gefühl, wenn sich plötzlich das Tor zur Vergangenheit öffnete. Ein bisschen fühlte es sich an, als würde er in den Gedanken einer fremden Person herumspionieren. Manches war sehr persönlich oder erschütternd, aber über etwas war er sehr froh: Er war niemals ein grausamer bösartiger Mensch gewesen, es hatte seine Gründe, warum er damals Pirat geworden war.

Als er Amy auf die *Marianne* getragen hatte, war es ihm wie Schuppen von den Augen gefallen. Die Kleider, die sie anhatte, das waren einmal seine gewesen. Ann hatte sie wohl aufgehoben.

Sam stammte aus der verachteten englischen Unterschicht und hatte hart arbeiten müssen, um zu überleben. Stephen und Elizabeth hießen seine Eltern. Seine Mutter war kurz nach seiner Geburt gestorben, und er hatte noch zwei Brüder und drei Schwestern.

Ann war die Älteste, die sich nach dem Tod der Mutter um ihn und seine vier Geschwister gekümmert hatte. Sie war ein liebevoller Mensch, und Amy hatte es bestimmt sehr gut bei ihr gehabt. Jetzt war Ann tot.

Die Flöte, die Amy ihm gegeben hatte, hatte er als Kind mit seinem besten Freund William Condon geschnitzt, deshalb konnte er so gut auf ihr spielen. Auch William Condon war noch als Steuermann auf der *Marianne*.

Fünfundzwanzig Männer seiner früheren Mannschaft waren immer noch zusammen. Sie waren dem schicksalhaften Sturm entkommen, weil Will auf der *Marianne* nach Block Island gesegelt war, um seine Mutter und Schwester zu besuchen und ein paar einflussreiche Freunde von dem Vorhaben, einen Piratenstaat zu gründen, zu überzeugen.

Mitglied seiner früheren Mannschaft war auch Dr. James Ferguson, der Schiffsarzt, der so wunderbar Geige spielen konnte und sich jetzt um Amy kümmerte.

James war so alt wie Will, er hatte vor vielen Jahren aus Schottland fliehen müssen, weil er gegen König George I. rebelliert hatte.

Nachdem Sam ohne Gedächtnis am Strand aufgefunden worden war, hatte er sich den Namen John Black gegeben wegen seiner schwarzen Haare. Tatsächlich war er auch vor dem Unfall Black Sam gerufen worden, ebenfalls seiner Haare wegen.

Und endlich kannte er auch sein Alter: Er war am 23. Februar 1689 geboren und jetzt 39 Jahre alt. Und seine große Liebe war Mary.

Er war 25 gewesen, als der Spanische Erbfolgekrieg zu Ende war, in dem er jahrelang als Freibeuter auf See gekämpft hatte. Nach dem Krieg war er zu seinem Onkel nach Cape Cod gegangen.

In dieser Zeit waren ihm zwei Menschen begegnet, die sein Leben verändern sollten. Der eine war Paulsgrave Williams, sein bester Freund. Und der andere war Mary Hallett, die Frau, die er über alles liebte.

Mary hatte sich genauso in ihn verliebt wie er sich in sie. Doch Marys Eltern waren nicht glücklich darüber gewesen. Als erfolgreiche Farmer hatten sie ihre Tochter standesgemäß verheiraten wollen. Doch Mary hatte sich auch gegen den Willen ihrer Eltern weiterhin mit ihm getroffen.

Als er von der gesunkenen Silberflotte hörte, hatte er darin eine Möglichkeit gesehen, schnell reich zu werden. Über seinen Onkel hatte er Kontakt zu Paulsgrave Williams aufgenommen und ihn um Geld für ein Schiff gebeten, mit dem er nach der vor Florida gesunkenen spanischen Silberflotte suchen wollte.

Mit Will hatte er sich vom ersten Augenblick an gut verstanden. Sie hatten eine Sloop gekauft, die für die lange Fahrt nach Florida geeignet war. Mit dreißig Mann waren sie gen Süden in See gestochen, um den versunkenen Schatz zu suchen.

Zum Abschied hatte er Mary versprochen, mit einem Schiff voller Schätze zurückzukehren, um sie dann zu heiraten.

Doch es war anders gekommen. Als Bellamy Florida erreicht hatte, war das Silber bereits fort gewesen.

Er hatte nicht gewusst, dass Mary sieben Monate nach seiner Abreise völlig alleine und verzweifelt seine Tochter geboren hatte. Würde er es sich je verzeihen können, dass er sie in ihrer schwierigen Situation alleine gelassen hatte?

Sam sah Amy an, und ihn plagten Schuldgefühle, nicht für sie und Mary da gewesen zu sein. Vorsichtig tupfte er die Schweißperlen von ihrer Stirn und flößte ihr etwas Tee ein, immer in der Hoffnung, sie möge schnell gesund werden.

Larou steckte den Kopf zur Tür herein.

»Sam, William Condon schickt mich, ich soll dich ablösen.«

Sam gähnte und rieb sich die Augen: »Gib ja gut auf sie acht, ich werde mich nur kurz hinlegen. Wenn etwas ist, weck mich.«

Als Sam an Deck kam, kam ihm sein Freund William Condon entgegen. »Sam, die Mannschaft wartet auf dich. Sie haben dich mittlerweile zum Kapitän der *Tanner* gewählt.«

»Mich?«

»Natürlich übernimmst du das Schiff erst, wenn

es Amy besser geht.« Anerkennend klopfte er seinem Freund auf die Schulter und führte ihn zur Reling.

Sam sah in die strahlenden Gesichter seiner Kameraden, die ihm laut zujubelten. Gerührt hob er die Hand, worauf das Jubeln sofort verstummte. Sam räusperte sich und sprach zu seiner Mannschaft: »Kameraden, es ist verdammt schön, zu wissen, dass ich Käpt'n Samuel Bellamy bin. Ich bin ein verfluchter, gesetzloser Pirat, und ich bin stolz darauf.« Sein Blick wanderte über das Deck der *Marianne* und seine Mannschaft, und ein Gefühl von Zufriedenheit überkam ihn. »Die letzten zwölf Jahre ließ mich die dunkle Ahnung, ein Pirat zu sein, fast verzweifeln. Bei dem Gedanken, dass Blut und Unrecht an mir haften könnten, fühlte ich mich wie eine elende Hundeseele. Jetzt weiß ich wieder, wofür ich kämpfte: für unsere Freiheit, gegen die Ungerechtigkeiten, die man Gesetze nennt, die die Reichen noch reicher und die Armen noch ärmer machen. Wir kämpfen gegen alle, bei denen die Herkunft und die Hautfarbe eine Rolle spielen. Jeder Mensch sollte frei über sein Leben bestimmen, egal, ob arm oder reich, schwarz oder weiß.«

Condon trat von hinten vor und klopfte Sam auf die Schultern. »Ich bin ein freier Fürst ...«

Die ganze Mannschaft stimmte mit ein: »... und

habe dasselbe Recht, der ganzen Welt den Krieg zu erklären wie nur einer, der hundert Schiffe auf See und hunderttausend Mann im Felde hat; das sagt mir mein Gewissen.«

»Ihr habt meine Worte bewahrt, während ich sie vergessen hatte, ich danke euch, Brüder. Ich werde jetzt eine Stunde schlafen, den Rest besprechen wir danach bei einem Fass Rum.« Seine Kameraden jubelten erneut.

Sam wollte gerade in das Offiziersquartier gehen, als er seinen Namen hörte.

»Sam, oder soll ich dich Black nennen?«, fragte Paulsgrave Williams grinsend, der bemerkte, dass sein Freund auf seinen alten Namen noch nicht gleich reagierte.

»Ach, Will. Nein, ich dachte nur eben an Käpt'n Beer und mein Gespräch mit ihm damals, als wir sein Schiff kaperten. Ich bin doch froh, dass ich wieder weiß, wer ich bin.«

Um Wills Mundwinkel huschte ein Lächeln. »Ja, ja, der entsetzte Käpt'n Beer. Er konnte die Regeln auf einem Piratenschiff nicht verstehen. Ich erinnere mich, wie empört er darüber war, dass die Mannschaft mehr zu sagen hatte als der Kapitän. Das waren Zeiten. Ich denke oft daran zurück.«

»Ich wollte Beer sein Schiff zurückgeben, doch die Mannschaft stimmte gegen mich und deshalb haben wir das Schiff versenkt.«

»Deine beeindruckende Rede von damals ist uns allen noch im Sinn.«

Bei dem Gedanken an seine leidenschaftliche Rede musste Sam schmunzeln. »Was für ein Rebell ich damals war. Jetzt hat sich vieles geändert. Ich bin nicht mehr dieser leichtsinnige junge Kerl, der sich mit der ganzen Welt anlegen will, und doch zählen die Worte von damals mehr denn je.«

»Oh ja. Je älter wir werden, desto deutlicher sieht man die Ungerechtigkeiten, die überall herrschen, wenn wir nichts dagegen unternehmen. Und wenn nicht wir, wer sonst sollte es tun?«

Ein Gähnen überkam Sam. »Doch bevor wir die Welt retten, sollte ich erst mal schlafen. Weckt mich, falls mit Amy etwas sein sollte.«

Bevor Sam in die Kabine ging, fragte Will noch: »Wie geht es Amy?«

»Das Fieber ist etwas gesunken, sie schläft endlich ruhig, ohne dass Albträume sie plagen.«

»Amy ist ein starkes Mädchen, sie wird das schaffen. Alles wird gut.« Er klopfte Sam auf die Schultern.

Sam fuhr sich durch die wirren Haare. »Es tut

mir unendlich leid, dass ich Mary im Stich gelassen habe.«

»Du wolltest doch damals zu ihr.«

»Ja, ich wollte sie holen, und genau vor der Küste überraschte uns der Sturm. Ende April sind die Stürme eigentlich vorbei, und wir waren nicht darauf gefasst. Der Wind kam aus Osten, und die *Whydah* trieb unaufhaltsam auf die Landzunge zu. Wenn ich gleich zu unserem Treffpunkt auf die Grüne Insel in Maine gesegelt wäre, hätte ich den Kurs nordöstlicher genommen, um die gefährlichen Gewässer von Cap Cod zu umsegeln. Aber so nahm unser Schicksal seinen Lauf.« Sam machte eine kurze Pause. »Wie erging es Mary damals?«

Will atmete schwer durch, man sah, dass er unsicher war, ob er Sam die ganze Wahrheit schon zumuten konnte.

»Will, mir geht's gut, du brauchst mich nicht zu schonen.«

»Gut!« Will nickte und lehnte sich an die Reling. »Mary war schwanger, als wir losgelten, ihr Vater konnte mit der Schande nicht leben und verstieß sie. Deshalb lebte Mary in einer kleinen Hütte am Strand von Eastham. Ihre Mutter war die Einzige, die sie nachts heimlich besuchte und ihr alles brachte, was Mary brauchte. Im darauffolgenden

Jahr brachte Mary in dieser Hütte alleine Amy auf die Welt.«

»Eastham. Also sank die *Whydah* quasi genau vor Marys Türschwelle.« Sam schüttelte ungläubig den Kopf.

»Ja, sie hörte die Schreie der sterbenden Männer und das Zerbersten der *Whydah* trotz des tobenden Sturms. Am Morgen wurde sie Zeugin eines der schrecklichsten Unglücke, die Eastham je gesehen hatte. Meilenweit über den Strand verstreut lagen Leichen und Treibgut von dem Wrack der *Whydah*, die ans Ufer gespült worden waren. Das gekenterte Schiff ragte wie ein Schildkrötenpanzer aus dem Wasser. Als sie von den Überlebenden erfuhr, dass der Kapitän Samuel Bellamy hieß, wurde sie fast wahnsinnig vor Schmerz.«

»Oh mein Gott, was muss sie gelitten haben.« Sam schlug die Hände vor sein übermüdetes Gesicht. »Wann bist du zu ihr gegangen?«

»Ich habe bis zum 20. Mai an unserem vereinbarten Treffpunkt gewartet. Als ich von deinem Tod erfuhr, brach für mich eine Welt zusammen. Es war so unfassbar, dass ich es nicht wahrhaben wollte. Ich musste mich selbst davon überzeugen, deshalb segelte ich nach Eastham. Dort traf ich auch Mary und den kleinen Wildfang. Mary war kaum imstande, sich um das Kind zu kümmern.« Will schloss die Augen und atmete tief durch. »Wir weinten drei Tage. Ihre Verzweiflung über deinen Tod ließ mir meinen Schmerz unwichtig erscheinen.«

Sam hörte Will kopfschüttelnd zu. Schuldgefühle überkamen ihn, sein Hals war wie zugeschnürt, er war unfähig, mehr zu sagen als: »Es tut mir so leid.«

Will legte seinen Arm um ihn. »Du lebst, das ist das größte Wunder, das mir in meinem Leben passiert ist. Als ich dich an Deck der *Tanner* stehen sah, war es so unglaublich, so unwirklich. Weißt du, John Julian glaubte nie an deinen Tod, er war immer fest davon überzeugt, dass du lebst. Und dann stehst du da, mit zwei Musketen in den Händen und hast eine ganze Mannschaft unter Kontrolle.«

Sam grinste. »Ihr hättet euch keinen besseren Zeitpunkt für euer Auftauchen aussuchen können.«

Will musste auch lächeln. »Jetzt lasse ich dich nicht mehr aus den Augen, erst wieder, wenn ich dich bei Mary abgeliefert habe. Ich bin schon sehr gespannt auf ihren Anblick, wenn sie dich wiedersieht.«

»Du weißt, wo Mary ist?«

»Ich konnte Mary doch nicht ihrem Schicksal überlassen. Deshalb habe ich die beiden mit nach Beef Island genommen. Amy war so ein lebhaftes und wildes Kind und Mary so gefangen in ihrem Schmerz, dass ich beschloss, Amy zu deiner Schwester zu bringen.«

»Und das hat Mary so einfach zugelassen?«

Will lachte auf. »Natürlich nicht, sie hat mich alles geheißen, bis Amy wirklich mal in Gefahr schwebte. Da sah sie ein, dass es besser war, sie für zwei bis drei Jahre nach England zu bringen.«

»Warum wurden dann so viele Jahre daraus?«

Will kratzte sich verlegen am Kopf. »Das war wohl meine Schuld. Ich habe es immer vor mich hergeschoben, so lange, bis mir Mary die Pistole auf die Brust gesetzt und mir gedroht hat, entweder ich würde jetzt Amy holen, oder sie würde mein Schiff kapern und selbst nach England segeln.«

Das Grinsen aus Sams Gesicht verschwand wieder. Mit besorgt gerunzelter Stirn fragte er: »Mary ist jetzt auf Beef Island? Und wir segeln dorthin?«

»Ja.«

»Wirklich?«

Will musste lachen. »Ja wirklich, ist das ein Problem für dich? Gibt es eine andere Frau in deinem Leben?«

»Nein. Aber in meiner Erinnerung ist Mary ein sechzehnjähriges Mädchen. Wenn wir zusammen waren, lachten wir viel. Und jetzt ist sie eine erwachsene Frau und ich bin ein reifer Mann.«

»Oh ja, zusammen wart ihr wirklich unerträglich«, erinnerte sich Will lachend. Dann wurde er wieder ernst.

»Mary ist eine wunderschöne Frau geworden, trotz ihres Kummers hat sie sich ihre herzerfrischende Art bewahrt.«

Sam nickte und unterdrückte erneut ein Gähnen.

»In meinem Kopf ist ein wirres Durcheinander, ich muss jetzt erst einmal schlafen – falls ich das nach all den Neuigkeiten überhaupt noch kann.«

Ihm brannte noch die Frage auf der Zunge, ob Mary mittlerweile vielleicht mit einem anderen Mann verheiratet war, aber er fürchtete sich vor der Antwort.

»Mach das, mein Freund, und falls du nicht schlafen kannst, würdest du mir dann einen Gefallen tun?«

Sam, der schon Richtung Tür ging, drehte sich wieder um und zog die rechte Augenbraue in die Höhe. »Einen Gefallen, jetzt?«

»Würdest du bitte mir zuliebe das Gestrüpp aus deinem Gesicht kratzen?« Damit deutete er auf Sams Bart.

Sorgenvoll sah Larou auf das blasse Mädchen. Er nahm das Tuch und kühlte es in der Schüssel mit frischem Wasser. Als er das Tuch auf ihre Stirn legte, hatte er das Gefühl, dass sie nicht mehr so glühte wie vor einigen Stunden noch. Endlich ließ das Fieber nach. Er setzte sich neben ihr Bett und versuchte, auf das Stimmgemurmel vor der Tür zu hören, ob er etwas verstehen konnte. Erneut brach Jubel aus, dieses Mal noch lauter.

Auch Amy schien es wahrzunehmen, sie rührte sich und öffnete verwundert die Augen. »Wo bin ich?« Sie blinzelte ein paarmal, als würde sie ihren Augen nicht trauen.

»Du bist in Sicherheit. Wir haben euer Schiff gefunden! Erinnerst du dich?«

»Larou!« Sie sah ihn erstaunt an.

»Endlich ist dein Fieber gesunken, ich bin so froh, dass du wieder gesund wirst.«

»Oh Larou, du hast mich wirklich gefunden.« Ihre Stimme war schwach, aber sie konnte ihn schon anlächeln.

Larou erwiderte ihr Lächeln und streifte nur ganz leicht die Innenfläche ihrer Hand. »So begrüßt sich unser Stamm.«

Noch etwas verwirrt fragte sie: »Ist deine Familie auch hier?«

»Nein, aber sie haben mich verstanden, als ich ihnen sagte, dass ich dich suchen musste.«

Er sah, wie sie angestrengt nachdachte. »Du musst dich erst ausruhen, wir können später über alles reden.«

»Aber wie willst du deine Familie jemals wiederfinden? Hast du auf den Seekarten gesehen, wie groß unsere Erde ist?«

»Ja, ich weiß. Doch wenn das Schicksal es will, werde ich ihnen wieder begegnen. Jetzt bin ich erst einmal froh, dass wir dich wiedergefunden haben.«

»Wir?« Amy löste ihren Blick von Larou und sah sich in der Kabine um. »Das ist aber nicht der *Rote Löwe*. Sind wir noch auf der *Tanner*?«

»Wir sind auf Wills *Marianne*. Will ist der beste Seemann, den ich kenne.«

»Will?«

»Will ist der Kapitän hier auf der *Marianne* und ein Freund von Sam.«

»Wo ist Black? Sag bitte, dass er noch lebt und dass es ihm gut geht.« Ihr Blick war fast panisch.

»Beruhig dich, du musst dich noch schonen, es ist alles in Ordnung. Sam, also Black, ist hier. Ihm geht es gut. Er hat sich nur unendliche Sorgen um dich gemacht, gerade eben hat er sich hingelegt, weil er stundenlang an deinem Bett saß.«

Für den ersten Moment schien sie beruhigt zu sein. Larou schenkte aus einer Kanne Tee in einen Becher. »Hier, trink etwas und versuch, noch ein bisschen zu schlafen. Du brauchst Ruhe.« Er half ihr beim Aufsetzen und sie trank einige Schlucke. »Hast du auch Hunger?«

Sie schüttelte schwach mit dem Kopf und ließ sich erschöpft ins Kissen fallen. Es dauerte nicht lange und er hörte an ihrem gleichmäßigen Atem, dass sie wieder eingeschlafen war. Larou überlegte kurz, ob er Sam Bescheid sagen sollte, doch er entschied sich, ihn besser schlafen zu lassen.

Irgendwann schlummerte er selbst ein, bis er Amy stöhnen hörte. Als er die Augen öffnete, war die Kabine im Dunkeln, er stand auf und zündete die Lampe an. Er fühlte ihre Stirn, doch sie war nicht mehr heiß. »Amy, es ist nur ein Traum«, flüsterte er.

Verschlafen öffnete sie die Augen und murmelte: »Da waren überall Geister, einer sagte, Black sei mein Vater?«

»Die Geister waren *wir*, als wir die *Tanner* enterten. Du brauchst keine Angst zu haben.«

Jetzt war Amy hellwach und setzte sich auf. »Das war kein Traum?«

»Nein!«

Sie sah ihn direkt an. »Und Black? Stimmt das? Er ist mein ...«

Er merkte, wie schwer es ihr fiel, das Wort auszusprechen. »Vater! Das habe ich gleich geahnt, dass er dein Vater ist, als ich euch kennengelernt habe.«

»Black ist mein Vater?«, stammelte Amy. »Aber Black ist ein Pirat, er kann unmöglich mein Vater sein!«

Sloope Marianne

13. April anno 1728
Wurde zum Kapitän der Fregatte Tanner gewählt.
25° 59', Wind O 90°, 26 Knoten.
Samuel Bellamy

A my saß im Bett und aß den letzten Bissen von ihrem Frühstück, als Sam nach einem kurzen Klopfen die Kabine betrat.

»Amy, du bist ja wach, wie geht es dir?« Sie sah Sam die Freude an, doch auf sie wirkte er befremdlich und das nicht nur wegen des fehlenden Bartes.

»Mir gehts gut!«, erwiderte sie knapp.

»Larou, du sollst zu Will kommen. Er braucht eine Karte.« Sam suchte auf dem Schreibtisch nach der Karte, rollte sie zusammen und gab sie Larou, der damit eilig den Raum verließ.

Sam stand einen Moment unschlüssig am Tisch und sah sie gerührt an.

»Ihr seid also wieder ein Pirat?«, fragte Amy, indem sie das Wort »Pirat« vorwurfsvoll betonte.

»Ja, Amy, ich bin Pirat. Ich konnte mich leider jahrelang nicht daran erinnern, warum ich Pirat geworden war. Aber wie du sicher weißt, bin ich auch dein Vater und stolz, eine solch tapfere Tochter zu haben.«

Sie kämpfte innerlich mit sich. Sie mochte diesen Mann vom ersten Augenblick an. So einen Vater hatte sie sich immer gewünscht und genau das war eingetroffen, er war ihr Vater!

»Aber Ihr habt Piraten verachtet, es sind Räuber, Diebe, Mörder, das habt Ihr selbst gesagt.« Sie musterte ihn aus zusammengekniffenen Augen kritisch, er war nicht mehr ordentlich angezogen wie als Steuermann auf dem *Roten Löwen*, sondern immer noch so wie an dem Tag, als sie schwimmen waren.

»Ja, das habe ich. Ich war auch jahrelang verzweifelt, sogar so sehr, dass ich drauf und dran war, mich der Behörde zu stellen, weil ich wissen wollte, ob ich wirklich so ein übler Pirat war. Nur das Grauen des Galgens hielt mich zurück. So mutig bin ich dann doch nicht.«

Amy stand unsicher auf. Nach dem hohen Fieber war sie immer noch schwach auf den Beinen, doch sie wollte weg von Sam, alleine sein und nachdenken. Alles, was in den letzten Wochen passierte, war zu viel und es fühlte sich an, als müsste sie gleich weinen. Sie wollte keinen Vater, der ein gesetzloser Pirat war.

Das Schiff rollte, deshalb verlor Amy das Gleichgewicht und fiel gegen Sam. Einen kurzen Augenblick drückte er sie an sich und atmete den Duft ihrer Haare ein. Dann ließ er sie sofort wieder los.

»Wohin willst du?«

»Ich weiß es nicht, einfach raus.«

»Bleib liegen, du bist noch schwach, ich werde gehen.« Sam ging zur Tür, Amy sah ihm von hinten seine Niedergeschlagenheit an.

»Sir, es tut mir leid, aber ich kann nicht anders. Ihr seid ein Pirat.«

Sam nickte. »Du brauchst mich jetzt nicht mehr *Sir* zu nennen, wir sind hier auf einem Piratenschiff.«

Damit ging er hinaus. Kurz darauf öffnete er noch einmal die Tür. »Übrigens, ich habe da noch jemanden für dich, der in deiner Kabine willkommener ist als ich.«

Mit einer sanften Bewegung sprang eine Katze auf Amys Bett und leckte ihre Pfote.

Als Amy den rot getigerten Kater sah, drückte sie ihn stürmisch an sich. Henry ließ es sich gefallen und fing sofort an zu schnurren.

»Henry, wo kommst du denn her? Oh mein lieber, lieber Henry, ich dachte schon, ich sehe dich nie wieder.«

Tränen der Freude schimmerten in Amys Augen. Fragend sah sie zu Sam.

»Da musst du dich bei Will bedanken, er hat ihn mit auf sein Schiff genommen – für dich.«

Den ganzen Morgen dachte Amy über ihre neue Situation nach und kämpfte innerlich mit sich. Larou hatte ihr erzählt, dass dieser Will der Mann war, dem sie in Plymouth begegnet war und dann noch einmal vor der Spelunke. Er kam ihr so unheimlich vor. Aber wenn er Henry mitgenommen hatte, dann konnte er doch kein ganz so schlechter Mensch sein. Und doch war auch er ein Pirat.

Amy seufzte schwer und konnte nicht verhindern, dass ihr unzählige Tränen über die Wangen liefen, schniefend drückte sie ihr Gesicht in Henrys Fell.

Dr. James Ferguson, der Schiffsarzt, kam kurz darauf zu Amy. James fühlte ihre Stirn und sah ihr in den Hals. »Amy, du hast es geschafft, du bist über dem Berg. Morgen kannst du schon ein bisschen an Deck gehen.« Er lächelte freundlich.

Dr. Ferguson sah sehr nett aus, er hatte die gleiche sommersprossige Haut wie Gilbert, nur waren seine kurzen Haare dunkler und mit grauen Strähnen durchzogen. Außerdem trug er ein Monokel und einen gepflegten Vollbart.

»Seid Ihr auch ein Pirat?«, fragte sie ungläubig.

Schmunzelnd sah Dr. Ferguson Amy an. »Auf einem Piratenschiff sagen alle ,du' zueinander. Ich bin James.«

»Aber Ihr, äh, du bist doch Arzt?«

»Was macht das für einen Unterschied? Ich habe mich für die Gesundheit der Menschen interessiert. George Dorssit arbeitet gerne mit Holz, also wurde er Schreiner und sorgt jetzt dafür, dass uns das Schiff nicht unter dem Hintern verfault. John Lampert näht und flickt die Segel, ohne ihn würden wir nicht vorwärtskommen, aber wir drei würden dumm dasitzen ohne die Matrosen, die jeden Tag in den Wanten ihr Leben riskieren. Merkst du etwas?«

»Ihr alle würdet ohne den Smutje verhungern.«

James grinste. »Du hast es verstanden. Wir sind eine Gemeinschaft und jeder gibt sein Bestes, und keiner befiehlt dem anderen, was er zu tun oder zu lassen hat. Jeder weiß das selbst. Wir nehmen es nicht immer so genau mit der Arbeit, aber wenn es darauf ankommt, halten wir zusammen. Das macht uns stark, da tut dann ein Arzt genauso viel wie ein Matrose, und wenn es das Deckschrubben ist.«

»Du schrubbst das Deck?«

Er wuschelte durch Amys Haar. »Mit Leidenschaft, Mädchen, und wenn du unsere Lebensweise Pirat nennst, dann bin ich mit Leib und Seele Pirat.«

»Aber wenn sie euch erwischen, werdet ihr gehängt.«

»Ja, das ist unser Schicksal, aber bis dahin habe ich ein freies Leben geführt.«

»Aber ein Arzt ist doch ein angesehener Mann?«, fragte sie erstaunt weiter, sie konnte sich nicht vorstellen, wie so ein netter Mann Pirat werden konnte.

»Weißt du, Ansehen und Geld machen einen nicht frei und glücklich. Im Gegenteil, es verpflichtet und engt einen ein, du wirst das mit der Zeit verstehen. Jetzt schlaf noch ein bisschen, du siehst erschöpft aus. Ich werde heute Abend nochmals nach dir sehen.«

Mittags brachte Sam Amy eine Suppe.

»Wo ist Larou? Er war seit heute Morgen nicht mehr hier«, erkundigte sich Amy.

»Will bringt ihm gerade das Navigieren bei, er stellt sich sehr geschickt an, der Bursche.«

Amy schmollte. »Wird er jetzt auch Pirat?«

Sam musste lachen, als er in Amys Gesicht sah. »Auf einem Piratenschiff hat man es aber auch nicht leicht als ehrlicher Mensch.«

»Vor ein paar Tagen habt Ihr Piraten doch auch noch verachtet. Warum dachtet Ihr damals anders?«

»Wenn du willst, werde ich versuchen, es dir zu erklären, aber nur, wenn du willst.«

Amy setzte sich auf und nickte.

Sam schüttelte ihr Kissen auf, damit sie bequem sitzen konnte, und reichte ihr den Teller mit einer kräftigen Hühnersuppe. Dann nahm er den Stuhl, der neben dem Bett stand, drehte ihn um, setzte sich verkehrt herum darauf. Er warf mit einer Bewegung aus dem Handgelenk seinen Hut auf Amys Decke und legte die Arme verschränkt auf die Lehne.

Dann räusperte er sich und schaute durch das Heckfenster auf die unendliche Weite des Meeres. Mit seinen Gedanken war er jetzt weit weg, in einer anderen Zeit.

»Höllenschlunde taten sich auf, und ich kämpfte gegen riesige Monster. Ein Albtraum nach dem anderen kam über mich, und als ich endlich meine Augen öffnen konnte, sah ich in das besorgte mütterliche Gesicht einer älteren Dame, ihr Name war Mrs. Rose Billington. Wochenlang hatte sie mich gepflegt, gegen den Willen ihres Mannes, der mich aus einem Gewirr von Tauen und Segeltuch befreit und blutüberströmt und fast erfroren zu sich nach Hause gebracht hatte. Als ich endlich wieder zu mir kam, konnte ich mich an nichts mehr erinnern.

Die Billingtons hatten erst ein Jahr zuvor ihren einzigen Sohn in den heimtückischen Gewässern von Cape Cod verloren, und seine Frau sah es als Zeichen des Schicksals, dass ich bei ihnen gestrandet war.

Eines Abends hörte ich die beiden streiten. Er sagte, dass es für sie gefährlich sei, mich zu verstecken, und dass man sie beide mitbestrafen würde, wenn man mich entdecken würde. Also fragte ich Rose, wer denn gesucht würde. Rose erklärte mir vorsichtig, was sie wusste: Dass ein Piratenschiff und ein Handelsschiff in dieser schicksalhaften Nacht untergegangen waren, dass sie nicht wüssten, auf welchem Schiff ich gewesen war und mich deshalb verstecken wollten, bis mein Gedächtnis wieder zurückkommen würde. Als sie mich gefunden hatten, hätte ich lange Haare gehabt, die sie wegen der Wunde abgeschnitten hätten. Und sie rieten mir, mir einen Bart wachsen zu lassen. So hofften sie, dass mich niemand erkennen würde, falls ich zu den Piraten gehört haben sollte.«

Sam fiel es schwer weiterzusprechen. Er nahm den Teller, der inzwischen leer gegessen war, und stellte ihn auf den Tisch.

»Und dann, wie ging es dann weiter?«

»Was nun kommt, darauf bin ich nicht besonders stolz, aber zu der Zeit war ich genauso unwissend wie du, mein Kind.«

»Ich bin nicht unwissend, ich weiß nur, was Recht und Unrecht ist. Ich bin kein Pirat!«

»Nein, das bist du nicht, aber ich, und ich hatte es vergessen. Am 27. März 1717 sank die *Whydah*. Und am 22. Oktober war die Gerichtsverhandlung meiner Kameraden. Sie waren meine Brüder, meine Familie, und ich habe sie nicht erkannt, sondern verachtet.«

Amy hörte an seiner Stimme, wie schuldig er sich deswegen fühlte, und sie? Sie dachte genauso über ihn, ihren Vater. Ein kurzes Gefühl kam auf, und sie hätte ihn gerne in den Arm genommen und ihm gesagt, dass er keine Schuld hatte. Aber war das richtig? Sie wusste es nicht, nicht mehr.

Sam rieb sich die Stirn. Für einen Moment waren beide in eine nachdenkliche Stille versunken. Man hörte nur die Schritte der Mannschaft an Deck und das Rauschen des Meeres. Als er weitersprach, klang seine Stimme rauer.

»Es dauerte Monate, bis ich einigermaßen wiederhergestellt war. Ich hatte mich dann in Wellflett umgehört. Alle redeten über *die* Sensation: ein Piratenschiff, voll beladen mit Schätzen, das kurz vor der Küste gesunken war.

So erfuhr ich, dass am 22. Oktober in Boston die Gerichtsverhandlung stattfinden würde. Neugierig ging ich hin. Und ich hatte wahnsinniges Glück, dass mich niemand erkannte. Aber mit kurz geschorenen Haaren und einem Bart wirkte ich älter.«

»Ihr seht ohne Bart wirklich jünger aus«, unterbrach ihn Amy, was ihr gleich wieder leid tat, sie hatte nicht vor, nett zu sein.

»Danke, ich werde es mir merken«, grinste Sam und fuhr sich über sein rasiertes Kinn, was sich nach all den Jahren ungewohnt anfühlte.

»Erzählt weiter.«

»Also, an dem Morgen des 22. Oktober drängten sich eine Menge Menschen ins Gericht, es war *das* Ereignis in Boston, der Gerichtssaal war völlig überfüllt. Ich stand weit vorne, während eine dreizehnköpfige Jury über das Schicksal meiner sechs Männer entschied.

John Julian war nicht dabei, er war als Sklave verkauft worden. Will konnte ihn retten, und er ist wieder bei uns. Über Thomas Davis wurde später verhandelt. Der Zimmermann wollte nie Pirat sein, was er auch bezeugen konnte. Man glaubte ihm, und er kam zum Glück frei.

Meine Männer sahen übel aus, sie trugen immer noch dieselben Kleider vom Tag des Unglücks, die nur noch als graue Fetzen an ihren halb verhungerten Leibern hingen, und die Angst stand ihnen ins Gesicht geschrieben.

Ich hatte alles vergessen, auch unseren Piratenkodex, die Bruderschaft und das, wofür wir kämpften. Alles, was ich hörte, waren die Worte des Kronanwaltes, der davon sprach, wie schändlich, abscheulich und gottlos die Piraterie sei, außerdem verletze sie die Bürgerrechte der Menschen.« Sam lachte hart. »Bürgerrechte. Dass ich nicht lache. Was für Rechte hat denn ein Bürger?«

Amy zuckte mit den Schultern. »Dass der König die Bürger beschützt?«

»Beschützen nennst du das? Ich würde eher sagen, dass er uns ausbeutet, für dumm hält und als Kanonenfutter benützt. Ich werde dir später sagen, was ich von Königen halte. Also, ich stand in dem überfüllten Gerichtssaal und hörte fassungslos die Schandtaten der Piraten: Ein Pirat sei ein Feind der Menschheit, ein Dieb und Räuber. Dann kamen die Zeugen, darunter war auch Thomas Checkley. Ich habe ihn leider vor ein paar Tagen nicht gleich erkannt, weil er an diesem Tag vor Gericht einen sehr seriösen Eindruck gemacht hatte. Die Lage für die sechs Männer wurde immer schlechter, zuletzt wurden sie noch gehört und durften sich verteidigen. Sie gaben an, dass sie alle erpresste Seeleute des Piratenkapitäns waren. Er musste ein grausamer Mensch gewesen sein. Also hatte ich ein wenig Hoffnung. Wenn ich tatsächlich Pirat gewesen sein sollte, dann bestimmt nur unter Zwang.«

»Aber Ihr wart der grausame Piratenkapitän«, bemerkte Amy höhnisch.

»Und ich bin es wieder, aber ob grausam oder nicht, dies wirst du mit der Zeit selbst entscheiden müssen.«

»Dazu werde ich keine Gelegenheit haben, im nächsten Hafen werde ich als Schiffsjunge auf einem anderen Schiff anheuern.« Sie sah ihn herausfordernd an.

»Ah ja. Dann wirst du also nie erfahren, ob dein Vater ein grausamer Pirat war oder nicht.«

»Mir reicht schon, dass ich weiß, dass er Pirat ist, mehr will ich nicht wissen.« Ein wenig unsicher wurde Amy schon, dass er sie einfach so gehen lassen würde.

»Und deine Mutter, willst du sie gar nicht sehen?«

Sie sah ihn mit großen Augen an, ihre Mutter. Und Amy wurde mit einem Mal bewusst, dass sie einen Vater und eine Mutter hatte. Sie konnte nicht reden, ihr Hals war wie zugeschnürt.

»Du hast die gleichen wunderschönen Augen wie deine Mutter. Was hältst du davon: Ich bringe dich zu ihr und danach kannst du entscheiden, was du machen möchtest.«

»Ja, eine Mutter, die mich als Baby weggab. Ich weiß nicht, ob ich mich so sehr auf sie verlassen kann?« Amy lachte ironisch. »Ich hab einen Pirat als

Vater und eine Mutter die mich nicht haben will!«

Sam stand auf und strich ihr über die Haare. »Es tut mir leid, Amy, dass ich nicht der Vater bin, den du verdient hättest, aber deine Mutter kann für all das nichts. Sie war so jung und vertraute mir, das war wohl ihr Fehler.« Er nahm seinen Hut, drehte sich um und wollte gehen.

Amy hatte ein feuchtes Glitzern in seinen Augen gesehen, sie wollte ihm nicht verzeihen, aber so traurig wollte sie ihn auch nicht gehen lassen.

»Was wurde denn aus den Männern? Hat der Richter ihnen geglaubt?«

»Piraten glaubt man nicht. Sie wurden bis auf einen gehängt, was ein Fehlurteil war, denn Thomas South ist wieder einer von uns.«

»Gehängt?« Amy fasste sich an den Hals. »Sam?«

»Ja?«

»Was würdet Ihr machen, wenn Mary wollte, dass Ihr aufhört, ein Pirat zu sein?«

Sam musste über diese Frage lächeln: »Ich glaube nicht, dass sie über zwölf Jahre auf einen totgeglaubten Piraten gewartet hat!«

»Und was wäre, wenn ich es wollte?«, murmelte Amy und sah auf ihre Finger, um ihn nicht ansehen zu müssen.

Sam kam auf sie zu, setzte sich auf die Bettkante und fasste sie an den Schultern, damit sie ihn ansah. »Mein lieber Engel, ich werde im Herzen immer Pirat bleiben und mich an ihre Gesetze halten. Ich wünsche mir nichts mehr, als dass du mich verstehst. Sei nicht wie die Richter in Boston und fälle dein Urteil schon vor der Verhandlung. Sieh dir alles an, rede mit Thomas South, warum er trotz der Gefahr zurückgekommen ist. Bilde dir bitte deine eigene Meinung. Es kommt mir nicht auf die Millionenschätze der Welt an. Ich kämpfe einzig und allein für Gerechtigkeit und für die Freiheit der Menschen!«

Er wollte schon wieder aufstehen, da fiel ihm noch etwas ein. »Noch eine Bitte habe ich, Amy, schau etwas tiefer in die Herzen der verwahrlosten Männer auf dem Schiff, denn nur an ihrer Oberfläche wirst du die Diebe, Mörder und Gesetzlosen sehen, was wir auch nach dem Gesetz des Königs sind. Doch die Wahrheit liegt darunter, tief verborgen in den Träumen und Wünschen dieser ausgestoßenen Seelen.« Damit ließ er sie allein.

Gegen Abend klopfte es an der Tür und herein schaute ein dunkler Lockenkopf, der ein Strahlen in Amys traurige Augen zauberte. »Larou, ich dachte schon, du hättest mich vergessen.«

»Beim Dreizack des Neptuns, ich vergesse dich

doch nicht.« Er schnalzte mit der Zunge. »Hast du gemerkt, dass ich heute Morgen das Schiff gesteuert habe?« Grinsend setzte er sich genauso auf den immer noch umgedrehten Stuhl, wie Sam es vorher getan hatte. Amy nahm es missmutig hin.

»Ja, es hat einmal ganz schön gerüttelt, warst du das?«

Er zuckte entschuldigend mit der Schulter. »Erzähl mal, wie geht es dir? James sagte, dass du bald aufstehen darfst.«

»Ja schon. Larou, ich will weg hier, ich will nicht mit Gesetzlosen zusammenleben.« Sie sah ihn bittend an.

»Aber Amy, Sam ist doch dein Vater und überhaupt sind hier alle sehr nett, du musst sie erst einmal kennenlernen.«

»Nein. Ich will nicht am Galgen enden und das tun sie alle früher oder später. Wenn ihr uns nicht gerettet hättet, dann würde Sam immer noch auf den Galgen warten. Willst du das auch?«

»Nein, natürlich nicht.«

»Wir können doch auf einem ehrlichen Handelsschiff Schiffsjungen werden.«

Larou schüttelte traurig den Kopf. »Nicht ich, meine Haut ist eine Spur zu dunkel, und du auch nicht, du bist ein Mädchen. Du kennst das wahre Leben nicht, Amy. Bis jetzt hattest du immer Glück mit den Menschen, denen du begegnet bist. Aber glaub mir, ich bin zwar erst fünfzehn, aber ich hab schon genug andere kennengelernt. Auch wenn dein Vater Pirat ist, sie haben ein gutes Herz.« Er klopfte auf seine linke Brust und nickte.

Amy war frustriert; sogar ihn hatten die Piraten innerhalb kürzester Zeit um den Finger gewickelt.

- Irgendwo mitten auf dem Ozean -

Die Melodie der gesunkenen *Whydah* und die geisterhaften Gestalten die über die Reling geklettert kamen, versetzten Thomas Checkley in eine kopflose Panik.

Ohne darüber nachzudenken, sprang er über Bord in die dunkle See. Es war fatal, zu hoffen, gleich tot zu sein. Seine Situation verbesserte sich nicht im Geringsten.

Als er atemlos aus dem Meer auftauchte und nach Luft schnappte, traf ihn schmerzhaft an der Schulter ein Gegenstand. Es dauerte einen Moment, bis er begriff, dass es sich um ein Holzfass handelte, das ihm ein treuer Kamerad über Bord warf, um nicht sofort jämmerlich zu ertrinken. Doch war es besser, seine Lage hinauszuzögern? Dennoch hielt er sich krampfhaft an dem Fass fest. Sein Kampfgeist war bislang vorhanden. Im spärlichen Licht, was von der *Tanner* kam, versuchte er zu erkennen, ob es am Schiff etwas gab, um hinaufzuklettern. Doch es war zu hoch, kein Tau hing herab, es gab nichts, woran er sich hätte festhalten können. Stimmengemurmel drang zu ihm hinunter, doch durch die brechenden Wellen am Schiffsrumpf konnte er nicht verstehen, was gesprochen wurde.

So ausdauernd er auch paddelte, er trieb langsam ab. Die Entfernung zwischen ihm und der Tanner vergrößerte sich. Fassungslos starrte er der Fregatte hinterher. Sein Schiff. Sie konnten ihn doch nicht, ohne nach ihm zu suchen, zurücklassen in diesem endlosen Nichts? Fluchend schlug er mit der Faust auf das Wasser ein. Er schrie verzweifelt um Hilfe, doch ihn hörte niemand, er war allein. Um ihn nichts als Wasser, dunkles Wasser, unheimlich zu wissen, wie tief es war. Er würde hier einsam sterben oder von einem Hai oder sonstigem monsterhaften Seeungeheuer gefressen werden.

Erst Bellamys Meuterei und dann die Melodie der Whydah, seine Nerven waren angespannt und jetzt trieb er hier sinnlos auf dem Meer und er wollte nicht sterben.

So vergingen die Stunden. Langsam zeigte sich die Sonne glühend am Horizont. Wenn dies sein letzter Augenblick war, dann war er wenigstens voller Schönheit, im unschuldigen Licht des Morgens.

Doch es war nicht seine letzte Stunde, der Mittag kam gnadenlos mit einer Gluthitze. Die Sonne brannte erbarmungslos auf ihn herab, zu all seinen Leiden kam der Durst dazu. Durstig im Wasser zu sein, war unerträglich. So trieb er hoffnungslos auf den schaukelnden Wellen, es wurde Abend und es wurde wieder Nacht. Was die schlimmsten Stunden waren, durch die Kälte war an Schlaf nicht zu denken und die Nacht zog sich endlos. Bis am Horizont ein schmaler Lichtstreifen den Tag ankündigte, was womöglich sein letzter war, denn er hatte keine Kraft und vor allem keine Hoffnung mehr, jemals lebend hier herauszukommen.

Dunkelheit hüllte ihn ein, die ihm jeden Schmerz nahm, und er gab sich ihr gerne hin. Er war bereit, zu sterben.

Bis er plötzlich unsanft gestört wurde und auf ein hartes Deck fiel.

»Wo bin ich?«, fragte Checkley verwirrt. Seine Haare klebten über den brennenden Augen, die er kaum öffnen konnte. So sah er nur gleißendes Licht, in dem sich eine Gestalt bewegte. »Bin ich tot?«

»Noch nicht«, antwortete ihm eine kraftlose Stimme, »du bist auf der *Princesse Marie*, die dem Tode geweiht ist.«

Checkley rappelte sich auf und wischte seine Haare vom Gesicht, er musste erst ein paarmal blinzeln, bevor er den Mann klar erkennen konnte, der vor ihm stand. Der Anblick war nicht angenehm. Dessen Lippen waren blutverkrustet, das Gesicht leichenblass mit hohlen, tiefliegenden Augen. Seine Haut spannte sich merkwürdig glatt über die spitzen Wangenknochen.

»Was habt ihr?«, fragte Thomas verwirrt.

»Wir kamen in die schlimmste Flaute, die man sich nur denken kann. Tagelang trieb unser Boot, nicht zu steuern, vom Kurs ab. Die Vorräte wurden knapp. Erst gestern starb der Käpt'n an den Folgen von Skorbut.« Er reichte Checkley eine Flasche mit Wasser. »Trink langsam und genieß es, wir haben nicht mehr viel davon.«

Dankbar setzte Thomas die Flasche an, das Wasser schmeckte faulig, aber es war wohl das Wohltuendste, was er sich vorstellen konnte.

»Kannst du ein Schiff steuern?«

»Ich bin Kapitän Thomas Checkley von der *Tanner* und wurde bei einem Piratenüberfall über Bord geworfen.«

»Ich bin Pat Morris, der Steuermann der *Princesse Marie*.«

Die beiden Männer reichten sich die Hand und jeder konnte die Schwäche des anderen fühlen.

»Käpt'n Checkley, wenn Sie es irgendwie schaffen, das Schiff zu steuern, wären wir Ihnen auf ewig dankbar. Unsere Kräfte sind am Ende.«

Jetzt erst nahm Thomas die fünf anderen Männer wahr, die nicht besser aussahen als Pat Morris, er nickte ihnen zu. »Wenn ich wenigstens irgendwo eine Stunde schlafen könnte, um zu Kräften zu kommen, dann werde ich das Schiff übernehmen. Gibt es noch mehr Männer an Bord?«

Als Antwort erhielt er nur ein resigniertes Kopfschütteln. Pat zeigte ihm die Kabine des Kapitäns.

Ein erlösender Seufzer kam tief aus Checkleys Brust, als er alleine in dem kleinen, aber gemütlichen Raum stand. Das Bett sah einladend weich aus, in das er fiel, nachdem er die nassen Kleider ausgezogen hatte.

Ein tiefer, traumloser Schlaf empfing ihn und er wachte erst auf, als die Sonne fahl in seine Kabine schien. Er musste sich einen Augenblick orientieren, doch dann stand er voller Elan auf. Er hatte ein Ziel, er wollte sich rächen an Samuel Bellamy.

Sloope Marianne

14. April anno 1728
Keine besonderen Vorkommnisse an Bord.
26° 33', Wind: ONO 67.5°, 28 Knoten.
Samuel Bellamy

Am nächsten Morgen klopfte es an die Kabinentür, und dieses Mal trat dieser mysteriöse Will ein.

»Guten Morgen, Amy, du bist schon wach? Ich brauche nur eine Karte.« Er reichte ihr die Hand mit dem auffallenden Siegelring, der ihr in Plymouth schon aufgefallen war.

»Guten Morgen.« Auf ihrer Decke lag Henry und ließ sich genussvoll streicheln. »Danke, Sir, dass Ihr Henry mit aufs Schiff genommen habt.« Die Worte kosteten sie einige Überwindung, aber dafür war sie dem Kapitän der Piraten wirklich dankbar.

»Ich weiß doch, wie vernarrt du in Tiere bist, deshalb hab ich ihn mitgenommen! Und nenn mich Will, von mir aus auch Onkel Will, wir sind nämlich alte Bekannte, wenn du dich auch nicht mehr an mich erinnern kannst.«

»Ich kann mich, glaube ich, an den Ring erinnern.«

Will grinste breit. »Mit dem wolltest du früher immer spielen, aber das ist ein altes Familienerbstück, und der Ring war mir zu schade, um von dir im Sand vergraben zu werden. Ich bin heilfroh, dass es dir wieder besser geht. Dein Vater war schon wahnsinnig vor lauter Sorge um dich. Darf ich mich setzen?«

Amy nickte.

Will drehte den Stuhl, der immer noch verkehrt herum dastand, um, und gleich kletterte Henry auf seinen Schoß. Ohne auf seinen smaragdgrünen samtenen Gehrock zu achten, streichelte Will den Kater.

»Er mag Euch, äh, dich«, stellte Amy erstaunt fest.

»Ja, nachdem er mir fast die Augen ausgekratzt hat. Henry ist ein guter Wachhund.«

»Du warst in dem Haus meines Onkels?«

»Ich habe dich gesucht, um dich zu deiner Mutter zu bringen. Deine völlig aufgelöste Tante öffnete mir die Tür und erzählte mir von deinem Verschwinden. Wir haben im Haus nach Spuren gesucht und fanden die abgeschnittenen Zöpfe und die Truhe. Das

Geld und die Karte fehlten, und das konnte nur eines bedeuten ...«

»Dass ich als Junge verkleidet meine Mutter suchte?«, fragte Amy.

»Darauf bin ich auch gekommen. Am Hafen fragte ich sämtliche Seemänner, ob sie ein Kind gesehen hätten, das auf ein Schiff wollte. Doch erst, als ich in der Hafenschenke etwas essen wollte, erzählte mir der Wirt, dass gestern ein Junge als Schiffsjunge auf dem *Roten Löwen* angeheuert hatte.«

»Das war ich.«

»Zum Glück wusste der Wirt auch, dass ihr nach Indien segeln wolltet, so konnten meine Mannschaft und ich dir folgen.«

Und nach einer kurzen Pause bemerkte er: »Wenn du den Hut nicht so tief ins Gesicht gezogen hättest, hätte ich dich schon in der Straße von Plymouth erkannt!«

»Hab ich mich so wenig verändert?«

»Deine Augen sind wie die deiner Mutter.«

»Warum hat sie mich weggegeben?«, fragte Amy. Es lag ihr schon lange auf der Seele, dass ihre Mutter sie offenbar nicht gewollt hatte, und jetzt saß sie neben dem Mann, der Licht ins Dunkel bringen konnte.

»Du hast mich als Baby schon in den Wahnsinn getrieben, und Mary war nach all dem Kummer nicht in der Lage, sich vernünftig um dich zu kümmern. Schließlich war sie selbst noch ein halbes Kind und du warst ein verfluchter Wirbelwind. Kaum warst du zehn Monate alt, bist du gelaufen, und dir war es egal wohin, je weiter, desto besser. Das war gefährlich, weil du immer am Wasser spielen wolltest. Wie oft wir dich gesucht haben. Gemacht hast du nur, was du wolltest, und wenn man es dir verboten hatte, hast du die ganze Insel zusammengebrüllt. Aber das war alles noch harmlos. Den ganzen Tag musste man aufpassen, dass du nicht alles in den Mund steckst. Du hast manchen kleinen Käfer verspeist oder auch Fliegen. Der Teufel weiß, wie du die gefangen hast.«

Amy musste lachen, dabei schaute sie ihn treuherzig an. »Das habe ich alles gemacht?«

»Ja und deine Mutter war viel zu sanft, um dich dafür zu tadeln oder zu bestrafen.«

»Hätte sie es nur getan, dann hätte ich bei ihr bleiben können.«

Will sah sie bedauernd an. »Wir haben wohl alle unsere Fehler gemacht. Ich dachte wirklich, England ist für dich der bessere Ort als eine Pirateninsel!«

Amy seufzte. »Da hast du wohl recht, aber erzähl weiter, ich würde gerne mehr davon wissen.«

»Die Hütte, in der deine Mutter lebte, hatte nur einen Boden aus Sand, und wenn sie nicht aufpasste, hast du den Sand mit einem Löffel gegessen. Und dann deine Liebe zu den Tieren. Du hast alles angelockt oder bist drauf losgestürmt, jeden Hund hast du umarmt und warst dabei nicht sehr zimperlich. Nur ein einziges Mal hat dich einer in den Arm gebissen, aber du warst ihm nicht einmal böse. An dem Tag, als du mit einer Schlange gespielt hast und deine Mutter vor Schreck fast gestorben wäre, habe ich gesagt: ‚Es reicht, das Kind und die Insel passen nicht zusammen.' Und da ich einige Besorgungen in England machen musste, habe ich dich mitgenommen und zu deiner Tante Ann gebracht.«

»Und meine Mutter hat mich einfach so gehen lassen.«

Will schüttelte nachdenklich mit dem Kopf. »Das war alles andere als einfach für Mary und sie hat bitterlich geweint. Doch wir haben uns für England entschieden, weil du dort bessere Aussichten für ein geregeltes Leben hattest und nicht mit Piraten in Verbindung gebracht würdest.«

»Aber du wolltest mich doch jetzt zurückbringen zu meiner Mutter oder warum hast du mich gesucht?«

»Wollen?« Will lachte. »Davon kann keine Rede sein. Deine Mutter drohte mir, mein Schiff zu kapern, wenn ich dich nicht zu ihr bringe, ich hatte keine andere Wahl!«

»Wirklich?«

»Sie hat Sehnsucht nach dir!«

Amy wusste nicht, was sie darauf sagen sollte, sie kämpfte gegen aufsteigende Tränen. Ihre Mutter wollte sie, sie war nicht unerwünscht.

»Störe ich?« Sam stand an der Tür.

»Setz dich zu uns.« Will deutete auf das Bett.

Amy nickte zustimmend. »Erzähl weiter, Will! Ich glaub, ich kann mich an das Schiff hier erinnern, kann das sein?« Sie wollte noch mehr über ihre Vergangenheit wissen.

»Stimmt, du warst hier auf der *Marianne* schon einmal, bei der Überfahrt nach England.« Will lachte herzlich bei der Erinnerung daran.

»Und was war daran so amüsant?«, fragte Sam.

»Habe ich Amy hier in der Kabine gelassen, brüllte sie das ganze Schiff zusammen. Nahm ich sie mit an Deck – und ich schwöre, ich habe sie nur einen Moment aus den Augen gelassen –, kletterte sie die Wanten hinauf. An dem Tag bin ich um Jahre gealtert.« Jetzt lachten Amy und Sam über Wills verzweifeltes Gesicht.

»Ich brauchte einen Matrosen, der nur auf sie aufpasste, und glaub mir, der Arme hätte lieber das Deck geschrubbt.«

»So schlimm war ich bestimmt nicht«, wehrte sich Amy.

»Nein, wenn du geschlafen hast, warst du recht

niedlich, die Betonung liegt auf ‚wenn'. Denn du bist mit dem ersten Sonnenstrahl aufgestanden und mit dem letzten Matrosen schlafen gegangen.«

Jetzt mussten alle drei lachen. »So kann auch nur deine Tochter sein.« Will wischte sich eine Lachträne aus dem Augenwinkel.

Amy hätte liebend gern noch mehr Geschichten über sich gehört. Sie wusste, dass sie manches Mal Onkel George zur Verzweiflung gebracht hatte. Aber dass sie als kleines Kind auch schon so war, das war ihr neu.

»Was habe ich noch alles gemacht?«

»Wir müssen leider noch ein Schiff steuern, ich erzähle dir später mehr.«

»Darf ich dann nach draußen gehen? Ich war jetzt lange genug im Bett.«

»Dr. Ferguson wird gleich kommen und dich noch einmal untersuchen«, erklärte Sam ihr.

»Ich bin gesund.«

»Bleib liegen«, war Sams Antwort.

Damit wandten sich die beiden Männer dem Durcheinander von Logbuch, Karten, Zirkel und Kompass zu, die auf dem Tisch lagen.

»Will, du warst auch schon mal ordentlicher«, stellte Sam belustigt fest.

»Ich hatte die letzten Wochen andere Sorgen, als die Kabine sauber zu halten.«

»Ach, das sind doch alles Ausreden«, scherzte Sam.

Will sah Sam an. »Du hast mir gefehlt.«

»Jetzt werd nur nicht sentimental, sonst kommen mir gleich die Tränen«, entgegnete Sam halb im Ernst, halb im Scherz.

»Nur zu, ich habe auch ein Taschentuch für dich.«

»Nein, danke.« Sam wurde wieder ernst.

»Was ist überhaupt aus unserer Bruderschaft geworden?«

»Wenn ich dir das sage, brauchst du wirklich ein Taschentuch.« Will setzte sich auf den Stuhl und deutete Sam an, sich auf den Ledersessel zu setzen.

»Blackbeard und Hornigold sind kurz nach dir gestorben.« Will kratzte sich am Kopf. »Natürlich nicht wie du, sie starben wirklich.«

»Hornigold und Blackbeard?« Sam schlug nachdenklich die Beine übereinander und lehnte sich zurück. »Ich habe von ihrem traurigen Ende gehört, ahnte aber natürlich nicht, dass ich sie kannte.« Er war betroffen.

»Kanntest du noch Gordon Rogers? Gordon hat immer noch alle Fäden in der Hand, und dieses Jahr wird er wieder als Gouverneur der Bahamas eingesetzt.«

»Ich dachte, Gordon Rogers ist ein Piratenjäger?«, fragte Sam erstaunt.

»Das ist er auch, und zuerst bin ich vor ihm geflohen, aber Rogers war auch Freibeuter im Erbfolgekrieg. Ihm gefielen die Gesetze der Piraten, und er möchte einen Staat gründen, der darauf gegründet ist. Rogers hatte eine hohe Meinung von Hornigold. Er beauftragte Hornigold damit, andere uneinsichtige Piraten zu jagen. Die anderen, also solche wie wir, die sich an den Kodex hielten, hatten seine Unterstützung. Du wirst ihn schon bald kennenlernen. Im Juni ist ein geheimes Zusammentreffen von uns ehemaligen Piraten auf Beef Island. Da wirst du auch La Buse wiedersehen. Er treibt immer noch sein Unwesen an der afrikanischen Küste. Eine Zeit lang bin ich als Quartiermeister unter seinem Kommando gesegelt. Und dann ist da noch Henry Jennings.«

Sam rieb über seine nachwachsenden Stoppeln am Kinn.

»Jennings wird nicht gerade gut auf mich zu sprechen sein, nachdem wir mit seiner Prise abgehauen sind.« Über Sams Gesicht zog ein breites Grinsen.

Will lachte ein tiefes, herzhaftes Lachen. »Ja, ja, die *St. Maria*, das französische Schmugglerschiff, bestückt mit sechzehn Kanonen und fünfundvierzig Mann. Jennings war das zu riskant, er wollte, dass wir den Plan aufgeben, das Schiff zu überfallen. Doch wir ließen uns davon nicht abbringen. Vor Mitternacht, geschützt von der Dunkelheit, auf zwei mickrigen Kanus überfielen wir die *St. Maria* und dann du mit der glorreichen Idee, nur mit Pulvertaschen, Entermesser und Pistolen bekleidet mit lautem Geschrei das Schiff zu kapern.«

»Ja, mich beeindruckte damals John Julians Art, sich zu kleiden«, brachte Sam lachend hervor. »Kannst du dich noch an die verdutzte Mannschaft erinnern? Sie haben überall hingeschaut, nur nicht in unsere Gesichter.«

»Wie könnte ich das jemals vergessen, vor allem den nächsten Tag den Sonnenbrand auf meinem Allerwertesten, der ist mir noch allzu deutlich in Erinnerung.«

»Hat dir Jennings unsere Tat von damals verziehen?«

Will nickte. »Natürlich, denn wir haben ein gemeinsames Anliegen.«

In diesem Moment schaute Dr. James Ferguson zur Tür herein. »Ihr seid am frühen Morgen schon heiter? Ich wollte nur nach meiner kleinen Patientin schauen.«

»Wo in drei Teufels Namen steckt deine Tochter?«, fragte Will.

Sam sah zu dem Bett hinüber. Es war leer.

Amy hatte sich hinausgeschlichen, sie fühlte sich nicht mehr krank und war es leid, nur im Bett zu liegen und irgendwelche Piratengeschichten zu hören.

Die *Marianne* war um einiges kleiner als der *Rote Löwe*. Sie hatte nur einen Mast, dafür zwei riesige Segel. Auf dem Deck sah es aus wie auf dem Markt in Porto Ingles: Es wimmelte von Menschen verschiedener Herkunft. Sie trugen leuchtend bunte Kleider oder waren nur in Tücher gewickelt. Sämtliche Hautfarben und Nationen waren vertreten. Amy machte auch einige Hühner aus, die auf Deck umherliefen, und sogar eine Ziege entdeckte sie, die im Bug stand.

Die Männer nickten oder begrüßten Amy vertraut, fast alle kannten das Mädchen noch von früher, außerdem hatten sie ja nun einige Zeit damit verbracht, sie zu suchen.

Die Mannschaft jedoch war ihr nicht geheuer. Amy beobachtete sie misstrauisch. Die meisten lümmelten faul an Deck herum, spielten Karten, schliefen oder unterhielten sich in kleinen Grüppchen. Nur die Männer, die Dienst hatten, kümmerten sich um das Schiff. So etwas hätte es auf dem *Roten Löwen* nicht gegeben.

Weiter hinten sah sie die Fregatte *Tanner* segeln, die dem *Roten Löwen* ähnelte. Sie gehörte jetzt auch zu Wills Flotte. Dank Gilbert kannte Amy den Unterschied zwischen einer Fregatte und einer Galione. Fregatten hatten über dem Großmast und dem Fockmast noch ein drittes Segel, außerdem waren sie schmaler gebaut und am Heck nicht so kunstvoll verziert, weshalb sie schneller und sicherer als eine Galione waren.

Doch dann hörte sie plötzlich eine bekannte Melodie, es war die gleiche, die Black auf dem *Löwen* auf ihrer Flöte gespielt hatte.

Neugierig ging sie zu dem Mann, der auf aufgerollten Tauen saß und Flöte spielte. Im Gegensatz zu den meist ungepflegten Männern sah er recht vornehm aus. Er hatte glänzende dunkle Haare, die locker nach hinten gekämmt waren.

»Woher habt Ihr meine Flöte?« Sie erinnerte sich noch, dass sie sie Black gegeben hatte, kurz bevor der Sturm losgegangen war.

Der Pirat hörte auf zu spielen und lächelte sie freundlich an. »Amy. Schön, dass es dir wieder besser geht. Ich bin William. William Condon. Ich bin mit deinem Vater in Plymouth aufgewachsen. Wir haben als Kinder die Flöten geschnitzt, diese hier ist meine.«

»Deshalb sehen sie gleich aus. Und Sam hat mir genau die gleiche Melodie vorgespielt.«

»Es war unser erstes Stück, das wir zweistimmig flöten konnten, wir waren damals recht stolz auf uns. Ich bin so dankbar, dass dein Vater wieder bei uns ist, dass es mir danach war, das Lied auf der alten Flöte zu spielen.«

»Könnt Ihr es auch noch einmal für mich spielen?« Amy erinnerte das Lied an die unbeschwerte Zeit auf dem *Roten Löwen*.

»Aber nur, wenn du das *Ihr* weglässt, ich bin William.«

Amy nickte, und William begann erneut zu spielen.

Sie setzte sich neben ihn auf die Taue und schloss einen kurzen Moment die Augen, so als könne sie sich auf den *Löwen* zurückwünschen. Gebannt lauschte sie der Melodie und den Wogen, die gegen die Bordwand schlugen. Leider waren die anderen Geräusche, das Lachen und Fluchen und das Klicken von Würfeln an Deck ziemlich störend, es passte nicht zum *Löwen*. Missmutig sah sie sich um, bis ihr ein großer, dicker Mann mit ovalem, mürrischem Gesicht, einer langen Nase und tiefliegenden Augen auffiel. Auf seinen langen braunen Haaren saß ein Strohhut mit einer leuchtend gelben Feder, die ständig vor und zurück wippte. Wie konnte das sein?

Neugierig ging sie zu dem Matrosen. Und dann sah sie den Grund der wippenden Feder: Auf seiner breiten Schulter saß ein schneeweißer Vogel mit gelber Kopffeder, der entsetzlich kreischte und zu flattern begann, als er Amy sah.

»Geh weg, Jako mag keine Knirpse«, sagte Joseph Dampier unfreundlich.

»Warum nicht?« Das gab es nicht, dass sie von einem Tier abgelehnt wurde, und dieser ungehobelte Pirat würde schon noch merken, dass der Vogel sehr wohl Knirpse mochte.

»Na, weil du schon versucht hattest, ihm die gelben Kopffedern auszureißen, so etwas merkt Jako sich.«

»Ist der Vogel so alt, dass er mich als kleines Kind kannte?«

»Noch viel älter. Mein Onkel William Dampier brachte ihn 1687 aus Neu-Holland mit. Keine Menschenseele fand die Insel mit den seltsamsten Tieren jemals wieder. Beim Klabautermann. Es ist, als wäre sie vom Meer verschluckt worden. Als mein Onkel starb, erbte ich Jako, seither sind wir unzertrennlich.«

Joseph wandte sich dem Kakadu zu und kraulte ihn am Kopf. »Nicht wahr, mein Guter?«

Der Kakadu krächzte: »Du elendiger Pirat, Rindvieh du.«

Amy lachte schallend. »Er mag keine Piraten. Nicht wahr, Jako? Damit steht unserer Freundschaft nichts mehr im Wege.«

Der Kakadu wippte mit dem Kopf, er schien sich zu freuen.

Dampier sah sie verächtlich an und wandte sich dann wieder seiner Arbeit zu.

Amy setzte sich einige Meter von ihm entfernt auf ein Wasserfass. Von dort aus hatte sie einen guten Überblick über das Schiff. Dann nahm sie Blickkontakt mit dem Kakadu auf.

Jako wippte einige Male mit dem Kopf. Daraufhin streckte Amy ihren Arm aus und klopfte mit der anderen Hand darauf. Nach einigen Versuchen gelang es, und Jako kam angeflogen. Er hatte eine größere Spannweite, als Amy angenommen hatte.

Joseph Dampier, der gerade dabei war, die Taue aufzuwickeln, sah verdutzt seinem flüchtenden Vogel nach. Dann sah er, in welche Richtung er flog.

»Mädchen, duck dich, sonst greift er dich an«, schrie er, um sie zu warnen. Seit er Jako von seinem Onkel William Dampier geerbt hatte, war er noch nie zu einer anderen Person geflogen.

Doch Amy hatte keine Angst. Allerdings war sie erstaunt über die Schärfe von Jakos Krallen und über sein Gewicht.

Joseph kam gleich hinterher.

»Bist du verletzt? Mit dir hat man immer noch nichts als Ärger. Lieber hüte ich einen Sack Flöhe, als noch einmal auf dich aufzupassen«, schnaufte er wütend.

»Ach, dann wart Ihr das.«

»Du. Auf unserem Schiff duzen sich alle.«

»Ach, ich vergaß, wir sind ja auf einem Piratenschiff.«

»So ähnlich – als Piraten waren wir allerdings schon lange nicht mehr unterwegs, und bis auf die *Tanner* haben wir jahrelang kein Schiff mehr überfallen. Aber du machst ja nichts als Ärger.« Damit nahm er Jako und ließ Amy stehen.

So ein unfreundlicher Matrose.

Dann sah Amy sich um und entdeckte oben im Ausguck Larou. Flink kletterte sie zu ihm hoch.

Sloope Marianne

16. April anno 1728
Kanarische Inseln, Telde.
27° 59', Wind: NO 45°, 21 Knoten.
Samuel Bellamyk

Zwei Tage später legten sie an einer der Kanarischen Inseln an, um die letzten Vorräte für die lange Überfahrt zu den Westindischen Inseln aufzunehmen.

Larou saß auf der Rah und überprüfte das laufende Gut mit John Julian. Es war heiß, und sie hatten wie immer keine Hemden an. Inzwischen waren die beiden jungen Männer gute Freunde geworden.

»Ich muss kurz zu Amy, sie verlässt gerade das Schiff, nicht, dass sie Dummheiten macht.«

Larou sah von oben, wie sie sich umsah, um sich dann unbemerkt von Bord zu schleichen.

»Sag aber vorher dem Käpt'n Bescheid. Für unsereins ist die Insel nicht sicher, heute ist großer Sklavenmarkt in Telde, es wimmelt hier nur so von Sklavenhändlern«, warnte ihn John Julian.

Bis Larou von dem Mast heruntergeklettert war, hatte er Amy bereits aus den Augen verloren. Er überlegte kurz, ob er dem Käpt'n Bescheid sagen sollte. Aber eigentlich konnte sie noch nicht sehr weit sein. Rechts von ihnen lag nur noch die *Tanner*, also konnte sie nur nach links gelaufen sein.

Larou rannte die belebte Mole entlang, konnte Amy aber nirgends entdecken. Dann blieb er nur ganz kurz stehen, um sich zu orientieren, als er plötzlich von hinten von zwei riesigen Händen gepackt wurde.

»Da haben wir dich ja wieder, Bürschchen.« Der Mann hatte ein raues, gehässiges Lachen, sodass Larou eine Gänsehaut über den Rücken lief.

»Sie verwechseln mich, ich habe nichts getan.« Larou war der Verzweiflung nahe.

Ohne ihn loszulassen, gingen sie ein Stück durch die verwinkelte Hafenstadt und kamen an einen großen Platz vor der Mole mit Hunderten von gefangenen Afrikanern, die streng bewacht wurden. Das Jammern und Wehklagen ging Larou durch Mark und Bein.

»Käpt'n Potts, sie sind wieder vollzählig.«

»Passt nächstes Mal besser auf, Latif, sonst könnt Ihr Euren Kopf hinhalten«, mahnte Kapitän Gerald Potts.

Larou sah jetzt den Mann, den der Kapitän Latif nannte. Noch immer hatte er ihn fest im Griff. Latif war ein riesiger dunkelhäutiger Mann mit einem grimmigen Gesicht und einem kahlen Kopf.

»Wenn du dich ruhig verhältst, kannst du mit deinen Sprachkenntnissen eine bevorzugte Stelle auf dem Schiff bekommen. Knie dich zu den anderen.«

Etwa zwanzig Männer, alle ohne Hemden, knieten in einer Reihe.

»Seht Ihr nicht, ich gehöre zu den weißhäutigen Mauren, mein Volk bringt die Sklaven durch die Wüste an die Goldküste.«

Es war das erste Mal, dass Larou aussprach, was ihn schon längere Zeit quälte. Er selbst war nur mit einer Salzkarawane durch die Wüste gezogen, doch er kannte genügend Mitglieder seines Stammes, die sich am Sklavenhandel beteiligten, und jetzt sollte er selbst ein Sklave werden. Er schluckte schwer.

Doch Latif war damit offenbar nicht zu beeindrucken, er lachte gehässig und gab Larou einen heftigen Stoß, sodass er der Länge nach auf den Boden fiel. Daraufhin blutete Larous rechtes Knie, und in seinen Handflächen steckten kleine Kieselsteinchen.

Doch er achtete nicht auf den Schmerz, sondern

stand so schnell auf, wie er gefallen war, und sprang dann mit voller Wucht gegen Latif. Jedoch waren sofort zwei andere Männer an Latifs Seite und zwangen ihn mit Gewalt in die Knie.

Larous Rücken wurde mit Palmöl bestrichen. Kurz darauf durchzuckte ein höllischer Schmerz seinen Körper, und der Geruch von verbranntem Fleisch lag in der Luft. Man brannte ihm ein Zeichen auf das rechte Schulterblatt. Der Schmerz ließ ihn fast ohnmächtig werden.

Was geschah nur mit ihm? Larou kam sich wie in einem schrecklichen Albtraum vor.

Dann wurden diejenigen, die ein Brandzeichen bekommen hatten, mit einer Peitsche auf das Schiff getrieben.

Larou warf mit Tränen in den Augen einen letzten Blick auf die *Marianne*, die einige Meter entfernt friedlich in der glühenden Mittagssonne zwischen den anderen Schiffen lag.

Jetzt würde er seine Freunde nie wiedersehen.

Sie waren nicht die ersten Sklaven, die auf das Schiff kamen. In dem stickigen Laderaum unter Deck saßen schon Hunderte von Sklaven, immer paarweise mit Fußfesseln aneinandergekettet. Die Gefangenen saßen reihenweise nebeneinander, sie hätten sich nicht hinlegen können, ohne aufeinanderzuliegen. Ein Tier hatte in einem Stall mehr Platz als diese vielen Menschen, es mussten Hunderte sein.

Eben war er noch ein glücklicher Junge gewesen, und von einem Moment zum nächsten war sein Leben zerstört. Wie sollte er dieser misslichen Lage jemals wieder entkommen?

Erst als Sam nach Amy rief, wurde John Julian bewusst, dass etwas nicht stimmte. Schnell kletterte er nach unten und erklärte Sam, was geschehen war. Dann wurde das ganze Schiff nach den beiden durchsucht.

Gerade als Sam sich mit einigen Matrosen auf die Suche an Land machen wollte, kam Amy ahnungslos über die Anlegebrücke auf das Schiff zurück.

Sam packte sie an den Schultern. »Wo warst du, verdammt noch mal?«

»Au, du tust mir weh«, jammerte sie. »Ich habe doch nur Black Sam, meine Ratte, von der *Tanner* geholt.«

Sams Gesicht verhärtete sich ärgerlich, sodass die Narbe blass auf seiner Stirn hervortrat.

»Eine Ratte geholt?« Sams Stimme schnappte fast über vor Empörung. »Weißt du, was du damit angerichtet hast? Larou ist verschwunden. Er wollte wissen, wo du dich hinschleichst. Verdammt. Und heute ist Sklavenmarkt.«

Amys Augen weiteten sich vor Schreck.

»Wir müssen ihn finden«, brachte sie flehend hervor.

»Wir sind gerade dabei, und du bleibst hier. John Julian, pass auf sie auf. Leg sie notfalls in Ketten.« Mit großen Schritten verließ Sam den Bootssteg.

»Warum ist er so wütend auf mich? Ich konnte doch nicht wissen, dass Larou mir nachgeht«, fragte Amy John Julian, den Tränen nahe.

»Du hast seine Wut nur abbekommen, weil er voller Sorge um Larou ist. Er weiß, was auf Larou zukommen wird, wenn er in die Hände der Sklavenhändler gefallen ist.«

»Woher weiß er das?«

»Von uns. Viele hier an Bord sind befreite Sklaven. Hast du noch nicht die Brandzeichen auf unseren Schultern bemerkt?«

Er drehte sich so, dass sie die zwei ineinandergeschlungenen Buchstaben auf seiner rot schimmernden Haut sehen konnte.

Amy war entsetzt. Das hatte sie nicht gewusst. Vorsichtig fuhr sie mit dem Finger über die Unebenheit.

John Julian zuckte zurück.

»Oh, Entschuldigung, ich wollte dir nicht wehtun.«

»Nein, es tut nicht weh, es ist nur die Erinnerung, die mich empfindlich macht.«

»Das tut mir leid, wie können sie euch das nur antun?«

»Sie sehen uns nicht als Menschen und behandeln uns schlimmer als Tiere.«

Amy schüttelte benommen den Kopf. Ihr war nicht bewusst gewesen, in welche Gefahr sie den armen Larou gebracht hatte. Hoffentlich würde Sam ihn finden, er *musste* ihn einfach finden.

»Die *Whydah*, Sams Flaggschiff, war ein Sklavenschiff, auf dem sechshundert Sklaven unter Deck transportiert werden konnten. Als er damals die Räume mit den angebrachten Fußfesseln sah und unsere Geschichten darüber hörte, wusste er, für wen und für was er kämpfte. Es war sein Ziel, den Unterdrückten ein freies Leben zu ermöglichen, in dem die Hautfarbe und die Herkunft keine Rolle spielen würden.«

»Es tut mir so leid für euch. Und der arme Larou, jetzt sehe ich ihn nie wieder«, schluchzte Amy.

John Julian legte einen Arm um sie. »Das wird nicht geschehen, wir werden ihn finden. Und es ist nicht deine Schuld, dass die Menschen so sind. Frag mal deinen Vater, warum er Pirat wurde und was er erlebt hat, dann wirst du ihn verstehen.«

»Ich glaube, er wird nie wieder ein Wort mit mir reden. Er hasst mich bestimmt.«

Gegen Mittag kam Will mit einem ängstlichen Jungen zurück. Vom Alter und den Haaren her hatte er Ähnlichkeit mit Larou, nur seine Haut war deutlich dunkler.

»Das ist Saeed, er ist heute Morgen den Sklavenhändlern entwischt. An seiner Stelle wurde Larou gefangen.«

Als Amy das hörte, wurde ihr übel. Sie fühlte sich so benommen, dass sie nicht einmal mehr weinen konnte.

Traurig zog sie sich mit Black Sam ins Krähennest zurück. Dort saß sie mit Jako, der mit hüpfenden Bewegungen auf sich aufmerksam machen wollte, aber Amy nahm ihn nicht einmal wahr. Sie hatte die Arme um ihre Knie geschlungen und den Blick in die Ferne gerichtet.

Irgendwo da draußen war Larou, und sie war schuld, ihretwegen musste er jetzt leiden. Nur durch ihre Schuld war er zum Sklaven geworden.

Ein rosa Schnäuzchen mit schwarzen Barthaaren schaute aus Amys Hemd heraus, »Black Sam, da haben wir ja was angerichtet! Mir ist schon ganz schlecht vor lauter Sorge um Larou!«

John Julian hatte Amy nicht aus den Augen gelassen und konnte Sam gleich sagen, wo sie war, als dieser erfolglos von der Suche nach Larou zurückkam.

Sam kletterte zu ihr hoch. Hier oben spürte man den Wind noch heftiger, die Inseln waren bekannt für ihre starken Winde. Sogar der Kakadu musste sich kräftig festhalten, um nicht weggeweht zu werden, doch er schien Amy in ihrem Kummer nicht alleine lassen zu wollen.

Besorgt sah er auf das Häufchen Elend nieder, das liebevoll seine Ratte streichelte. Sein Herz zog sich zusammen, weil er so streng zu ihr gewesen war. Entschlossen setzte er sich neben sie.

»Es tut mir leid, Amy, ich wollte vorhin nicht so streng sein, ich habe mir nur entsetzliche Sorgen um Larou gemacht.«

»*Mir* tut es leid. Ich wollte doch nur kurz auf die *Tanner*, um Black Sam zu holen« Schuldbewusst setzte sie die Ratte neben sich, die sich vor Sam hinter dem Masten versteckte. »Oh Sam, was wird jetzt aus Larou? Wir müssen ihm helfen. Wie können wir ihn befreien? Als Piraten könnt ihr doch so etwas. Oder?«

Dicke Tränen kullerten aus ihren grünen Augen.

Bis jetzt hatten sie so viele Gefahren überstanden, doch nie hatte er seine Tochter weinen sehen. Sam seufzte. Vater zu sein, war nicht einfach. Vorsichtig fasste er sie an den Schultern und drehte sie zu sich. Dann hob er mit dem Zeigefinger ihr Kinn an, um in ihre tränenverschleierten Augen sehen zu können.

Dann fragte er langsam und betont: »Du meinst, das Sklavenschiff kapern, wie Piraten?«

Sie zuckte mit der Schulter. »Hast *du* eine bessere Idee?«

Sam legte den Arm um Amy und drückte sie tröstend an sich. Ein Lächeln umspielte seine Mundwinkel, sie sagte endlich *du* zu ihm, auf diesen Moment hatte er gewartet.

»Wir könnten der Fregatte folgen, bis die Sklaven in West Indien verkauft werden, und Larou ganz legal ersteigern, aber ob er das so lange durchsteht? Das Leben an Bord eines Sklavenschiffes ist grausam. Täglich sterben Menschen, es gibt unzählige Krankheiten, und wenn sie nicht körperlich krank werden, dann doch ihre Seele, und es dauert lange, bis sie heilt, oft auch niemals.«

»Ich will nicht, dass er so lange leiden muss. Weißt du noch, wie man Schiffe überfällt?« Flehend sah sie ihn an.

Sam kratzte sich nachdenklich am Kopf. »Ich kann mich dunkel daran erinnern. Aber du willst doch bestimmt nicht, dass dein Vater sich gegen das Gesetz des Königs stellt? Dem König wird es gar nicht gefallen, wenn wir ihm einen Sklaven wegnehmen.«

»Sind das wirklich Gesetze des Königs, dass man Menschen einfangen und verkaufen darf?« Amy kniete sich hin und sah ihn gespannt an.

»Er verdient damit viel Geld, alles andere ist dem König egal.«

»Dann mag ich den König nicht mehr. Woher nimmt er sich das Recht, einfach Menschen zu verkaufen? Wir müssen Larou so schnell wie möglich befreien.« Amy war völlig aufgebracht. Dann stand sie so schnell auf, dass Jako erschrocken aufkreischte und wild mit den Flügeln flatterte.

»Siehst du, sogar Jako ist bereit zum Kampf. Verflucht sei König George II., wenn er solche hirnlosen Gesetze macht.«

»Pst, du fluchst wie ein Pirat, das gehört sich für Gesetzestreue nicht.« Er zwinkerte ihr zu.

Sie legte den Kopf schief und sah ihn treuherzig an. »Vati? Darf ich noch deine Piratentochter sein?«

»Du warst immer meine Piratentochter.« Liebevoll wischte er die Tränen von ihren Wangen und drückte sie an sich.

Von unten ertönte ein Pfiff. Will gab ihnen ein Handzeichen, dass sie herunterkommen sollten.

Alle Männer versammelten sich an Deck. Will läutete einmal die Schiffsglocke, um für Ruhe zu sorgen.

»Der Junge hier ist Saeed, ich habe ihn gefunden, als ich auf der Suche nach Larou war. Saeed ist vom Sklavenmarkt abgehauen, und er würde gerne bei uns bleiben. Seid ihr alle damit einverstanden?«

Alle hoben die Hand, nur Amy nicht.

»Amy, du nicht?«, fragte Will.

Amy hatte nicht damit gerechnet, dass sie auch gefragt wurde.

»Ich will, dass Larou wiederkommt. Aber dieser Junge, er kann natürlich auch bleiben.«

»Larou ist unser nächster Punkt. Von Saeed habe ich erfahren, dass die Sklaven auf der *Winchester* auf den Westindischen Inseln verkauft werden. Ich habe unseren Bootsmann Richard Caverley zum Erkunden des Schiffes ausgeschickt. Caverley, was hast du herausgefunden?«

Richard Caverley, ein kräftiger, großer Mann Anfang vierzig mit schwarz meliertem Haar und pockennarbigem Gesicht, erklärte: »Die Fregatte *Winchester* wird morgen früh auslaufen, ihr Ziel ist Nassau auf den Bahamas. Das Batteriedeck ist bewaffnet mit zwanzig Zweiunddreißigpfündern und das Oberdeck mit achtzehn Neunpfündern. Der Kapitän heißt Gerald Potts, es ist seine zweite Fahrt als Kapitän, und er gilt als sehr ehrgeizig. Es ist fraglich, ob er sein Schiff kampflos aufgeben wird. Die Mannschaft besteht aus über fünfzig erfahrenen Männern. Darunter sind auch einige afrikanische Aufseher, wobei man nicht sagen kann, auf wessen Seite sie stehen.«

Will übernahm wieder das Wort: »Wer ist dafür, Larou zu befreien?«

»Der Bengel ist keinen Schuss Pulver wert! Sollen wir deswegen unser Leben riskieren?«, rief Chester Longmore von der *Tanner* dazwischen.

»Genau, wir könnten alle dabei draufgehen. Und das für einen Sklaven. Außerdem haben die viel mehr Kanonen als wir«, bemerkte der Bootsmann Hopkins.

»Larou ist ein feiner Kerl, außerdem verdient es kein Mensch, monatelang wie ein Tier im Rumpf des Schiffes gefangen gehalten zu werden. Wir würden damit allen einen Gefallen tun, nicht nur Larou«, meldete sich John Julian zu Wort.

Allgemeines Gemurmel entstand, die ehemalige Mannschaft der Tanner hatte nur zögerlich zugestimmt, Saeed aufzunehmen, doch sie waren nicht bereit, ein Schiff zu überfallen.

Erneut erklang die Schiffsglocke und die Mannschaft verstummte. »Wer dafür ist, Larou zu befreien, der hebe die Hand«, befahl Will.

Das waren bange Minuten für Amy, denn sie wollte unbedingt, dass Larou befreit wurde. Nervös kaute sie an einem Fingernagel.

Ein Mann nach dem anderen gab Handzeichen, manche zögerlich, andere redeten noch miteinander, von den neuen Mannschaftskameraden stimmten nur wenige zu.

»Und du, Amy, willst du nicht, dass Larou befreit wird?«, fragte Sam mit hochgezogenen Augenbrauen und nahm ihr den Finger aus dem Mund.

»Doch, doch natürlich.« Schnell hob sie die Hand. Vor lauter Aufregung hatte sie doch fast vergessen, zuzustimmen. Jetzt war es unentschieden.

»Denkt daran, ihr wärt in Larous Lage, wolltet ihr dann nicht auch gerettet werden?«, fragte Will stirnrunzelnd.

Ein stämmiger Afrikaner, dessen Gesicht unheimlich tätowiert war und der Mahdi genannt wurde, sprach mit Saeed, der daraufhin seine Hand hob. »Saeed will auch Larou retten« übersetzte Mahdi.

»Er hat doch noch nicht mal auf den Kodex geschworen, genauso wie das Mädchen!«, raunte die raue Stimme von Brian Norris übers Deck.

Jetzt hoben zaghaft Jack Barry und Bill Crackston, die nebeneinander standen und zuvor miteinander geflüstert hatten, die Hand.

»Darauf kommt es nicht mehr an, wir haben die Mehrheit und Larou wird befreit!«, lächelte Will zufrieden, wurde aber gleich wieder ernst. »Männer, ich werde mit den Offizieren und Sam einen Plan austüfteln. Sollte einer von euch eine Idee haben, meldet euch. Ach, Sean, würdest du schauen, ob wir noch irgendwo auf der *Marianne* einen zweiten *Jolly Roger* haben? Wenn wir schon ein Schiff um seine

Beute bringen, dann wenigstens unter der richtigen Flagge. Danach komm wieder zurück.«

Sean Kelly war ein Geistlicher, der bei einem Überfall gefangen wurde, als Will noch mit La Buse gesegelt war. Sean war auf dem Weg nach Indien gewesen, um dort zu missionieren. Will war sofort von Seans Ähnlichkeit mit Sam überwältigt gewesen. Nur war er im Ganzen viel schmächtiger und jünger als Sam. Mit der Zeit wurde Sean Wills engster Vertrauter.

Da meldete sich Sam noch einmal zu Wort: »Will, Moment, mir fällt da gerade etwas ein.« Sam fuhr sich durch die dunklen Haare, als könnte er so seine Gedanken besser sortieren. »Mir kommt da eine Idee. Will, kann ich mich bei deiner Garderobe bedienen?«

»Was meins ist, ist auch deins, nimm dir, was du brauchst.« Will kannte Sams angestrengten Gesichtsausdruck, er war genauso wie früher, wenn er einen Plan für einen Überfall aushecke. Innerlich musste er grinsen, sein alter Freund war wieder in Höchstform.

Sam stürmte in die Kabine, wusch sich, putzte sich die Zähne und zog sich eiligst um. Während dieser Zeit arbeitete es unaufhörlich in seinem Kopf.

Elegant wie ein wohlhabender Kapitän, mit einer

geliehenen Perücke und in eine Duftwolke gehüllt, erschien er wieder an Deck. Mit einem lauten Pfiff erlangte er erneut die Aufmerksamkeit der Männer.

»Für die nächsten Tage werde ich Kapitän John Black von der *Tanner* sein, und wir sind ein seriöses Handelsschiff. Will, du bist ein reicher Fahrgast, der mit Frau und Tochter reist. Sean, du bist die Frau, und Amy die Tochter. Bringt die *Tanner* auf Hochglanz, ich werde wahrscheinlich nicht alleine zurückkommen. Bereitet in der Kabine ein Abendessen für sechs Personen vor. William Condon, du bist auch anwesend als Kapitän David Turner von der *Marianne*. Drückt mir die Daumen.« Mit großen Schritten verließ er das Schiff, während seine Kameraden ihm fragend nachsahen.

Zielstrebig ging Sam die Mole entlang, direkt auf die *Winchester* zu. Die Sklaven waren alle untergebracht, es wurden lediglich noch Kisten und Lebensmittel verladen, denn das Schiff würde morgen früh auslaufen.

»Entschuldigen Sie, Sir, könnten Sie mir sagen, wo ich den Kapitän der *Winchester* finde?«

Latif drehte sich erstaunt um. »Ähm, der Käpt'n befindet sich an Bord, Sir, ich werde Sie zu ihm bringen.«

»Danke, sehr freundlich.«

Dann brachte Latif ihn auf die *Winchester*.

Der junge Kapitän Gerald Potts führte sein Schiff ordentlich. Aber bei aller Sauberkeit ließ sich auf einem Sklavenschiff der Geruch nach Schweiß und Exkrementen nicht vermeiden.

»Käpt'n Potts, Besuch für Sie.«

Kapitän Potts stand mit seinem Ersten Offizier auf dem Kajütendeck über eine Karte gebeugt. Überrascht schaute er hoch und blickte Sam an.

»Ich bin Kapitän John Black von der Fregatte *Tanner*. Wir haben einige Schiffe neben Euch angelegt. Mein Bootsmann hat zufällig mitbekommen, dass Ihr Euch auf dem Weg nach Nassau befindet, genau wie wir. Deshalb wollte ich Euch fragen, auch im Namen von Kapitän David Turner der Sloop *Marianne*, ob wir uns Euch anschließen dürfen. Ihr wisst ja, im Konvoi zu segeln, bringt mehr Sicherheit vor Piratenangriffen.«

Kapitän Potts reichte ihm die Hand.

»Ich bin Kapitän Gerald Potts, wir werden morgen mit der Flut auslaufen, wenn Ihr bis dahin bereit seid, spricht nichts dagegen.«

»Das ist gut. Kapitän David Turner von der *Marianne* und ich würden uns freuen, wenn Ihr heute Abend unser Gast sein würdet.«

In diesem Moment flog eine Möwe über das Deck und entleerte sich genau auf Wills dunkelblaues Samtjackett.

»Verfluchte Biester.« Sam suchte in den Taschen seines Jacketts vergeblich nach einem Taschentuch.

»Kommt, Kapitän Black. Wir bringen das in meiner Kabine in Ordnung.«

Als sie den Niedergang hinuntergingen, hörten sie aus der Ferne die Klagelaute der Sklaven.

»Wie ertragt Ihr das nur jeden Tag?«

»Man gewöhnt sich an alles, die Bezahlung ist gut, und als junger Kapitän hat man die besten Aufstiegsmöglichkeiten. Tretet ein, Käpt'n Black.«

Potts' Kabine war weiß gestrichen, die *Winchester* hatte ein eckiges Heck mit einer großen, prunkvoll verzierten Fensterreihe, durch die der Raum mit Tageslicht durchflutet wurde.

»Setzt Euch, ich hole ein Tuch.«

Sam setzte sich auf einen Stuhl, der am Schreibtisch stand, auf dem Karten und Rechnungen lagen.

»Der Sklavenhandel ist ein lohnendes Geschäft, ich liebäugle auch damit. Das ist eine Arbeit für richtige Männer, die nicht verweichlicht sind. Ich bewundere Euch, Käpt'n Potts.«

»Danke, Käpt'n Black, wenn Ihr möchtet, könnt Ihr Euch gerne umsehen. Es ist wahrlich kein schöner Anblick, und viele bekommen Gewissensbisse oder Albträume. Man muss sie als wilde Kreaturen betrachten, dann hält sich das Mitleid in Grenzen.«

»So sehe ich das auch, ich würde mir das tatsächlich gerne einmal ansehen, um mir ein besseres Bild machen zu können.« Sam wischte verbissen an dem Möwendreck und hatte Mühe, freundlich zu bleiben.

»Wir haben auch einige Sklaven an Bord, und es ist wirklich ein primitives Volk. Ständig muss man darauf achten, dass sie keine Meuterei anzetteln.« Sam verschluckte sich fast an seiner eigenen Lüge.

»Ja, dann kommt, Käpt'n Black.«

Gemeinsam stiegen sie noch einen Niedergang weiter hinunter, und je tiefer sie stiegen, desto penetranter wurde der Geruch. Sam hielt kurz die Luft an und hoffte, dass seine Nase sich schnell daran gewöhnen würde.

Sein Herz verkrampfte sich, wenn er an Larou und die anderen Gefangenen dachte. Am liebsten hätte er sofort dem Ganzen ein Ende gesetzt, aber er hatte lediglich einen Säbel dabei, es wäre purer Leichtsinn.

Geräuschvoll drehte Potts den Schlüssel um, öffnete die knarrende Tür und leuchtete mit der Öllampe in den stickigen Laderaum.

Sam überlief ein eiskalter Schauer, als er in dem schummrigen Schein der Lampe die massige Ansammlung von Menschen erblickte. Die Sklaven waren an den Füßen gefesselt und saßen dicht nebeneinander. Die gespenstige Ruhe war fast das Unheimlichste an dem bizarren Anblick.

Sam schluckte seinen Würgreflex hinunter und achtete darauf, nicht zu tief einzuatmen. »Na ja, sie haben es ja noch recht bequem hier, die paar Tage werden sie es aushalten, bis sie erlöst werden.« Er sprach extra laut und suchte in der schwachen Beleuchtung nach Larou. Endlich erblickte er den verzweifelten Jungen und gab ihm heimlich ein Zeichen.

Doch dann drängte Käpt'n Potts Sam zum Gehen.

»Könnte ich Euch vielleicht jetzt schon einen Sklaven abkaufen?«

»Käpt'n Black, das tut mir außerordentlich leid, aber das ist mir unmöglich. Wir haben striktes Verbot, wir müssen so viel Ware wie möglich nach Nassau bringen. Vielleicht bekommt Ihr am Hafen noch einen Sklaven?«

Sam hätte weiterverhandeln können, aber beim Anblick der unzähligen hoffnungslosen Augen, die auf ihn starrten, war ihm klar, er würde alle befreien müssen, sonst würde er keine Nacht mehr ruhig schlafen können. Deshalb lenkte er ein.

»Na ja, spätestens in Nassau werde ich einen kaufen.« Leise fügte er noch hinzu: »Lasst uns gehen, der Gestank hier ist wirklich nicht mehr erträglich.«

Sam wusste, dass er schleunigst hier wegmusste. In seiner rechten Hand juckte es gewaltig, am liebsten hätte er in Potts' aalglattes Gesicht geschlagen. Er würde nie verstehen, wie Menschen so eiskalt sein und, ohne mit der Wimper zu zucken, über Leichen gehen konnten. Widerwillig reichte Sam Potts die Hand zum Abschied.

»Dann würde ich Euch heute Abend um sechs Uhr zum Essen abholen, einverstanden?«

»Aber gerne, ich freue mich darauf, Euer Gast zu sein.«

Sam konnte noch nicht zurück zum Schiff, er musste erst noch ein wenig alleine sein. Es ging ihm zu nahe, was er eben gesehen hatte.

Er dachte an Larous flehenden Blick, er konnte förmlich die Enttäuschung spüren, die sein Gehen bei dem Jungen verursacht hatte.

Sam setzte sich am Strand auf einen Felsen. Die raue Meeresbrise klärte ein wenig seine benebelten Gedanken. Zurück blieb eine fast unbändige Wut über all die Ungerechtigkeiten dieser Welt. Da draußen in der Weite des Meeres war die Freiheit, vorausgesetzt, man befand sich auf dem richtigen Schiff mit dem richtigen Kapitän. Es waren nur ein paar wenige grausame Herrscher, doch die Mehrheit zog den Schwanz ein und fügte sich ihrer Laune und der Gier, etwas von ihrem Reichtum abzubekommen.

Und so ein Idiot wie Potts ließ sich davon blenden. Am liebsten würde er ihn wachrütteln.

Sam hatte es mehr als einmal erlebt, dass Freiheit den Menschen Angst machte. Selber Verantwortung für sein Leben zu übernehmen, schien schwieriger zu sein, als andere zu quälen und deren Tod in Kauf zu nehmen.

Eines war ihm durch den Besuch auf der *Winchester* klar geworden, er musste alle Sklaven befreien, aber was würde danach mit ihnen geschehen?

Zwei Stunden später musste Sam trotz des Schocks, den er beim Gedanken an den Anblick der Sklaven immer noch hatte, schmunzeln. Seinen Kameraden schien es einen Heidenspaß zu machen, sich zu verkleiden. Alle waren herausgeputzt und gestriegelt und vor allem gehorsame Matrosen.

»Kapitän Black, alles ist für Euch bereit.« John Julian verbeugte sich demütig und in ordentlicher Kleidung und führte Sam mit seinem Gast in die Kajüte.

Diesen Moment würde Sam in seinem ganzen Leben nicht vergessen.

Zart erklang James' Geige, und Joseph Dampier spielte am Spinett den Canon von Pachelbel. Ein Glück, dass Dampier seine Piratenkluft abgelegt hatte und ordentlich frisiert war. Jako saß auf dem Spinett und dirigierte genüsslich den Takt mit der rechten Kralle.

Die Kabine strahlte eine Behaglichkeit durch das Kerzenlicht aus. Sean Kelly saß in einem wunderschönen cremefarbenen Kleid am reich gedeckten Tisch, seine langen schwarzen Haare waren zu Locken gedreht und ließen sein Gesicht weicher wirken. Will stand hinter ihm und hauchte einen Kuss auf Seans Hals. Als er die Männer erblickte, tat er verlegen. Sofort lief er auf Kapitän Potts zu.

»Verzeiht, Sir, aber Ihr versteht bestimmt, ich musste meine Lieben lange entbehren.«

Kapitän Potts lächelte verständnisvoll. »Wir kennen alle die langen Entbehrungen durch die Seefahrt. Ich bin Kapitän Gerald Potts von der *Winchester*.«

Damit verneigte er sich vor Will und sah bewundernd auf dessen Siegelring.

Sam hatte Mühe, nicht zu lachen. Will war herausgeputzt wie König George persönlich. Über einem üppigen Spitzenhemd mit einer goldbestickten Weste trug er einen Gehrock aus burgunderrotem Samt mit passender Kniehose.

»Darf ich mich vorstellen? Jeremiah Williams,

Kronanwalt, und meine Frau, Sarah Williams, und meine liebreizende Tochter, Amelia.«

Amy zog ein Gesicht wie sieben Tage Regenwetter. Dabei sah sie so entzückend in dem Kleid aus, das ihre grünen Augen noch mehr leuchten ließ.

Sam war stolz auf seine hübsche Tochter, neben der Henry mit flehendem Blick saß und darauf wartete, dass möglichst viel aus Versehen vom Tisch fiel.

Potts deutete einen Handkuss an.

Man konnte es Sean ansehen, dass es ihm nicht angenehm war, aber er spielte die Rolle als Frau gut. Im Dämmerlicht der Kabine würde kein Mensch bemerken, dass er ein Mann war.

»Ich bin sehr froh, Kapitän Potts, dass wir in Eurem Geleit mitsegeln dürfen. Man hört so schreckliche Geschichten über Piraten. Als Frau ist man diesen Bestien hilflos ausgeliefert und Ihr seid so ein starker junger Mann, da muss man sich einfach sicher fühlen.«

Sean tupfte sich mit einem Taschentuch sacht die Nase und klimperte mit den Wimpern.

»Gewiss, Madam, Ihr könnt ganz beruhigt sein, das üble Pack wird sich nicht trauen, uns anzugreifen, darauf gebe ich Euch mein Wort.«

»Meine Liebe, ich bin auch noch da.« Will küsste Seans Hand so innig, dass die Spitze verrutschte, und ein haariger Arm zum Vorschein kam.

Sam hielt den Atem an. Er bemerkte auch einen entsetzten Blick von William Condon, der sich bis jetzt im Hintergrund gehalten hatte. Potts schien nichts zu bemerken. Seine Blicke konzentrierten sich auf die strahlend blauen Augen von Sean. »Darf ich zu Tisch bitten, es wäre schade, wenn das Essen kalt würde!«, machte sich Condon bemerkbar.

Das Essen verlief in einer angenehmen Atmosphäre. Die Einzige, die Potts am liebsten an die Gurgel gegangen wäre, war Amy. Sie verstand einfach nicht, warum alle so ruhig blieben, anstatt Larou sofort zu befreien. Ihre Wut milderte sich erst, als ihre Ratte Black Sam an ihrem Arm hinaufkletterte und sich unter den üppigen Locken versteckte, und sie William Condon ansah, wie er sich mühevoll ein Lachen verkniff und ihr zuzwinkerte.

Fregatte Tanner

17. April anno 1728
Vorräte aufgenommen, Anker gelichtet, segeln Richtung
Westen. 38° 06'. Wind: NO 45°. 22 Knoten.
Samuel Bellamy

Am nächsten Tag lichteten sie die Anker und stachen in See, alles verlief nach Plan. Will und Sam machten sich mit der *Tanner* vertraut. Bis auf die *Tanner* hatten beide schon lange keine Schiffe mehr überfallen, und alles musste überprüft und genau geplant werden, was besonders wichtig war bei einem Schiff, das man nicht kannte. In jeder freien Minute frischten die Piraten ihre Fechtkunst auf, falls die Winchester sich nicht kampflos ergab, was keiner der Männer hoffte.

Amy kostete es eine große Überwindung, auf die *Tanner* zu gehen, denn bis jetzt hatte sie ihr noch nicht viel Glück gebracht. Was sie letztendlich doch davon überzeugte, war die Ähnlichkeit mit dem *Roten Löwen*, auch wenn die *Tanner* etwas kleiner und ihr Achterdeck nicht ganz so prunkvoll war wie das des *Löwen*.

Amy lungerte missmutig in Mädchenkleidern auf dem Schiff herum.

Den Mannschaftsmitgliedern der *Tanner* ging sie lieber aus dem Weg, sie waren ihr nicht geheuer, außer dem jungen Jack Berry, aber der war sehr zurückhaltend und meist bei dem Smutje Ben Bradford in der Kombüse.

Ben Bradford jedoch mied sie wie der Teufel das Weihwasser. Der Abend, als er sie in der Kombüse der *Tanner* überrascht hatte, war ihr noch bestens in Erinnerung. Außerdem sah Bradford immer noch so aus, als würde er sie am liebsten den Haien zum Fraß vorwerfen, als sie als Tochter des Kapitäns anzuerkennen.

Die Männer, die von der *Marianne* herübergekommen waren, standen in einer kleinen Gruppe zusammen am Bug und unterhielten sich. Ab und zu hörte sie Wortfetzen und den Namen Larou.

»Amy, komm, setz dich zu uns.« John Julian winkte sie zu sich.

Amy kam zögernd. Sie fühlte sich elend. War sie nicht an dieser ganzen Situation schuld?

»Komm, du musst keine Angst haben, bis jetzt haben wir noch niemanden über die Planken geschickt«, munterte John Julian sie auf.

»Schön, dass du dich für Larou einsetzt«, sagte Mahdi im schlechten Englisch.

Amy sah ehrfürchtig auf seine Tätowierungen, die sein Gesicht zierten. »Meinetwegen ist er erst in diese Lage geraten.«

»Ich habe ihn gewarnt, dass Sklavenmarkt ist, doch er hat nicht auf mich gehört. Aber passiert ist passiert, daran kann man nichts mehr ändern. Und Larou kann sich auf uns verlassen, wir werden ihm helfen«, sagte John Julian voller Überzeugung.

»Steht das auch im Piratengesetz?«, fragte Amy und setzte sich auf ein aufgewickeltes Tau.

»Nicht direkt, aber das ist Ehrensache«, antwortete Thomas South.

Das war der Mann, von dem Sam erzählt hatte, dass er nach dem Untergang der *Whydah* vom Gericht freigesprochen worden war. »Mein Vater hat gesagt, ich soll dich fragen, warum du wieder Pirat geworden bist.«

Thomas lachte. »So, hat er das?« Doch dann wurde er ernst. »Ich habe nicht viel von der Piraterie gehalten und ich habe wirklich vorgehabt, ein ehrlicher

Mann zu werden, aber das wird einem nicht leicht gemacht. Nach meinem Freispruch ging ich zurück nach England und heuerte auf einem ehrlichen Handelsschiff an. Doch der Kapitän war ein grausamer Mensch. Er war der Herrscher auf seinem Schiff, der mit Brutalität und Gewalt für Disziplin sorgte. Am liebsten griff er nach der neunschwänzigen Katze. Wegen der kleinsten Fehler wurde man fast zu Tode gepeitscht. Eines Nachts konnte ich vor qualvollen Schmerzen nicht schlafen, und die Haut auf meinem Rücken hing in Fetzen.«

Amy verzog angewidert ihr Gesicht. »So schlimm geht es auf Handelsschiffen zu? Da habe ich es ja bei Kapitän Reers wirklich gut gehabt.«

»Das hast du, lass Thomas weitererzählen«, unterbrach Mahdi sie.

»Mein Kamerad starb an den Folgen des Auspeitschens. Wir hatten uns nur ganz kurz während des Dienstes unterhalten, es war nicht mal etwas Persönliches und schon gar kein Grund, einen Mann zu Tode zu peitschen. In dieser Nacht wurde mir zum ersten Mal bewusst, wie gut es mir unter Sams Kommando gegangen war. Obwohl ich mich immer geweigert hatte, ein Pirat zu sein, hat mich jeder anständig behandelt und akzeptiert.«

»Das stimmt, ich wollte auch kein Pirat sein, und doch seid ihr alle nett zu mir gewesen«, stimmte

Amy zu, und so langsam begann sie zu verstehen, was Sam ihr sagen wollte, als er ihr riet, in die Herzen der Männer zu schauen. Jeder Einzelne, der hier saß, konnte bestimmt über ähnliche Erfahrungen berichten, die ihn Pirat werden ließen.

Krachend flog die Tür auf, der schwache Schein von Fackeln erhellte den finsteren Raum. Larous Augen schmerzten durch das bisschen Licht, die ständige Dunkelheit machten seine Augen überempfindlich.

»Essen!«, brummte eine tiefe, angewiderte Stimme. Kein Wunder, hier war die Luft zum Zerschneiden stickig. Als Außenstehender musste es unangenehm sein, hier hereinzukommen. Larou war froh, dass seine Nase den Geruch nicht mehr wahrnahm. Gequält versuchte er, das Gewicht zu verlagern, sein Hinterteil tat ihm weh von dem rauen Holz. Außerdem lag sein stöhnender Sitznachbar zusammengekrümmt neben ihm und brauchte noch zusätzlich den halben Platz von Larou. Wenigstens verstummte für kurze Zeit das ständige Wehklagen und Heulen seiner Leidensgenossen. Es wurde abgelöst von den Kesseln mit Essen, die über den Boden gezogen wurden, und dem Klappern von Blechgeschirr.

Sechs Matrosen teilten die Mahlzeit aus. Näpfe

mit pappigen Brei wurden durch die Reihen gereicht, Larou musste sich über seinen Nebenmann beugen, der nur noch leise vor sich hin stöhnte.

»Komm, nimm dein Essen, wenn sie sehen, dass du nichts isst, zwingen sie dich dazu«, redete Larou auf ihn ein, obwohl er wusste, dass der junge Mann nicht seine Sprache verstand.

Der große Dunkelhäutige zur linken Seite beugte seinen verschwitzten Körper über Larou und versuchte ebenfalls, den Kranken zum Essen zu bewegen. Doch vergeblich, resigniert schüttelte er den Kopf, als er Larou anschaute. »Krank, sehr krank!«

»Ich weiß, es sieht nicht gut aus für ihn!«, bestätigte Larou mit Unbehagen.

Die Aufseher hatten bemerkt, dass es in der Reihe von Larou Verzögerungen gab. »Was ist hier los, warum isst der Taugenichts nichts?« Die Stimme des Aufsehers wurde unangenehm laut.

»Er ist krank«, versuchte Larou zu erklären.

»Papperlapapp, die tun nur so! Um in den Hungerstreik zu treten, die denken, damit können sie unser Herz erweichen, aber nicht mit uns.« Mit kräftigen Schritten gingen die beiden Aufseher durch die Reihe, ohne darauf zu achten, niemanden zu treten. Einer zerrte den Sklaven in die Höhe, sodass er saß, der Andere zwang ihn, den Löffel mit dem pappigen Brei in den Mund zu schieben. Als das nicht recht gelingen wollte, wurde sein Kiefer auseinandergedrückt, dass die Knochen nur so knackten. Larou verzog mitfühlend sein Gesicht, während er seinen widerlichen Brei hinunterzwang.

Kurze Zeit später vernahm er ein Würgen, und warme Flüssigkeit übergoss sich auf Larous rechte Seite. Der säuerliche Geruch verursachte bei Larou ebenso einen Würgereiz. Die beiden Männer ließen den Mann unsanft auf den Boden fallen, in sein Erbrochenes. Einer gab ihm noch einen Tritt mit dem Fuß.

»Der ist demnächst hinüber, das bringt nichts mehr!«, verkündete der Aufseher laut.

»In den hinteren Reihen gibt es ebenfalls welche, die mehr tot als lebendig sind. Wir sollten das Käpt'n Potts melden«, kam die Antwort vom anderen Ende des Raums.

»Ich werde gehen!« Einer der Männer entfernte sich, während die leer gegessenen Schüsseln wieder eingesammelt wurden.

»Nach oben mit den Sklaven! Immer fünfzig. Die Toten über Bord werfen und die Plätze säubern, befiehlt Käpt'n Potts«, meldete der Matrose, der zurückkam.

Der Aufseher, der in der Reihe von Larou stand, stöhnte genervt: »Auch das noch.« Dementsprechend unsanft ging er mit den Sklaven um beim Lösen der Fußfesseln. Doch die Fesseln wurden nur von der Verankerung gelöst, Larou blieb mit seinem linken Sitznachbarn verbunden. Der Kranke auf seiner rechten Seite wurde von dem Mann davor mit rausgeschleppt. Was gut war, denn wenn sie ihn liegen ließen, wurde er womöglich noch mit den Toten über Bord geworfen. Beim Aufstehen spürte Larou sämtliche Knochen, die schmerzten, in Ketten zu gehen war auf dem schwankenden Schiff nicht so einfach und wenn zuvor durch die Fackeln seine Augen schon weh taten, war das nichts dagegen, was die grelle Sonne verursachte. Larou sah im ersten Moment nichts, die Welt war voller gleißender Sonnenstrahlen, er musste die Augen schließen.

Eine angenehme Meeresbrise wehte um seinen verschwitzten Körper, tief zog er die salzige Seeluft ein, die ihn mit neuem Lebensmut erfüllte.

Fontänen mit Wasser spritzten auf die übelriechenden Leidensgenossen. Eine Seife wurde rumgereicht, mit der Larou schnell seine Haare einschäumte, bevor er grimmig aufgefordert wurde, sie weiterzureichen.

Plötzlich ein Schrei, Larou drehte sich in die Richtung und sah, wie sein kranker Nebenmann über die Reling ins Meer stürzte und dabei den anderen Sklaven mitriss. Einen Moment verschwanden sie in der

Tiefe, bis sie wieder zappelnd auftauchten. Beide umschlangen sich und versuchten, durch Schwimmen über Wasser zu bleiben, bis von den Matrosen ein Beiboot hinuntergelassen wurde. Doch die Rettung kam zu spät, denn nach wenigen Augenblicken schossen unter dem Schiffsboden Haie hervor, verbissen sich in ihre Opfer und zogen sie mit in die Tiefe, übrig blieb von den beiden nur eine blutige Wasseroberfläche.

Entsetzt schloss Larou die Augen, doch er wusste, dieses Bild würde er niemals mehr aus seinem Kopf bekommen.

Später saß er auf den gereinigten Holzdielen, er umschlang seine Beine und weinte.

Fregatte Tanner

22. April anno 1728
Folgen der Winchester.
39° 25', Wind: O 90°, 20 Knoten.
Samuel Bellamy.

Tagelang folgten sie dem prunkvoll verzierten Heck der *Winchester*, genauso wie die Haie, die auf leichte Beute warteten. Die Mannschaft versuchte, Amy vor diesem Anblick zu schützen.

Diese wartete voller Ungeduld darauf, dass Larou endlich befreit würde.

Zur Ablenkung nähte sie mit Sean in der Kapitänskabine einen zweiten *Jolly Roger* für die *Tanner*, das beruhigte sie etwas.

Am Anfang fand Amy es befremdlich, einen hässlichen Totenschädel auf ein schwarzes Tuch zu nähen. »Können wir nicht etwas anderes auf die Flagge machen?«

Sean unterbrach kurz seine Arbeit und sah Amy an, die ihm gegenübersaß.

»Jeder Pirat hat sein Erkennungszeichen, Will und dein Vater haben sich für diese Flagge entschieden. Der Totenkopf symbolisiert den Tod, und die darunter gekreuzten Knochen bedeuten die Auferstehung.«

»Und warum heißt das *Jolly Roger*?«

»Früher waren die Flaggen einfach rot, und die Franzosen sagten dazu ‚schönes Rot', was auf Französisch ‚*joli rouge*' heißt.« Er stutzte einen Moment. »Hey, was machst du da?«

Amy schnitt aus einem Stück weißen Stoff, den sie doppelt legte, ein Herz aus. Dabei legte sie den Kopf schief und grinste Sean an.

»Ich nähe die Herzen rechts und links von dem hässlichen Kopf an, das ist *mein* Erkennungszeichen.« Sie strich die Flagge glatt und legte die Herzen auf den dafür vorgesehenen Platz.

Sean grinste. »Sieht schon viel freundlicher aus.«

»Finde ich auch!« Amy lächelte ihn keck an, wurde aber gleich wieder ernst. »Warum braucht man eigentlich so eine Fahne?«

Sean überlegte kurz.

»Die Flagge gibt zu erkennen, dass die Piraten

vor dem Auge des Gesetzes tot sind. Sie haben keinerlei Rechte, weil sie sich dem Gesetz nicht mehr unterwerfen und unter der Flagge von ‚König Tod' dienen und nicht mehr unter der englischen Flagge von König George.«

»Dann sind Piraten frei und haben kein Zuhause mehr?«

»Ja, so könnte man das sagen.«

»Aber dann können die Schiffe, die die Flagge sehen, gleich ihre Kanonen laden und auf uns schießen?«

»Deshalb hissen wir den *Jolly Roger* erst, wenn wir zum Angriff bereit sind. Dann hat die gegnerische Mannschaft keine Zeit mehr, ihre Kanonen zu laden, und vor lauter Schreck ergeben sich viele dann freiwillig.«

Amy hörte auf mit Nähen.

»Und dann?«

»Und dann … das wirst du sehen, wenn es so weit ist. Wir müssen uns jetzt hübsch machen für Will.« Er grinste breit und zwinkerte Amy zu.

Jeden Abend stolzierten Will, Sean und Amy als innige Familie übers Deck. Das war für die Mannschaft eine amüsante Abwechslung. Will war ein rührender Ehemann, der sich liebevoll um Frau und Tochter kümmerte.

Auf der *Winchester* stritt man sich darum, wer um diese Zeit die Wache auf dem Ausguck übernehmen durfte, jeder wollte die schöne Frau sehen.

An einem Abend wurde es Amy zu viel, und sie flüchtete in das Krähennest. Es dauerte nicht lange, und Jako kam zu ihr hochgeflogen.

Blinzelnd sah Amy in Richtung Westen, wo gerade die Sonne unterging. Die letzten Strahlen zauberten ein Glitzern wie von Abertausenden von Diamanten auf das Meer. Alles sah so friedlich aus, aber einige Meter vor ihr segelte die *Winchester*, und dort unter Deck saß Larou, gefangen, und es ging ihm überhaupt nicht gut. Irgendwie dauerte ihr das alles viel zu lange, und sie verstand nicht, warum die Männer so lange warteten, bis sie Larou endlich befreiten.

Sam kam zu Amy in den Ausguck hochgeklettert, weil er sich Sorgen um sie machte. In den letzten Tagen war Amy immer stiller und nachdenklicher geworden. Am liebsten hätte er sie vor dem Überfall auf die *Winchester* bewahrt, denn er konnte nicht sagen, wie es enden würde. Vielleicht würde es viele Verletzte und Tote geben, außerdem wusste niemand, ob Larou die ganze Tortur bis jetzt lebend überstanden hatte, denn jeden Tag wurden Leichen über Bord geworfen.

»Am Abend ist es hier besonders schön. Du bist wohl vor Will und Sean geflüchtet?« Er lächelte sie aufmunternd an. »Darf ich mich zu dir setzen?«

Amy nickte. »Man könnte meinen, sie seien wirklich ein Liebespaar, so wie die sich aufführen.« Dabei verzog sie angewidert ihr Gesicht.

Sam schmunzelte nur.

»Sam …?« Amy suchte nach Worten.

»Ja?« Er sah in ihr angespanntes Gesicht.

»Wie bist du Pirat geworden?«

»Mmh, ich werde versuchen, es dir zu erklären.« Er machte eine kurze Pause und atmete tief durch. »Die Piraten aus unserer Bruderschaft sind fast alle Männer, die im Spanischen Erbfolgekrieg auf See gekämpft hatten. Viele, wie ich auch, waren schon sehr jung dazugekommen. Außer Will, er ist aus reichem Hause.«

»Aber er ist trotzdem nett, nur manchmal ein bisschen peinlich«, stellte Amy fest.

Sam verkniff sich ein Grinsen. »Will ist ein feiner Kerl, er hat viel für mich getan.«

»Wie lange warst du auf einem Kriegsschiff?«

»Fünf Jahre. Ich war so alt wie du, als ich Pulverjunge auf einem Kriegsschiff wurde.«

»Was macht ein Pulverjunge?«

»Wir mussten während des Gefechts die Kartuschen für die Kanonen unter Deck holen, und zwar so schnell wie möglich, von uns hing das Überleben aller ab. Je schneller wir die Munition nach oben brachten, desto besser konnte die Mannschaft unser

Schiff verteidigen. Kinder sind für die Arbeit bestens geeignet, weil sie unter Deck aufrecht gehen können und flink sind.«

»Hattest du da große Angst?«

»Ja natürlich, wir hatten nicht nur Angst vor den feindlichen Schiffen, sondern auch vor den Vorgesetzten, denn für die hatten Kinder keinen Wert. Man kommandierte uns herum, ließ uns die niedrigsten Arbeiten machen und schrie uns nur an. Einen anderen Pulverjungen von unserem Schiff traf eine Kugel in den Bauch, und als sich die Blutung nicht stillen ließ, warfen sie ihn einfach über Bord. Ich höre ihn heute noch nach seiner Mutter schreien. Es war der reinste Albtraum. Zum Glück war wenigstens mein bester Freund William Condon mit mir zusammen auf dem Schiff. So konnten wir uns gegenseitig Halt geben.«

Amy legte ihren Kopf an seine Schulter, geschockt von seinen Erzählungen. Sie stellte sich ihren Vater als kleinen Jungen vor, und er tat ihr schrecklich leid.

»Hat dich dein Vater denn so einfach gehen lassen?«, fragte sie mit belegter Stimme.

Sam streichelte über ihre Haare. »Wir waren mehr als arm, sechs Kinder ohne Mutter. Er war froh über jeden, der sich selbst versorgen konnte.«

»Aber du warst da doch ständig in Gefahr?«

»Ja. Bei einem Seegefecht steht die Vernichtung

der gegnerischen Schiffe im Vordergrund. Die Kriegsschiffe standen sich dabei in einer langen Reihe gegenüber«, Sam zeigte die Reihen mit seinen Händen, »und jeder schoss seine Kanonen leer. Wer die bessere Strategie hatte und schneller die Kanonen nachladen konnte, war im Vorteil. Das Schiff, das übrig blieb, war der Sieger, wie viele Männer dabei starben, war egal.«

»Hast du viele Kameraden verloren?«

»Ja, sehr viele. Immer, wenn man dachte, dass es nicht schlimmer kommen konnte, wurde unsere Lage noch hoffnungsloser. Unsere größte Angst war, dass entweder Condon oder mir etwas zustoßen könnte und dann der jeweils andere alleine übrig bleiben würde – in der grausamen Welt der Erwachsenen. Wir hatten oft nachts, wenn wir nicht schlafen konnten, über diesen Krieg nachgedacht. Warum traf man sich auf dem Meer, schoss sich gegenseitig die prächtigen Schiffe kaputt, die ein Vermögen gekostet hatten, während die Menschen an Land Hunger litten?«

»Ja, warum macht man das?«, fragte Amy.

Sam zuckte mit der Schulter. »Das frage ich mich heute noch.«

»Aber es musste doch einen Grund geben für diesen Krieg.«

»Den gab es auch. Als König Karl II. von Spanien

verstarb, hatte er keine Nachkommen, und so entstanden heftige Auseinandersetzungen unter den Königshäusern, wer der nächste König von Spanien werden sollte.«

»Die Könige streiten sich um den Thron und lassen kleine Jungen für sich in den Krieg ziehen? Sollen die doch ihr eigenes Blut vergießen, anstatt andere für sich kämpfen und sterben zu lassen«, empörte sich Amy.

»So dachten Condon und ich damals auch. Die Welt der Erwachsenen war uns ein Rätsel. Wir hatten uns geschworen, wenn wir da heil herauskommen würden, würden wir versuchen, die Welt für unsere Kinder besser zu machen. Nur leider ist das nicht so einfach.« Bedauernd sah er Amy an.

»Wie habt ihr das alles überlebt?«

»William und ich hatten Glück, wir blieben beide unverletzt, als unser Kriegsschiff völlig zerstört wurde. Danach wurde unser Leben besser, denn wir kamen zu der Flotte von Benjamin Hornigold, einem großartigen Freibeuter. Er hatte einen Kaperbrief von Königin Anne Stuart. Das hieß, dass wir legale Piraten waren, die auf Befehl der Königin gegnerische Schiffe ausrauben durften. Nur mit dem Unterschied, dass wir die Prise der Königin übergeben mussten. Weißt du, was eine Prise ist?«

»Das ist die Beute von einem Schiff«, antwortete sie wie eine brave Schülerin.

»Richtig. Hornigold war ein hartgesottener und gerissener Kapitän, von dem wir vieles gelernt haben. Er war der Einzige, der uns Kinder wie Menschen behandelte und nicht wie Kanonenfutter. Und ihm war es wichtig, dass wir alles über die Seefahrt lernten. Vor allem sollten wir Menschlichkeit lernen und Achtung vor dem Leben. Wir überfielen zwar die Schiffe, aber wir behandelten die Überfallenen mit Respekt. Doch als der Krieg zu Ende war, wurden fast alle Männer der Marine entlassen. Jahrelang hatten wir von Sonnenaufgang bis Sonnenuntergang Dienst, hatten bis zur Erschöpfung gearbeitet und kaum etwas zu essen. Wir hatten für die Königin unsere Köpfe hingehalten und täglich Kameraden sterben sehen, und die Königin hatte uns behandelt wie den letzten Dreck. Die Admirale bekamen Orden und Ehrungen, und unsereiner stand nach Kriegsende auf der Straße. Man brauchte uns nicht mehr. Vierzigtausend Offiziere und Matrosen wurden entlassen. Es wimmelte in den englischen Häfen nur so von Matrosen, die keine Arbeit mehr hatten. Ohne Geld in den Taschen und das Leben an Land nicht gewohnt, hatten wir keine Hoffnung. Das Einzige, was wir konnten, war ein Schiff steuern, kämpfen und rauben. Und etwas, was wir alle gelernt hatten, war, dass das Leben ungerecht ist.«

Amy hörte entsetzt zu. »So langsam verstehe ich, warum du den König nicht magst.«

»Das ist gut.«

»Und dann bist du ein richtiger Pirat geworden?«

»Ich bin nicht gleich Pirat geworden, aber in England habe ich keine Zukunft für mich gesehen. Also ging ich zu Verwandten nach Cape Cod. Dort lernte ich auch deine Mutter kennen. Doch ihr Vater wollte nicht, dass sie einen arbeitslosen Seemann heiratete, also habe ich mit Will nach der versunkenen spanischen Silberflotte gesucht, die mit dem Gold beladen war, das Indianersklaven unter Einsatz ihres Lebens aus Minenschächten geholt hatten. Sie waren Zwangsarbeiter in ihrem eigenen Land. Das sind übrigens solche Münzen, wie du sie hast.«

»Habt ihr die auch geraubt?«

Sam kratzte sich verlegen am Kopf. »Wird wohl so gewesen sein. Will hat sie dir mitgegeben, als er dich zu Tante Ann gebracht hat.«

»Das war nett von ihm. Ihr habt dann das Gold gefunden?«

»Nein, das wurde uns vor der Nase weggeschnappt. Wir hatten kein Geld mehr, um die Mannschaft zu bezahlen, und unser Schiff war ein alter Kahn, der uns unter dem Hintern verfaulte. Da ich auf den englischen Kriegsschiffen das Kapern gelernt hatte, wurden wir Piraten. Später traf ich wieder auf Hornigold, William Condon und einige andere meiner alten Freunde aus Kriegszeiten. Hornigold war inzwischen ein berüchtigter Pirat geworden, dem wir uns anschlossen.«

Sam machte eine kurze Pause. »Ich habe es nicht eingesehen, was für einen Unterschied es machte, ob ich einen Kaperbrief von dem König habe und rauben und morden darf, damit der König ein Leben in Luxus und Reichtum führen kann, oder ob ich raube, um ein paar armen Menschen ein besseres Leben zu ermöglichen.«

Amy nickte. »Das verstehe ich, aber habt ihr die ausgeraubten Leute auch umgebracht?« Das war die Frage, die Amy seit Tagen auf der Seele lag.

»Niemals, nur einmal löste sich bei einem Kameraden ein Schuss, und einmal wurde auf uns geschossen, dabei wurde einer aus meiner Mannschaft getötet und zwei wurden verwundet. Bei zweiundfünfzig überfallenen Schiffen war das recht wenig. Sobald die Kapitäne den *Jolly Roger* sahen, ergaben sie sich. Zu viele grausame Piratengeschichten waren im Umlauf, du kennst ja selbst Edward Low.«

»Derjenige, der die Bäuche aufschlitzte und die Gedärme an den Mast nagelte und Nasen und Ohren abschnitt?«

Sam rümpfte die Nase. »Genau den meinte ich, das war ein kaltblütiger Mensch ohne jedes Mitgefühl. Doch wir schneiden niemandem die Nase und die Ohren ab, ich kann doch kein Blut sehen.« Dabei zwinkerte er Amy zu. »Wir stellten sie vor die Entscheidung, ob sie einer von uns werden oder ob sie weitersegeln wollten. Manchmal haben wir auch Gefangene genommen und an Land wieder ausgesetzt, wenn wir ihr Schiff behalten haben. Es gab wenige Ausnahmen, bei denen wir Männer mitgenommen haben, wie zum Beispiel einen Zimmermann, den wir unbedingt für unsere Schiffsreparaturen brauchten, oder Thomas South, unseren Segelmeister.

Am Anfang machten wir es natürlich nur wegen des Geldes. Wir wollten reich werden, um selber ein besseres Leben führen zu können. Aber auf einem Piratenschiff hatten wir viel Zeit zu reden. Es waren oft Tage oder Wochen, in denen wir auf die nächste Prise warten mussten. Und weißt du, die Gespräche mit unseren farbigen Brüdern erschütterten mich am meisten. Es ist unvorstellbar, was sie als Sklaven durchmachen mussten, dabei sind sie doch genauso Menschen wie wir Weiße. Und der einzige Ort auf der Welt, an dem die Sklaven Macht haben können, ist auf einem Piratenschiff. Wir Gesetzlosen träumen von einem Staat, in dem der Piratenkodex die Vorlage der Gesetze wird und in dem alle Menschen gleichberechtigt leben können.« Sam sah nachdenklich in die Ferne.

»Und deshalb befreien wir Larou, weil alle Menschen gleich sind. Siehst du, deshalb mag ich Piraten doch. Aber ich bin trotzdem froh, dass ihr niemandem die Nase abschneidet.« Amy lächelte ihren Vater an.

»Warst du deshalb in den letzten Tagen so nachdenklich, weil du dachtest, wir bringen immer alle um?«

»Du hast doch auf der *Tanner* gesagt, es darf keine Zeugen geben.«

»Ach, du Dummerchen, das habe ich doch nur gesagt, weil Thomas Checkley mich bei der nächsten Behörde verpfiffen hätte und es besser für mich ist, wenn man Black Sam für tot hält.«

Fregatte Tanner

24. April anno 1728
Überfall geplant auf die Winchester.
38° 58', Wind: NO 45°, 16 Knoten, Vollmond.
Samuel Bellamy

Die Männer beratschlagten, wann der geeignete Zeitpunkt für die Befreiung wäre. Sam und Will einigten sich auf den 24. April, eine Vollmondnacht, das bedeutete, den Schutz der Dunkelheit nutzen zu können, aber genügend Licht für einen Kampf zu haben.

Am Morgen des 24. April herrschte reger Betrieb auf der *Marianne* und der *Tanner*. Die Mannschaften kletterten in die Wanten hoch, überprüften die Segel und Taue.

Alles, was unnötig herumstand, wurde im unteren Teil des Schiffes verstaut. Die Kanonen, Musketen und andere Waffen wurden gereinigt und das Deck mit Sand bestreut, damit man im Gefecht nicht ausrutsche.

Die Taktik des Überfalls stand fest, sämtliche Tricks sollten angewandt werden, um möglichst wenige Menschen zu gefährden. Es war ein Unterschied, ob man Menschen retten wollte oder ob man hinter einer Prise her war. Das Sklavenschiff sollte so wenig wie möglich beschädigt werden, und es durfte kein Feuer ausbrechen, weil man die angeketteten Gefangenen nicht unnötig in Gefahr bringen wollte.

Die *Tanner* glitt ruhig über die Wogen des Atlantik. Nur der Steuermann stand an seinem Posten und ein paar Matrosen waren in den Takelage. Dampier spielte eine wehmütige Melodie auf einem Schifferklavier und auf dem Hauptdeck amüsierten sich vier Männer mit einem Kartenspiel.

Als die Schatten länger wurden und das Meer im Sonnenlicht funkelte, zogen im Westen vereinzelte Wolken auf, durch die aufkommende Meeresbrise blähten sich die Segel stärker und trieben die drei Schiffe schneller voran.

Sam rieb sich die Hände. »Die Wolken kommen genau richtig, um den Mond zu verdunkeln.«

Wills Mundwinkel zogen sich zu einem breiten Grinsen nach oben. »John Julian würde jetzt sagen ...«

»... Alles kommt zur rechten Zeit!«, vollendete John Julian Wills Satz. »Und jetzt kommt zum Essen.«

Ben, der Smutje, hatte Fische gebraten, die die Männer fast schweigend aßen. Erst als Amy, Sean und Will verkleidet an Deck erschienen, kehrte die ausgelassene Stimmung zurück. Während es langsam dunkel wurde, zündete John Julian die Hecklaternen an wie jeden Abend.

In geraumem Abstand wurden die Lichter nacheinander verdunkelt, sodass es aussah, als ob sich die Schiffe immer weiter voneinander entfernen würden. Ebenso verhielten sich die Matrosen: Erst ging es laut und fröhlich zu, dann wurden die Stimmen leiser. In Wahrheit aber kamen sich die Schiffe näher in dieser lauen, wolkenverhangenen Vollmondnacht.

Die Zeit schien zu kriechen, endlich erklangen die vier sehnsüchtig erwarteten Doppelschläge der Schiffsglocke. Die Nachtwache begann um Mitternacht, gleichzeitig war auch Schichtwechsel auf der *Winchester*.

Auf der *Marianne* und der *Tanner* wurde zu dieser späten Stunde alles äußerst leise für den Kampf bereit gemacht. Sam band sich seine Pistolen an zwei seidene Schals, die er sich um den Hals hängte. So hatte er vier schussbereite Pistolen und musste nicht gleich neu laden.

Die Anspannung stieg, sie warteten noch den einen Schlag für halb eins ab. Inzwischen waren die beiden Schiffe links und rechts von der *Winchester* auf gleicher Höhe, und die Männer waren bereit.

Amy stand neben John Julian, vor Aufregung wurde sie von einem leichten inneren Zittern ergriffen. Es war keine Angst, denn sie brannte darauf, Larou endlich zu befreien, und sie war zu allem bereit.

Amy, John Julian, Mahdi, Jack und Saeed hatten die Aufgabe, sobald es die Lage auf dem Schiff zuließ, die Gefangenen zu befreien. Amy überprüfte noch einmal ihr Messer und das am Gürtel befestigte Säckchen mit Kalk, den sie demjenigen in die Augen streuen sollte, der ihr zu nahe kam. Außerdem hatte John Julian den Auftrag, auf Amy aufzupassen.

Die Stille verstärkte noch die Anspannung. Amy hörte das Rauschen der Wellen und das Schlagen der Segel und von fern die Stimmen von der *Winchester*, die über das Wasser zu ihnen drangen.

»Schanddeckel öffnen, Kanonen laden!«, gab Will vom Achterdeck leise den Befehl. Eilig und fast geräuschlos wurde der Befehl ausgeführt.

Sam sah besorgt Richtung Himmel. Die Wolken begannen, sich zu lichten. Will, der mit dem Fernrohr neben ihm stand, beruhigte ihn: »Der Mond wird zur rechten Zeit scheinen, denk an John Julian.«

Dann pfiff Will durch die Finger, das Zeichen,

den *Jolly Roger* zu hissen. James Ferguson begann, *Toccata for Cembalo* von *Alessandro Scarlatti* auf dem Spinett zu spielen.

Man kann sich nichts Unheimlicheres vorstellen, als wenn mitten in der Nacht in der endlosen Weite des Meeres plötzlich eine Melodie erklingt, als wäre man im Ballsaal eines Schlosses. Es stockt einem der Atem, die Klänge sind so unwirklich, dass man geneigt ist, sie für eine Sinnestäuschung zu halten.

Bei einem zweiten Pfiff feuerten sie mit einer Drehbrasse einen Warnschuss vor den Bug des Sklavenschiffes, das Zeichen, sich kampflos zu ergeben.

Der Knall der Kanone erschütterte die Stille der Nacht, und der dicke Qualm des Geschützfeuers nahm einem den Atem und die Sicht.

Langsam konnte Amy durch den Nebelschleier ihren Vater erkennen. Er stand auf der Reling und hielt sich an einem Tau fest. Wie gefährlich und furchteinflößend er aussah. Stolz erfüllte sie, einen Piraten zum Vater zu haben.

Sams Stimme erklang in die angespannte Stimmung wie ein Donnerschlag: »Ergebt euch, und wir werden euer Leben verschonen.« Anschließend befahl er: »Backbrassen« – ein Manöver, bei dem man die Segel in eine Stellung brachte, in dem der Wind sie gegen die Masten drückte und das Schiff so schnell zum Stehen kam.

Sie waren jetzt auf der gleichen Höhe mit der *Winchester*.

Und bis die Mannschaft der *Winchester* ihre Kanonen laden konnte, wären sie längst an Bord.

Enterhaken wurden geworfen, die sich tief in das Holz der *Winchester* bohrten. Von beiden Seiten zogen sich die *Tanner* und die *Marianne* an dicken Tauen immer dichter heran, bis die Mannschaft mit einem ohrenbetäubenden Lärm auf das Sklavenschiff hinüberschwingen konnte.

Kapitän Gerald Potts wurde durch den lauten Knall unsanft aus dem Schlaf gerissen. Die Fregatte schlingerte heftig, verursacht durch die Druckwelle der Kanonenkugel. Verwirrt fuhr er sich über sein kurzes Haar, dann zog er sich eilig an. An Deck herrschte eine alarmierende Unruhe, und vom Meer her kam eine schaurige Melodie. Oder bildete er sich das nur ein? »Verfluchte Piraten, hinterhältiges Pack, so schnell geben wir nicht auf.«

Schon beim Verlassen der Kabine brüllte der junge Kapitän Befehle an seine Mannschaft.

Schwarzer Pulverqualm stieg auf, und der Mond trat aus den Wolken hervor. Jetzt sah Potts deutlich die beiden Segelschiffe mit den *Jolly Rogers*, die die *Winchester* in die Mitte genommen hatten. Enterhaken flogen und krallten sich in die Reling, unzählige Piraten schwangen mit lautem Gebrüll auf sein Schiff.

Der Erste Offizier kam Potts atemlos entgegen. »Käpt'n, sollen wir uns ergeben?«

»Nein, wir kämpfen. Diese feigen Hunde, so leicht machen wir es den verdammten Piraten nicht«, brüllte Potts außer sich vor Wut.

»Verdammter Narr, wir sind in der Überzahl«, hörte man Sams Stimme über das Deck donnern.

Doch der Kapitän der *Winchester* wollte nicht kampflos aufgeben. »Niemals. Wie ein Weib erschleicht Ihr unser Vertrauen und dann jagt Ihr einem unbewaffneten Mann hinterrücks ein Messer in den Rücken.«

»Ihr habt etwas, das zu uns gehört, wir wollen den Jungen. Er gehört zu meiner Mannschaft«, erwiderte Sam.

»Ihr werdet Eure gerechte Strafe erhalten, die jedem Piraten zusteht.« Potts zielte Richtung Sam. Will schwang an einem Tau mit dem Degen in der Hand zu Potts hinüber, und mit einem gezielten Tritt flog die Muskete von Bord. Bis Will wieder auf den Beinen stand, hatte Potts bereits seinen Degen gezogen. Will reagierte schnell und wehrte den Schlag gegen ihn ab.

Schüsse fielen, der Klang von Metall auf Metall der ersten Schwertkämpfe übertönte die drohenden Worte von Potts.

Sam fluchte, eine blutige Auseinandersetzung hatte er eigentlich verhindern wollen, aber ihnen blieb nichts anderes übrig, als durch ein Gefecht die Sklaven zu befreien.

Schon kam Latif mit wutverzerrtem Gesicht und einem Degen bewaffnet auf ihn zu. Das Gefühl von Gefahr belebte Sam mit neuer Energie. Er war bereit zu kämpfen, um diesem Sklavenaufseher die gerechte Strafe zukommen zu lassen.

Die Degen der beiden sausten durch die Luft. Sie tänzelten eine Weile vor und zurück, griffen an und stießen zurück, Sam wollte abschätzen, welche Gefahr von seinem Gegner ausging. Auf Latifs Stirn zeigten sich die ersten Schweißperlen, sein Atem ging stoßweise, er war ein ernstzunehmender Kämpfer, doch seine Ausdauer war wohl nicht die beste. Sam wehrte die Klinge des anderen geschickt ab, er kämpfte erbarmungslos.

Amy stand am Fockmast, beschützt von John Julian. Sie sah ihren Vater mit einem riesigen Afrikaner die Klinge kreuzen.

Amy konnte nicht sagen, wer stärker war, deshalb schickte sie stumme Gebete Richtung Himmel, dass der Kampf bald zu Ende sein und Sam als Sieger daraus hervorgehen möge.

Überall um sie herum wurde gekämpft. Manche fielen getroffen zu Boden, es war ein Bild des Grauens. Entsetzt hielt sich Amy die Augen zu.

Sam wehrte in letzter Sekunde einen Stich auf sein Herz ab, indem er auf die Seite sprang, doch auf dem feuchten Deck verlor er das Gleichgewicht und die Spitze der Klinge streifte ihn. Durch den Schnitt färbte sich das weiße Hemd rot.

»Ergebt Euch freiwillig, ich habe Euch getroffen!«, triumphierte Latif.

Doch Sam war nichts anzumerken. »Wegen dem Kratzer doch nicht.« Er führte einen überraschenden Gegenangriff aus, der Latif ins Straucheln brachte, und kämpfte trotz Schmerzen ungerührt weiter. Es dauerte nicht lange, bis er Latif an der rechten Schulter traf. Latif verlor die Beherrschung, er kämpfte aggressiver, dadurch aber auch unüberlegter, was Sam zugutekam, und so gewann er die Oberhand.

Dann wurde es doch noch brenzlig, als Sam zu nah an den Niedergang kam und drohte, in die Lücke zu fallen. William Condon kam gerade noch rechtzeitig von hinten und zog Latif eins mit der Muskete über den Kopf, der daraufhin bewusstlos in sich zusammensank. Aus der Wunde am Hinterkopf sickerte Blut.

»Dank dir, mein Freund! Alle Achtung, du hast einen guten Schlag!«, stellte Sam anerkennend fest.

»Ich will dich nicht wieder verlieren!« Condon zwinkerte Sam zu, beugte sich über den Bewusstlosen, nahm ihm die Schlüssel ab und warf sie John Julian zu. »Fangt an, die Gefangenen zu befreien, wir können jede Hilfe gebrauchen.«

»John Julian, pass auf Amy auf!«, ermahnte Sam den Indianer.

»Das brauchst du mir nicht zu sagen, ich werde sie mit meinem Leben beschützen!«

Amy war erleichtert, dass ihr Vater nicht mehr mit diesem Riesen kämpfte. Auf dem Weg nach unten sammelte Saeed einige Waffen und Munition von den Toten ein. »Es gibt ein paar gute Männer da unten, die meine Sprache sprechen, und sie werden uns helfen.«

»Das ist gut, doch komm, wir sollten uns beeilen!«, trieb Mahdi die kleine Truppe an.

Der Anblick verletzter Menschen und der metallische Geruch nach Blut bereiteten Amy Übelkeit. Sie war nicht darauf gefasst gewesen, dass es Tote geben würde.

Niemand stellte sich ihnen in den Weg, alle Männer waren an Deck und kämpften. Auf dem Weg nach unten kam ihnen ein beißender Geruch wie von einer Kloake entgegen. Je tiefer sie in das Schiff eindrangen, umso mehr nahm es ihnen den Atem. Amy band sich ihr Halstuch um Mund und Nase. Dann ging sie schweigend weiter.

Das Orlopdeck war unbeleuchtet. Damit sie etwas sehen konnten, nahm jeder eine Laterne vom darüberliegenden Deck aus der Wandhalterung. Dann gingen sie dem unheimlichen Geräusch von Wehklagen und Schreien entgegen, das den Rumpf des Schiffes erfüllte. Amy fühlte sich noch unbehaglicher als bei den kämpfenden Männern an Deck. Sie hatte schon panische Angst, alleine in den Keller zu gehen und Vorräte heraufzuholen. Nur war das im Vergleich nichts zu dem, wie sie sich jetzt fühlte. Das Einzige, was sie daran hinderte, nicht fluchtartig umzukehren, war, dass sie Larou wiedersehen würde.

Endlich erreichten sie die Tür, hinter der sich die Sklaven befanden.

»Welcher Schüssel ist es nur. Ich brauch mehr Licht.« Jack, der neben ihm stand, hob seine Laterne näher an das Schloss, John Julian brauchte eine Zeit lang, um den richtigen Schlüssel zu finden. Amy stand nervös daneben und atmete erleichtert auf, als die Tür endlich knarrend aufsprang.

In dem Raum herrschte völlige Dunkelheit, die Luft war zum Zerschneiden stickig. Ein finsteres Loch voller stöhnender Menschen. Das schwache

Licht der Laternen reichte schon aus, um die Sklaven schmerzhaft zu blenden, weshalb sie sich schützend die Hand vor die Augen hielten.

Amys Magen zog sich krampfhaft zusammen, und es überkam sie das Gefühl, sich jeden Moment übergeben zu müssen. Sie konnte nicht atmen, ohne das würgende Gefühl in ihrem Hals zu spüren.

Die Menschen lagen so dicht aufeinander, dass man fast nicht durch die Reihen gehen konnte. Mahdi, Jack und John Julian fingen gleich vorne an, den Gefangenen die Fesseln zu lösen.

Amy wollte zuerst Larou finden. Sie würde erst ruhiger werden, wenn sie wusste, dass er noch am Leben war. Auch Saeed suchte nach seinen Leuten und Amy sah ihm an, dass er genauso besorgt war wie sie.

»Larou, Larou, bist du hier?«, rief sie gegen den Lärm, der durch die Befreiungsmanöver entstanden war. Tränen schimmerten schon in ihren Augen, weil sie von der panischen Angst erfasst wurde, Larou könnte nicht mehr unter den Lebenden sein.

»Hier bin ich. Verdammt, es wird Zeit, dass ihr kommt. Ich hätte es keine Stunde länger ausgehalten«, fluchte Larou.

Als sie bei ihm ankam, umarmte sie Larou. Er fühlte sich klebrig und feucht an und roch übel, aber darauf achtete Amy nicht.

»Ich bin so froh, dass du lebst.« Ihre Stimme bebte vor Erleichterung.

»Geh weg von mir.« Damit stieß er sie unsanft zur Seite.

»Was hast du denn?«

»Verdammt, kannst du dir das nicht denken? Ich bin seit Tagen ungewaschen.«

John Julian kam zu ihnen und löste die Fußfesseln, und er hatte noch eine Schusswaffe, die er Larou gab. Der Hass, den Amy im Schein der Laterne in Larous Augen sah, ängstigte sie.

»Larou, sei bitte vorsichtig, sie kämpfen.«

»Hoffentlich, mir ist nämlich gerade danach, jemanden in Stücke zu schneiden und den Haien zum Fraß vorzuwerfen.«

Damit verschwand er in der Dunkelheit.

»Julian, was hat er nur?«

»Lass ihn, er muss erst seine Wut loswerden. Komm, wir haben noch viel zu tun, bis alle Schlösser geöffnet sind.«

Es wollte gar kein Ende nehmen. Amy konnte es nicht begreifen, wie viele Menschen sich in dem Raum befanden.

Manche Gefangenen sprangen gleich auf wie Larou, viele blieben aber liegen, sie waren zu schwach oder krank, um aufzustehen. Amys Herz zerriss es fast vor Mitleid, Tränen liefen ihr einfach so über die

Wangen, während sie einen Sklaven nach dem anderen befreite.

Jetzt war sie voller Dankbarkeit und Liebe für ihren Vater, dass er sein Leben aufs Spiel setzte, um diesen Menschen zu helfen. Nein, nicht nur für ihren Vater, sondern jeden einzelnen Mann, der vom Gesetz her Pirat genannt wurde.

Als Larou atemlos oben ankam, herrschte an Deck das blanke Chaos. Degen klirrten, Pistolen krachten, und von den Mündungsfeuern stiegen weiße Rauchwolken auf. Die Luft roch nach Schwarzpulver. Das Focksegel hatte Feuer gefangen, das sich aufwärts züngelte.

Larou wollte nur *einen* Menschen vor die Flinte bekommen: Latif, den Quartiermeister. Suchend sah er sich um, aber Latif befand sich schon nicht mehr unter den Kämpfenden. Mit einer schweren Kopfverletzung lag er in seinem eigenen Blut. Larou gab ihm einen Tritt, sodass er sich auf den Rücken drehte. Dann spuckte er auf ihn. »Verräter, du sollst in der Hölle schmoren.« Mit diesem Mann konnte er kein Mitleid haben.

Latif stöhnte und öffnete seine gelblich trüben Augen einen Spalt. »Hilf mir. Wir müssen doch zusammenhalten.«

Seine Worte machten Larou noch wütender, mit ausgestreckten Armen stand er vor ihm und zielte auf Latifs Herz.

»Fahr zur Hölle, du elendiger Hundesohn. Du hast dein ganzes Volk verraten und jetzt erhältst du dafür die gerechte Strafe.«

Larou stand da und zitterte, er wollte abdrücken, aber er konnte es nicht. Vor ihm lag der Mensch, den er am meisten auf der Welt hasste, aber er brachte es nicht fertig, ihn zu töten.

Will war es gelungen, den Kapitän in einem Zweikampf zu besiegen, und die restliche Mannschaft ergab sich. Großer Jubel herrschte bei den Piraten.

Suchend sah Sam sich nach Amy um und entdeckte Larou. Mit großen Schritten ging er zu ihm. »Es ist vorbei, du bist ein freier Mann.«

Larou stand mit weit aufgerissenen Augen da und zitterte immer noch. »Ich hasse ihn, aber ich kann ihn nicht erschießen.«

Sam legte die Hand auf seine Schulter, mit der anderen nahm er ihm die Pistole ab.

»Du brauchst niemanden zu töten, wir haben gesiegt. Du bist frei.«

»Gib mir dein Messer, ich muss ihn töten.« Larou war ganz außer sich und völlig verwirrt.

»Die Schuld musst du nicht auf dich nehmen, er wird seine gerechte Strafe bekommen.«

Latif stöhnte, Blut quoll ihm aus Mund und Nase, ein letztes Zucken durchfuhr seinen Körper, dann war sein Leben zu Ende.

Sam zuckte gleichgültig mit der Schulter. »Siehst du, jeder bekommt seine gerechte Strafe. Komm jetzt. Holen wir erst mal Wasser. Wenn du gewaschen bist, fühlst du dich gleich besser.«

In aller Eile wurde auf dem Schiff das brennende Segel gelöscht, anschließend wurden die Verwundeten versorgt. Andere warfen die Toten der *Winchester* über Bord und reinigten das Deck. Als der Brand gelöscht war, gab es Wasser für die Befreiten, außerdem wurden ihre Haare geschoren, da alle Läuse hatten.

Als Amy von unten hochkam, wimmelte es an Deck von Verletzten und vor allem von kranken Sklaven, die versorgt werden mussten.

Dr. James Ferguson war der erste bekannte Mensch, den sie sah. Er säuberte gerade an der Schulter von Bill Crackston eine Wunde. Als James Amy sah, winkte er sie gleich zu sich.

»Wenn du kannst, hilf mir. Reiß aus dem Segeltuch schmale Streifen und wickle sie auf. Ich brauche sie zum Verbinden, meine Vorräte sind schon alle aufgebraucht.«

»Hast du meinen Vater gesehen, er ist verletzt.«

»Ich hab ihn als Erstes versorgt, es ist nur ein Kratzer, nicht schlimm. Hier ist das Segeltuch.« James zeigte auf den Stoff, der unter dem Tisch lag.

»James, ich bin so schmutzig, ich habe gerade die Sklaven befreit.« Besorgt sah sie Bill an, der stöhnte, als seine Wunde verbunden wurde.

»Wir bekommen Bill wieder hin, die Wunde ist nicht tief, und jetzt geh und wasch dich und dann kannst du mir helfen.«

Amy hätte lieber zuerst nach Larou oder ihrem Vater gesucht, aber ihre Hilfe wurde gebraucht, also begann sie, nachdem sie einigermaßen sauber war, das Segeltuch in Streifen zu reißen. Bei jeder Gelegenheit sah sie sich suchend um, ob sie nicht irgendwo Sam oder Larou entdeckte.

Die restlichen neunzehn Männer der *Winchester* standen in einer Reihe, und Will gab ihnen die Möglichkeit, sich den Piraten anzuschließen und einen Eid auf den Kapitän zu schwören. Andernfalls würde man sie auf der nächsten Insel aussetzen.

Die ersten Strahlen der Sonne verdrängten die Dunkelheit. In einem lieblichen Schauspiel von Farben kündigte sich ein neuer Tag an.

»Schiff in Sicht, von Süd-Südost«, brüllte Joseph Dampier, als er die Wanten hochkletterte, um Jako von der Rah, der Querstange des Mastes, zu holen. Die Männer starrten in die Richtung des näher kommenden Schiffes.

»Verdammt. Alles, was wir jetzt noch brauchen, sind Zeugen«, fluchte Will.

Richard Carverley brachte ihm ein Fernglas.

»Sam, schnell, komm her.« Will reichte ihm das Glas. »Siehst du, was ich sehe?«

Amy, die alles beobachtete, ließ ihre Arbeit liegen und war froh, endlich ihren Vater zu sehen. Schnell lief sie zu ihm. Ihr war gar nicht wohl bei dem Gedanken, dass sie vielleicht noch einmal kämpfen mussten. Sie waren gerade glimpflich davongekommen, denn fast alle Toten waren von der *Winchester*. Ein halbes Dutzend der Toten stammte von der *Tanner*. Ihnen war zum Verhängnis geworden, dass sie keine geübten Kämpfer waren so wie die Piraten.

Sam stieß einen Pfiff aus. »Beim Klabautermann, die *La Postillon*.«

»Mit Oliver Levasseur, dem Satansbraten«, freute sich Will und rieb sich die Hände.

Amy machte sich bemerkbar, indem sie an Sams Jacke zupfte.

»Da bist du ja, mein Engel, ich habe dich schon überall gesucht.« Er drückte sie fest an sich, verzog dabei aber sein Gesicht, weil seine Wunde schmerzte.

»Bist du schwer verletzt?«, fragte Amy besorgt.

»Es ist nur ein Kratzer, halb so schlimm.«

»Wer ist das?« Sie deutete auf das ankommende Schiff.

»Oliver Levasseur, genannt La Buse. Ein guter alter Freund, mit ihm haben wir schon viele Kaperfahrten unternommen.«

Oliver Levasseur hatte gleich die *Marianne* erkannt und ließ es sich nicht nehmen, das Schauspiel aus der Nähe zu betrachten. Schon von Weitem rief er: »Ich dachte schon, Käpt'n Eduard Low sei wieder unter uns bei dem Anblick der vielen Leichen, die uns entgegentrieben, und jetzt ist es unser sonst so friedlicher Kapitän Will.«

Als La Buse an Bord kam, staunte er nicht schlecht. »Ach nein. Black Sam, dass du der Hölle entkommen bist, wundert mich nicht. Du warst ja schon immer mit dem Teufel im Bund«, rief er erfreut und grinste Sam breit an.

Amy lugte vorsichtig hinter Sam vor. La Buse

war ein Pirat, so wie sie sich Piraten immer vorgestellt hatte: im schwarzen Gewand, das einst wohl sehr kostbar gewesen, aber durch die ständige Sonne und Gischt ausgebleicht war. Sein weißes Spitzenhemd hingegen war von strahlendem Weiß, und auf seinen dunklen Haaren trug er einen Hut mit breiter Krempe. Er hatte eine große Nase, kleine Adleraugen und wenn er sprach, staunte sie über seinen französischen Akzent. Doch sein Lachen klang irgendwie hämisch.

Die Männer umarmten sich brüderlich, sodass man fast ihre Rippen brechen hörte. Dann entdeckte Oliver Levasseur Amy.

»Das ist meine Tochter«, erklärte Sam, der sich nach der heftigen Umarmung schmerzhaft seine verwundete Seite rieb.

La Buse reichte ihr die Hand und deutete einen Handkuss an. »Ich habe schon viel von dir gehört. Zum Glück hast du die Schönheit deiner Mutter geerbt und nicht das Aussehen des elendigen Piraten hier«, bemerkte er weniger galant.

»Von mir gehört?«, fragte Amy neugierig.

La Buse lachte schelmisch. »Will stöhnte immer über dich, du bist wohl ein ganz schlimmer Satansbraten. Na, wen wundert's, bei *dem* Vater.« Damit packte er Amy an der Nase.

Normalerweise hätte Amy gegen eine solche Behandlung lautstark protestiert, doch sie sah den Piraten nur staunend an.

Während Oliver Levasseurs Mannschaft dabei half, die Schiffe wieder in Ordnung zu bringen, berieten sich die drei Kapitäne mit Saeed, was sie mit den befreiten Sklaven machen sollten.

Saeed übersetzte die Frage. Es stellte sich heraus, dass bis auf vier Sklaven und Saeed alle zurück in ihre Heimat wollten. Von den Männern konnte keiner ein Segelschiff navigieren, und Wills Mannschaft war zu klein, um sich noch einmal aufzuteilen.

Deshalb bot La Buse an, sein Schiff zur Verfügung zu stellen, wenn er bei Will mitkommen könnte.

Amy sah sich nach Larou um, und endlich entdeckte sie ihn: Er saß an die Reling gelehnt, den Kopf auf den Knien und die Arme darum geschlungen. John Julian war bei ihm.

Als Amy in Larous Richtung gehen wollte, bedeutete John Julian ihr, dass es im Moment besser wäre, ihn in Ruhe zu lassen.

Fregatte Tanner

6. Mai anno 1728
Sonderbare Vorkommnisse an Bord.
36° 29'. Wind: Schlechtwetterfront aus
NNO 22.5°, 38 Knoten.
Samuel Bellamy

Sam blieb auf der *Tanner*, John Julian wurde Quartiermeister und Thomas South Segelmeister.

William Condon wurde Kapitän der *Winchester*, und Will blieb auf der *Marianne*, gemeinsam mit Oliver Levasseur. So konnte die Reise fortgesetzt werden.

Auch Larou wollte auf die *Tanner*, aber er war still geworden. Entweder saß er im Krähennest, am Bug oder er schlief tagsüber. Denn am schlimmsten waren die Nächte.

Larou ertrug die Dunkelheit nicht, und das Ächzen des Schiffes und das Knarren der Balken weckten in ihm die Erinnerung an die stöhnenden Menschen, die dicht an dicht gefesselt und schwer atmend nebeneinanderlagen. Und er erinnerte sich nur zu gut daran, wie es plötzlich still geworden war, wenn wieder jemand gestorben war.

Dazu kam die Ungewissheit, ob man vielleicht der Nächste sein würde. Er schwankte immer zwischen dem Wunsch, unbedingt überleben zu wollen und möglichst bald zu sterben, um von diesem unmenschlichen Leiden erlöst zu werden.

Larou konnte nicht im Dunkeln liegen, er musste seine Freiheit fühlen, indem er sich frei bewegte und den Mond und die Sterne beobachtete. So streifte er nachts oft durch das Schiff, ging dabei aber der Mannschaft aus dem Weg. Tagsüber schlief er irgendwo an Deck, wo ihn die Sonnenstrahlen und der Wind fühlen ließen, dass er kein Gefangener mehr war.

»Sam, Larou macht mir so langsam Sorgen, vielleicht kannst du mit ihm reden?«, bat John Julian.

Die beiden standen auf dem Kampanjedeck und blickten Richtung Bug, wo Larou alleine saß.

»Ich? Meinst du nicht, dass du das besser kannst? Schließlich teilt ihr das gleiche Schicksal.«

John Julian schüttelte nachdenklich den Kopf. »Nein, ich denke, er braucht eher Anerkennung von einem Weißen, damit er weiß, dass er nicht weniger wert ist als ihr.«

Sam atmete tief durch, er hatte keine Ahnung, womit er dem Jungen seinen Schmerz nehmen sollte, er war auch nicht besonders gut im Trösten.

Besorgt sah Sam mit dem Fernrohr Richtung Horizont. »Es ziehen dunkle Wolken auf. John Julian, achte auf das Wetter, damit wir rechtzeitig die Segel reffen, und Großbramsegel und Vorbramsegel reffen wir besser gleich.«

»Aye, aye, Käpt'n.«

Dann gab er John Julian das Fernrohr. »Ich gehe dann mal zu Larou.«

Larou saß an den Fockmast gelehnt, er hatte die Knie angezogen und strich sich über den Kopf, auf dem wieder die ersten Haare sprossen. Henry schnurrte um ihn herum. Der Kater war zurzeit der Einzige, der in seine Nähe durfte.

»Die wachsen wieder, ich sah nach dem Untergang der *Whyduh* genauso kahl aus«, sprach Sam ihn an.

»Lange Haare sind für unser Volk von großer Bedeutung, es ist das Vorrecht eines freien Mannes. Nur Sklaven werden die Haare geschoren«, erklärte Larou frustriert.

»Nach einem Jahr konnte ich sogar schon wieder einen Zopf machen.« Sam ging in die Knie und setzte sich neben den Jungen.

»Aber mich hat man für einen Schwarzen gehalten.«

»Du bist nicht schwarz.« Sam hielt seinen gebräunten Arm neben den von Larou. »Siehst du, kein Unterschied. Meine Haut wird von der Sonne genauso dunkel wie deine. Und überhaupt sollte kein Mensch wegen seiner Hautfarbe beurteilt werden, nur weil irgendein König sagt, die Weißen sind gut und die Schwarzen müssen für sie malochen. Wir sind Menschen, kein Schachspiel. Schau dir die Besatzung der *Marianne* an, wir sind eine Hand voll Engländer, der Rest ist von überallher. Wir halten zusammen, sie haben das Risiko in Kauf genommen, zu sterben, um dich zu retten.«

Larou starrte betroffen vor sich hin. »Wie geht es Bill?«

»Bill Crackston geht es besser, die Wunde heilt langsam zu und nässt nicht mehr. Hab deswegen keine Schuldgefühle. Bill hat sich entschlossen, dir zu helfen, weil er weiß, dass wir ihm auch helfen würden, wäre er in Gefahr! Du hast auch Amy befreien geholfen, obwohl du wusstest, dass damit dein Leben in Gefahr war!«

»Ja schon. Aber du würdest Amy auch keinen Sklaven heiraten lassen«, kam die provozierende Antwort.

Sam grinste. »Aha, daher weht der Wind.«

»Nein, so habe ich es jetzt auch nicht gemeint.« Larou wurde rot.

»Larou, Amy darf einmal ganz alleine entscheiden, wen sie heiraten will. Aber eins darfst du mir glauben, egal ob schwarz oder weiß, jung oder alt, arm oder reich: Er muss erst mal an mir vorbei, und ich werde ihn im Auge behalten, damit er meine Tochter so sein lässt, wie sie ist.«

Da musste Larou auch wieder lächeln. »Der arme Kerl, er wird es nicht gerade leicht haben mit euch beiden.«

»Da könntest du recht haben. Aber bei einem bin ich mir sicher: Die Frau, die dich mal bekommt, die wird es sehr gut bei dir haben. Eure Sitten haben mich schwer beeindruckt.«

Larou zuckte mit den Schultern und seufzte.

»Was ist mit dir, verfolgt dich immer noch die Erinnerung an deine Gefangenschaft oder fehlt dir deine Familie?«

Nachdenklich starrte Larou auf das Meer, dann sagte er leise: »Es ist wohl beides, das Leben in der Wüste ist hart. Dort könnte ich nicht tagsüber schlafen und nachts wach sein, dort müsste ich funktionieren, um zu überleben. Ich glaube, ich habe hier zu viel Zeit zum Nachdenken.«

»Ja, ich kenne das, mir ging es nach dem Untergang der *Whydah* ganz ähnlich, erst als ich auf den *Roten Löwen* kam, ging es mir wieder besser. Übrigens, ich möchte Amy gerne alles beibringen, was ich von Kapitän Hornigold gelernt habe und gerade bringt ihr Thomas South lesen und schreiben bei. Möchtest du es ab morgen auch lernen?«

»Ich?«

»Ja, du, du bist bestimmt ein guter Schüler, der schnell begreift.«

Larous Augen bekamen ihren Glanz zurück. »Oh, ja, natürlich.«

Da es heute so stürmisch war, hatte Sam die Haare mit seinem rotgemusterten Halstuch zurückgebunden. Jetzt machte er das Tuch ab und gab es Larou.

»Hier, nimm, du brauchst es mehr als ich.«

Sam machte mit seinen langen lockigen Haaren einen Knoten, damit der immer stürmischer werdende Wind ihm die Sicht nicht nahm.

Larou lächelte dankbar. »Danke, Käpt'n.« Damit band er das Tuch um seinen kahlen Kopf.

»Refft die Segel, bis auf das Großmarssegel.« John Julians Stimme schallte gegen den Wind über das Deck, doch der einsetzende Platzregen übertönte seine Stimme.

»Larou, ich klettere hoch zum Marsrahe, du reffst unten mit der Gordings.« Während er sprach, band sich Sam bereits ein Seil zum Sichern um.

»Aye, aye, Käpt'n.«

Chester Longmore kam hinzu und sah Larou aus

seinen hellen Glupschaugen bedrohlich an. »Gib mir ein Tau, ich klettere auch hoch.«

»Bleib du besser unten, ich gehe mit dem Käpt'n mit.« Larou wollte sich schon das Tau umbinden, als es ihm von Longmores krallenartigen Fingern entrissen wurde.

»Du Landratte bleibst besser unten, was verstehst du schon vom Einholen der Segel?« Damit stieß er Larou unsanft beiseite und folgte Bellamy hoch in die Wanten.

Kopfschüttelnd sah Larou ihm nach, der Typ war ihm nicht geheuer, er würde ihn im Auge behalten.

Der Wind war inzwischen kräftiger geworden, und der Regen war so stark, dass er die Kleider sofort durchnässte. Besorgt sah Larou hoch, Chester Longmore stand inzwischen neben Sam und sie zogen gemeinsam das Segel hoch. Als die Fregatte schlingerte, verlor Longmore das Gleichgewicht und fiel gegen Sam, der gerade freihändig dastand.

»Achtung, Sam!«, brüllte Larou gegen den Wind an. Doch es war zu spät. Sam fand keinen Halt an der glitschigen Rah und fiel kopfüber hinunter. Vom Wind wurde er gegen das Segel geschleudert, wobei er den Mast streifte.

Larou fluchte. Flink kletterte er hoch, um seinem Käpt'n zu helfen. Als Akrobat war er es gewohnt, sein Gleichgewicht auszubalancieren.

»Thomas, stell dich an die Webleinen und versuch, den Käpt'n aufzufangen«, brüllte Larou gegen den Wind Thomas South zu, der auf der anderen Seite unterhalb des Segels stand, während er versuchte, das Tau, an dem Sam kopfüber hing, hin- und herzuschwingen. Als das Tau stark genug schwang, schrie Larou: »Thomas, jetzt, fang ihn.«

»Ich hab ihn«, hörte er Thomas South rufen.

Larou sah trotz Regenschleier, wie Thomas South den bewusstlosen Käpt'n über die Schulter legte und nach unten stieg.

»Longmore, du hättest mir ruhig helfen können.«

Larou sah sich nach dem Ersten Offizier um, doch er stand nicht mehr neben ihm. Also band er das Segel alleine fest.

Sobald Larou mit dem Segelreffen fertig war, sah er nach dem Kapitän. Sam bekam gerade von James einen neuen Verband um die Brust gebunden.

»Komm, Larou, setz dich.«

Als James fertig war, stand Sam auf, ging auf Larou zu und klopfte ihm anerkennend auf die Schulter. »Danke, Junge. Siehst du, so schnell geht's, jetzt hast *du mir* das Leben gerettet.«

»Das ist doch nicht der Rede wert, Käpt'n«, erwiderte Larou bescheiden.

Zwei Stunden später kam Sam an Deck, er fühlte sich wieder kräftig genug, um das Kommando zu übernehmen. Es regnete kaum noch, dafür wehte immer noch ein starker Wind.

»Sam, geht's dir wieder besser?« John Julian stand auf dem Kampanjedeck an der Reling und beobachtete den Himmel.

»Mein Kopf dröhnt noch etwas, aber seit meiner alten Kopfverletzung ist das nichts Neues. Was macht das Wetter?«

»Der Regen hat schon wieder nachgelassen, es war nur eine kurze Schlechtwetterfront, und im Westen hellt es sich bereits wieder auf.«

»Sam, Achtung.« Mit einem Hechtsprung sprang Larou auf Sam und warf ihn um. In dem Moment stürzte donnernd ein Schotblock, den man verwendet, um die Zugrichtung der Taue zu ändern, auf das Deck.

John Julian war auch auf die Seite gesprungen und half den beiden jetzt beim Aufstehen.

»Larou, nun hast du dem Käpt'n schon zum zweiten Mal das Leben gerettet.«

»Was war das?« Sam stand auf und prüfte seine Knochen, ob er sich verletzt hatte.

John Julian bückte sich, um den Schotblock aufzuheben. »Scheint sich gelöst zu haben bei dem Unwetter.«

Alle drei sahen zu den Masten hoch.

Philip Hopkins kletterte eben nach oben, um die Wache im Krähennest zu übernehmen.

»Merkwürdig. Larou, kannst du überprüfen, ob ein Tau gerissen ist?«

»Aye, aye, Käpt'n.«

»Nochmals danke, Larou.« Sam klopfte Larou auf die Schulter.

Larou sah sich die Stelle genau an, wo der Schotblock befestigt gewesen war. Was ihn äußerst misstrauisch machte, war, dass das Tau akkurat durchtrennt war. Ein Tau konnte niemals so glatt reißen. Hatte hier jemand nachgeholfen und es durchgeschnitten?

Mit seinem Verdacht ging er zum Käpt'n und zu John Julian.

»Mhh, das ist nicht gut.« Sam fuhr sich über die Stirn.

»Ich verhöre Philip Hopkins, sobald er vom Krähennest herunterkommt. Vielleicht hat er etwas bemerkt.« John Julian sah hoch zu Hopkins. »Oder er war es am Ende selber.«

»Vermutlich.« Sam überlegte. »Lass ihn mal lieber, wir sagen unserer alten Besatzung von der *Marianne* Bescheid und behalten die Mannschaft von der *Tanner* besser im Auge. Ich denke, das war nicht die Tat eines Einzelnen.«

Auch in dieser Nacht konnte Larou nicht schlafen und zog seine Runden über das Deck. Im Batteriedeck, bei der Bilgenpumpe, hörte er Stimmengemurmel und bemerkte einen schwachen Lichtschein. Nachts mussten doch alle Lampen unter Deck gelöscht sein, wer verstieß gegen diese Regel?

Larou schlich sich noch etwas näher heran und erkannte die raue Stimme von Brian Norris.

»Verflucht, der Käpt'n ist zäh wie ein elender Straßenköter.«

»Das wäre *die* Gelegenheit gewesen. Was sollen wir jetzt tun?« Das war die tiefe Stimme des Smutje Ben Bradford.

»Hopkins und ich haben es jetzt schon versucht, ich würde sagen, jetzt bist du dran, Barry«, schlug Brian Norris düster vor.

»Nein, ich will das nicht«, jammerte Jack Berry.

»Sei still. Überleg mal, den Schatz nur mit fünfen zu teilen, ist doch allemal besser als mit dutzenden von Piraten. Außerdem kommt noch die Schmuggelware dazu, die wir zum verabredeten Zeitpunkt abliefern werden. Wenn wir Bellamy am Leben lassen, können wir die Belohnung für den Käpt'n auch noch kassieren. Du bist ein gemachter Mann und brauchst dich dein ganzes Leben lang nicht mehr herumkommandieren zu lassen«, erinnerte ihn Chester Longmore.

Ben Bradford sprach mit bedrohlicher Stimme, die keine Widerrede duldete: »Hör gut zu, Berry, beim vierten Doppelschlag der Mittagswache schnappst du dir die Göre des Käpt'n und lässt sie nicht wieder los. Den Rest machen wir vom Backdeck aus. Wenn du dich weigerst, wirst du schneller über Bord sein, als dir lieb ist. Hast du das verstanden? Und jetzt kommt, die Hundswache beginnt gleich.«

Larou wollte sich gerade in einer dunklen Ecke verstecken, als ihn jemand von hinten packte. Fast hätte er einen schrillen Schrei ausgestoßen, doch jemand hielt ihm grob den Mund zu.

»Schau einer an. Wen haben wir denn da? Des Käpt'n Schützling, für den wir alle unser Leben riskieren mussten.« Philip Hopkins' Stimme klang nah an Larous Ohr.

Die anderen vier Männer sahen ihn bedrohlich an. Nur bei Berry war pure Angst in den Augen zu erkennen.

»Was machen wir mit der Ratte?«, fragte Bradford schließlich.

»Wir schmeißen ihn am besten sofort über Bord«, schlug Brian Norris vor.

»Der Indianer lungert an Deck herum, und ihm entgeht nichts«, erklärte Hopkins, der eben von dort kam. »Wir werden morgen das Schiff kapern, und danach können wir uns seiner entledigen. Vorerst sperren wir ihn in den Vorratsraum, in dem auch Bellamy war.«

Atemlos saß Larou in der dunklen Kammer. Sein Herz raste immer noch von dem Schreck. Und die Situation, tief im Schiffsrumpf gefesselt zu sein, machte das Ganze nicht besser. Alles erinnerte ihn an seine Gefangenschaft auf der *Winchester*. Er geriet in Panik. Was sollte er jetzt tun?

Zuerst musste er ruhiger werden und dann irgendwie freikommen, um den Käpt'n zu warnen.

Seine Hände waren mit einem alten Seil auf dem Rücken gefesselt, und auch seine Füße waren zusammengebunden.

Doch Larou spürte, dass das Seil schon rau war. Wenn er irgendwo eine scharfe Kante finden könnte, dann könnte er vielleicht Stück für Stück die Fasern lösen.

Vorsichtig robbte er vorwärts, bis er gegen eine Kiste stieß. Mit seinen Händen versuchte er, die Kante abzutasten, ob er irgendwo eine Stelle fand, an der das Holz so rau war, dass man mit ihm das Seil durchtrennen konnte.

Tatsächlich musste er nicht lange suchen, aber es war mühselig und schmerzhaft, in so einer Haltung die Kante entlangzufahren. Außerdem machte das Schwanken des Schiffes die Sache nicht einfacher. Es würde schwierig werden, den Strick zu durchtrennen, und das Ganze würde bestimmt Stunden dauern. Aber er musste es versuchen.

Fregatte Tanner

7. Mai anno 1728
Kampanjedeck kalfatert.
32° 50', Wind: OSO 112°, 22 Knoten.
Samuel Bellamy

Die Regenwolken vom Vortag waren weitergezogen, der Himmel war strahlend blau, nur am Horizont türmten sich dicke Wolken wie Schneeberge, die sie nie zu erreichen schienen.

Amy war früh wach und lungerte an Deck herum. Normalerweise hatte sie morgens Unterricht und lernte lesen, schreiben und rechnen, auch navigieren oder fechten. Nur heute redete Sam schon ewig mit John Julian und Thomas South.

Was gab es hier nur so Wichtiges zu besprechen, dass ihr Vater sogar den Unterricht ausfallen ließ?

Amy verstand es nicht. Auch von Larou fehlte heute jede Spur, sonst hätte sie sich endlich einmal mit ihm aussprechen können.

Gelangweilt schlenderte Amy an der Reling entlang und beobachtete die Männer an Deck. Die laxe Arbeitsmoral der Piraten ärgerte sie, ständig hörte man das Klacken von Würfeln oder sie spielten Karten, wenn sie keinen Dienst hatten.

Auch die Stimmung war irgendwie angespannt. Einige Seemänner der *Tanner* hatten offenbar Schwierigkeiten, sich an die neue Situation anzupassen, man spürte eine gewisse Feindseligkeit. Amys Blick ging nach oben zu den Segeln und den Masten. Das Tauwerk gehörte wieder geteert und das Deck abgedichtet, denn in den Schlafräumen wurde es schon feucht.

Bevor sie sich also noch länger langweilte, holte sie das nötige Werkzeug und machte sich an die Arbeit, so wie sie es von Gilbert gelernt hatte.

Es dauerte nicht lange, und Jack Barry stand unsicher vor ihr. »Kann ich helfen?«

»Gerne, ist 'ne Menge Arbeit, Ihr habt bestimmt schon lange nichts mehr auf dem Schiff in Ordnung gebracht?«

»Nein.« Er kniete sich neben sie und half, den in Teer getränkten Hanf in die Spalten des Schiffsbodens zu klopfen.

Amy schaute Jack an. Eigentlich war er richtig hübsch mit dem blonden Zopf und seinen blauen Augen, aber da er so schüchtern war, wirkte er völlig unscheinbar.

»Wie alt bist du?«

»Neunzehn.«

»Woher kommst du?«

»Neu-England.«

»Und wo sind deine Eltern?«

»Tot.«

»Das tut mir leid. Hast du Geschwister?«

Jack Barry schüttelte nur den Kopf und sah noch bedrückter aus als zuvor.

Amy arbeitete verbissen weiter. Was hatte der nur, warum redete er nicht mit ihr? Jungs waren komisch.

»Das lob ich mir, so fleißige Matrosen, darf ich euch helfen?« Mit einem breiten Grinsen stand der Doktor vor ihnen.

Amy freute sich. »Das hast du doch nicht ernst gemeint, als du sagtest, dass du gerne das Deck schrubbst?«

»Doch, doch, natürlich meinte ich das ernst.«

Damit zog James seine Jacke aus, legte sie über eine Kanone und krempelte die Ärmel hoch.

Jede halbe Stunde, wenn die Schiffsglocke geschlagen wurde, zuckte Jack Barry zusammen. Kalter Schweiß lief ihm über die Stirn. Ihm war speiübel. Und bald würde es Mittag sein.

James und Amy plauderten und kamen dabei zügig voran.

Plötzlich drehte sich James nach ihm um. »Jack, wie gefällt es dir, unter dem Kommando von Käpt'n Sam zu segeln?«

»Gut«, antwortete er leise.

James sah ihm direkt in die Augen, und Jack hatte das Gefühl, dass der Doktor alles über ihn wusste.

»Ist dir nicht gut?« James sah ihn prüfend an.

»Doch, doch es ist nur sehr heiß.«

James sah Richtung Sonne, die heute wirklich erbarmungslos vom strahlend blauen Himmel brannte. »Trink etwas, dann wird's dir bald besser gehen.«

Langsam stand Jack auf, er war sich nicht sicher, was er machen sollte. Im Stehen war ihm noch schwindeliger.

»Ich habe auch Durst, ich komme mit.« Damit ließ Amy ihr Kalfatereisen fallen und sprang auf. Gemeinsam mit Jack ging sie aufs Großdeck, wo ein Wasserfass stand.

Kopfschüttelnd sah James ihnen nach. Der Junge war wirklich merkwürdig. John Julian hatte ihm gesagt, er solle Jack im Auge behalten, es könne eine Meuterei im Gange sein. Eigentlich hatte er Jack das nicht zugetraut, aber so, wie der sich verhielt, wusste er tatsächlich etwas.

Nach dem Gespräch mit dem Käpt'n machte sich John Julian auf die Suche nach Larou. Es war nicht normal, dass er nicht an Deck war, irgendetwas stimmte nicht. Besorgt durchsuchte er das ganze Schiff und fand Larou endlich im Laderaum.

»Gott sei Dank, John Julian, du hast mich gefunden.« Die beiden fielen sich in die Arme.

»Wie kommst du hierher?«

»Philip Hopkins hat mich erwischt, als ich sie belauscht habe. Die wollen zur Mittagswache das Schiff kapern.«

»Verdammt, die ist jetzt. Warum warst du so lange hier und bist nicht hochgekommen?«

»Die hatten mich gefesselt, ich habe die Fesseln eben erst aufbekommen.«

»Komm schnell, wir müssen die Meuterei verhindern.«

Thomas South läutete die Schiffsglocke zur Mittagsschicht. Vier Doppelschläge. Während der letzte Glockenschlag nachhallte, herrschte eine merkwürdige Stille auf der *Tanner*.

Jack stand da und suchte umständlich nach seinem Messer. Seine Hände zitterten, und er fühlte sich, als würde sein Frühstück jeden Moment wieder hochkommen. Eigentlich mochte er das Mädchen, und er wollte ihr auch auf keinen Fall wehtun, aber ständig mit der Angst zu leben, plötzlich über Bord geworfen zu werden, war auch nicht viel besser.

Chester Longmore, Philip Hopkins, Brian Norris und der Smutje Ben Bradford, der jetzt eigentlich die Mannschaft mit Essen versorgen sollte, standen schwer bewaffnet auf dem Backdeck.

»Wir werden das Schiff übernehmen, ergebt euch besser kampflos, sonst wird es der Göre vom Käpt'n schlecht ergehen«, dröhnte Longmores Stimme über Deck.

»Jack, schnapp dir endlich die Göre«, brüllte Hopkins.

Als Amy die Männer mit den Pistolen in der Hand sah, war sie starr vor Schreck. In diesem Moment packte Jack sie am Hals und hielt ihr sein Messer an die Kehle.

»Bitte bleib ruhig stehen, ich will dir nicht wehtun«, flüsterte er leise.

»Dann lass mich einfach los«, fauchte sie wütend.

»Ich kann nicht, dann werden die mich umbringen«, jammerte Jack.

Amy gab ihm einen kräftigen Tritt gegen das Schienbein, was ihn jedoch nicht weiter störte, da sie barfuß war.

»Wir kommen zu spät«, stellte Larou entsetzt fest, als er mit John Julian atemlos an Deck ankam.

»Nein, genau richtig.«

John Julian überprüfte kurz mit seinen Adleraugen die Lage. »Die stehen genau unter dem Großmast. Pass auf. Du kletterst am Mast hoch und wirfst das Fischernetz von oben über die vier. Und ich umwickle sie mit einem Seil.«

John Julian deutete auf das Netz, das an der Reling lag, mit dem heute eigentlich hätte gefischt werden sollen.

Im gleichen Moment, als Larou von oben das Netz auf die Meuterer fallen ließ, flog Jako laut krächzend von Dampiers Schulter und stürzte sich auf Jack.

Jetzt entstand an Deck ein riesiger Tumult. Ein Schuss löste sich.

John Julian, der ein Tau an den Fockmast geknotet hatte, wickelte es um die zappelnden Männer. Larou kletterte schnell vom Mast und half ihm. Nun kamen auch die anderen Seemänner dazu, um die Meuterer außer Gefecht zu setzen.

James schnappte sich Jack, der geduckt am Boden kniete und schützend seine Arme über den Kopf hielt, um sich vor den Angriffen des Vogels zu schützen. Dabei stammelte er verzweifelt vor sich hin: »Ich wollte das nicht, ich wollte das nicht, sie haben mich dazu gezwungen.«

Auch die Besatzung der *Marianne* war aufmerksam geworden und kam dichter an die *Tanner*.

»Sam, ist alles bei euch in Ordnung? Wir haben einen Schuss gehört«, rief Will herüber.

»Fast, John Julian und Larou haben gerade eine Meuterei verhindert«, antwortete Sam. »Ist jemand verletzt?«, fragte er seine Kameraden, doch der Schuss schien niemanden getroffen zu haben.

Auf den Schiffen herrschte betretenes Schweigen. Jeder wusste, welche Strafe auf Meuterei stand. Meuterer wurden an der Rah aufgehängt.

Sam sah besorgt zu Amy, die sich fürsorglich um Jack kümmerte, der ihr vor wenigen Minuten noch ein Messer an den Hals gehalten hatte.

Amy würde die Notwendigkeit dieser Strafe nie verstehen. Wie sollte er ihr das nur wieder erklären? Will kam mit dem Priester Sean Kelly an Bord.

John Julian wollte den heulenden Jack zu den anderen Meuterern bringen, doch da kam er bei Amy gerade an die Richtige. »Lass ihn sofort los, Jack wollte das nicht, sie haben ihn gezwungen.«

Sean, der alles beobachtet hatte, durchschaute die Lage. »Männer, bevor wir uns alle versündigen: Ist es richtig, wenn wir über Leben und Tod entscheiden?«

Allgemeines Gemurmel entstand.

»Ihr seid elendige Piraten und ihr gehört an den Galgen, nicht wir ehrlichen Seemänner!«, protestierte Chester Longmore.

Dann verschaffte sich Sean wieder Gehör. »Sollten wir das nicht einer höheren Macht überlassen?« Wieder redeten alle durcheinander.

Dann ergriff Sam das Wort: »Auch ich habe mir darüber Gedanken gemacht, was recht ist.« Er sah in die Runde der Männer, die ihn mit ernster Miene anschauten.

»Wir sagen, wir haben recht, weil wir uns darin einig sind, mehr Menschlichkeit in die Welt bringen zu wollen. Longmore denkt, er und seine Männer seien im Recht, denn wir sind schließlich nur gesetzlose Piraten. – Also, was ich damit sagen will: Gebt den Männern das Beiboot, etwas Nahrung, und dann will ich sie nicht mehr sehen.«

»Käpt'n, das waren klare Worte, ich stehe hinter dir«, unterstützte ihn John Julian.

»Und wer kocht für euch? Ihr könnt uns nicht einfach so aussetzen«, versuchte Ben Bradford lautstark zu verhandeln.

»Wir alle können besser kochen als du!«, erwiderte Sam und sah fragend seine Mannschaft an, was sie von seinem Vorschlag hielt. Die anderen Männer erklärten sich einverstanden.

»Was machen wir mit Jack?«, fragte Will.

»Der bleibt hier!«, bestimmte Amy. »Sie haben ihm gedroht, ihn über Bord zu werfen, wenn er nicht tut, was sie sagen.«

John Julian sah Jack kritisch an. »Was ist, wenn du wieder einmal bedroht wirst, stellst du dich dann wieder gegen uns?«

Jack sah schuldbewusst zu Boden. »Die Angst der letzten Stunden war mir eine Lehre. Ich schwöre bei meinem Leben, dass ich mich, sollte ich jemals wieder in solch eine Lage komme, gleich an den Käpt'n wenden werde.« Jetzt sah er Sam an. »Es tut mir leid, was ich Eurer Tochter angetan habe. Ich hoffe aufrichtig, Ihr könnt mir verzeihen.«

»Du hast meine Tochter in Gefahr gebracht und meine Mannschaft. So etwas wird unter Kameraden nicht geduldet!«

Amy stellte sich vor Jack. »Ich habe euch Piraten auch nicht gleich getraut, genauso wie Thomas South. Jack ist noch nicht lang genug bei uns, um dir zu vertrauen, sonst wäre er gleich zu dir gekommen.« Amy sah ihren Vater drohend an.

»Jack, Amy hat gerade dein Leben gerettet, wo du zuvor ihres bedroht hast, vergiss das nie! Und nenn mich Sam, wenn du hierbleiben möchtest!«

In seinem Blick erkannte Jack, dass es dem Käpt'n mehr als ernst war und er ihn lieber im Beiboot sitzen sähe als hier an Bord. Er straffte seine Schultern und sagte mit fester Stimme: »Ich werde Amy ewig dankbar sein und sie wie meine eigene Schwester beschützen, Sam.«

»Also gut, genug geredet, lasst uns alles vorbereiten. Und Jack, ich behalte dich im Auge!«

Gegen Abend saßen Chester Longmore, Philip Hopkins, Brian Norris und der Smutje Ben Bradford in dem kleinen Beiboot und segelten ins Ungewisse.

Amy zweifelte nicht daran, dass sie gerettet werden würden, aber die anderen Männer kannten die tückischen Gefahren des Meeres und seiner Endlosigkeit. Nachdem das kleine Boot nur noch ein winziger Punkt auf weiter See war, sah sie sich suchend nach Larou um, der beim Aussetzen der Meuterer nicht dabei gewesen war.

Larou saß mal wieder an seinem Lieblingsplatz. Zögernd lief sie zu ihm an den Fockmast.

»Larou?«

Er sah fragend zu ihr hoch.

»Danke für deine Rettung, ohne dich hätten die Meuterer unser Schiff übernommen.« Unsicher lächelte sie ihn an.

»Das war ich nicht alleine, John Julian hat das Schlimmste verhindert.«

»Darf ich mich zu dir setzen?«

Der Junge nickte.

Amy ließ sich neben ihm nieder, doch es war eine seltsame Spannung zwischen ihnen. Wo war nur ihre frühere Unbefangenheit geblieben? Am liebsten hätte Amy ihn gefragt, ob er sie nicht mehr mochte.

Larou sah schweigend auf das glitzernde Meer, das von der Abendsonne so friedlich beschienen wurde.

Endlich nahm Amy ihren ganzen Mut zusammen. »Es tut mir so leid, was du wegen mir durchmachen musstest.«

Erstaunt sah Larou sie an. »Aber das war doch nicht deine Schuld.«

»Doch, ich kann dich verstehen, wenn du mich jetzt hasst. Meinetwegen hast du ein Brandzeichen und meinetwegen hast du deine langen Haare abschneiden müssen.«

»Nein.« Langsam schüttelte er den Kopf. »John Julian hatte mich gewarnt, dass Sklavenmarkt war. Ich habe nicht auf ihn gehört, du kannst nichts dafür.«

»Aber hätte ich nicht meine Ratte Black Sam gesucht, dann wärst du nicht von Bord gegangen.«

Larou lächelte sie an. »Hattest du jetzt die ganze Zeit meinetwegen Schuldgefühle?«

Amy erwiderte sein Lächeln nicht, ihr war eher nach Heulen zumute, deshalb nickte sie nur stumm.

»Das wollte ich nicht, ich habe dir niemals die Schuld an meiner Lage gegeben.«

»Ohne mich hättest du so etwas aber niemals erleben müssen«, flüsterte Amy kaum hörbar. »Ich habe jeden Morgen gesehen, wie sie die Leichen über Bord warfen, und jedes Mal zog sich mir das Herz zusammen, weil ich dachte, das könntest du sein.«

Larou nahm ihre Hand und drückte sie. »Sklave zu sein, war eine schlimme Erfahrung für mich, doch was ihr für mich getan habt, um mich zu befreien, werde ich nie vergessen. Ihr alle habt euer Leben für mich riskiert.«

»Nur bist du jetzt ein gesetzloser Pirat.«

Lächelnd sah er Amy an. »Ich bin gerne Pirat.«

»Vermisst du deine Familie nicht?«

»Manchmal. Wir alle hatten, bevor wir *Piraten* wurden, mal ein anderes Leben.«

»Da hast du recht. Ich weiß fast nichts über dich, wie war dein anderes Leben? Woher kommst du?«

»Mein Volk kommt aus der Wüste. Wir haben vom Karawanenhandel gelebt, bis unser Land von den Arabern besetzt wurde und wir ihren muslimischen Glauben annehmen sollten. Aber wir haben uns geweigert, und als unsere Männer mit der Karawane unterwegs waren, haben die Araber unser Lager überfallen und fast alle Frauen und alten Männer getötet. Nur meine Tante und ein paar Mädchen haben überlebt, weil sie gerade nicht im Lager waren.« Er machte eine Pause.

»Das ist ja schrecklich, du hast so viele Familienmitglieder verloren, und die anderen hast du verlassen, um mich zu suchen?«

»Wir müssen unserem Herzen folgen.« Er zwinkerte ihr zu.

»Stimmt. Wäre ich kein Schiffsjunge geworden, hätte ich euch alle niemals kennengelernt, und ich würde mich jetzt unglücklich von Tante Elizabeth herumkommandieren lassen.«

»Die Sehnsucht nach deiner Mutter hat dich auf den *Roten Löwen* geführt.« Larou lächelte. »Und ich habe jetzt mein Schicksal verstanden, ihr braucht mich auf dem Schiff, damit ich euch noch ein paarmal das Leben retten kann.« Er schnalzte grinsend mit der Zunge.

Plötzlich hörten sie Schritte hinter sich und drehten sich um. Es war Sam, der strahlend verkündete: »Kinder, genug Trübsal geblasen, heute Abend wird gefeiert, dass wir so glimpflich davongekommen sind.«

Es wurde eine feuchtfröhliche Nacht und keiner vermisste Chester Longmore, Philip Hopkins, Brian Norris oder den Smutje Ben Bradford mitsamt seinem schlechten Essen.

Am nächsten Tag begann für Amy und Larou wieder der Unterricht mit Sam, und von nun an waren Jack Berry und der verletzte Bill Crackston auch mit dabei.

Amy hatte sich angewöhnt, mittags das Schiff in Ordnung zu bringen, wobei ihr immer mehr Männer halfen. Es dauerte nicht lange, und der Freitag wurde zum Putztag ernannt.

Am Abend gab es dann Fisch und ein Fass Rum. Bald war die *Tanner* genauso sauber und gepflegt wie der *Löwe*.

Die Tage zogen sich endlos hin, so kurz vor dem Ziel. Die Vorräte wurden knapp, und es gab tagelang nur Zwieback mit weißen Würmern.

Die *Tanner*, die *Winchester* und die *Marianne* glitten mit dem Passatwind dahin, der sie zu den Antillen führte.

Möwen waren die ersten Anzeichen, dass Land in der Nähe war. Als Sam endlich die Inselgruppe sah, überkamen ihn heimatliche Gefühle. Hier kannte er alle Schleichwege, Untiefen und Riffe.

Schließlich erreichten sie am 17. Mai das Festland.

Jetzt konnte Amy es kaum mehr erwarten, in ihrem neuen Zuhause, Beef Island, anzukommen.

Will beschloss, dass sie noch einmal an Land mussten, um Lebensmittel und frisches Wasser zu laden.

Außerdem brauchten sie auch genügend Vorräte für die Insel, denn bald würde das Treffen der ehemaligen Piraten auf der Insel stattfinden, und viele Männer mussten mit Essen versorgt werden. Deshalb kamen auch lebende Tiere, Schweine und viele Hühner auf die Schiffe.

Sam ließ die Tiere vorsichtshalber auf die *Winchester* und *Marianne* verteilen, denn inzwischen kannte er Amy, und er fand, eine Katze, eine Ratte und ein adoptierter Kakadu waren genügend Tiere für ein Schiff.

Außerdem sorgte er dieses Mal dafür, dass seine Tochter an Bord blieb, damit es keine unliebsamen Überraschungen mehr gab und sie zügig weitersegeln konnten.

Da half auch Amys Protest nichts, sie durfte nicht an Land.

Fregatte Tanner

23. Mai anno 1728
28° 28', Wind: Flaute, 0 Knoten,
unerträgliche Hitze, Vollmond.
Samuel Bellamy

Auf dem Weg nach Beef Island wollten Sam und Will vorsichtshalber den Schatz auf Diamond Cay bergen. Da die kleine Insel vor Beef Island lag, war es kein Umweg und der Zeitverlust gering.

Womit sie nicht gerechnet hatten, war, dass sich kurz vor dem Ziel noch eine Flaute einstellte. Das Meer glänzte träge wie flüssiges Blei. Sobald nur der geringste Luftzug aufkam, wurde gebrasst, um Wind in die Segel zu bekommen, doch meist war es vergeblich. In der Takelage klapperten schlaff die Taue, was für einen Seefahrer ein unerträgliches Geräusch war.

Die kleine Flotte war miteinander verbunden, damit die Schiffe nicht von der Strömung auseinandergetrieben wurden.

Sam stand gereizt an der Reling, tupfte sich den Schweiß von der Stirn und sah in die Ferne. Die Hitze war unerträglich, da half auch kein kurzer tropischer Regenschauer zwischendurch.

»Wie lange dauert es noch, bis wieder Wind aufkommt?«, fragte Amy, die neben ihm stand.

Dabei leckte sie genussvoll den Saft von der gelben exotischen Frucht, die sie gerade verspeiste, sie wurde Mango genannt.

»Das kann Tage dauern, wenn man Pech hat, auch Wochen.« Ungeduldig fuhr sich Sam über sein unrasiertes Kinn. »Iss nicht zu viele Früchte, davon kann dir schlecht werden.«

»Das löscht den Durst besser als das warme Wasser«, seufzte Amy. »Wenn es nur nicht so heiß wäre. Am liebsten würde ich zum Abkühlen ins Meer springen.«

»Mhh, so ist das zu gefährlich. Die Haie würden sich freuen.« Dann erhob er plötzlich seine Stimme. »John Julian, gib der *Marianne* Zeichen, dass sie neben uns kommen soll. Dann können wir ein großes Segel zwischen den Schiffen zum Baden ins Wasser lassen.«

»Aye, aye, Käpt'n.«

John Julian freute sich sichtlich über ein bisschen Abwechslung, und auch Oliver Levasseur, der am Steuer der *Marianne* stand, war hocherfreut.

»Wir können baden?« Amy war ganz aufgeregt.

»Nur, wenn das Segel sicher im Wasser liegt, sodass kein Hai hineinkommt, können wir gefahrlos im Wasser schwimmen«, erklärte John Julian, dann warf er konzentriert einen Enterhaken zu La Buse, der ihn an der Reling festhakte, und mit einem Abstand noch einen zweiten.

»Was macht ihr da, meine *Marianne* bekommt dadurch tiefe Risse in die Reling«, beschwerte sich Will.

»Die schleifen wir einfach wieder weg, stell dich nicht so an.« La Buse hatte kein Mitleid mit dem alten Mädchen, an dem Wills Herz hing.

Die Mannschaft von der *Winchester* kam bis auf zwei Wachen ebenfalls zum Baden.

John Julian sprang als Erster ins Wasser und überprüfte, ob das Segel gut genug befestigt war.

Larou konnte nicht mehr warten. Doch Amy stand noch unschlüssig neben ihm.

»Traust du dich nicht?«, fragte Larou.

»Ist ganz schön hoch zum Springen.«

»Gib mir deine Hand.«

Da Amy nicht als Feigling dastehen wollte, griff sie Larous Hand, schloss die Augen und sprang mit ihm zusammen von der Reling. Mit den Füßen berührten sie das Segeltuch, so tief tauchten sie unter. Es war kälter, als Amy dachte, aber die Abkühlung nach der Hitze tat unendlich gut.

Es wurde ein lustiger Mittag. Die Seemänner tollten im Wasser herum, manche angelten, und eine kleine Truppe saß beisammen und überlegte sich ein Abendprogramm, während eine andere eine Bühne dafür aufbaute.

Nachdem Amy ausgiebig herumgetollt war und ihre Zähne vor Kälte klapperten, setzte sie sich neben Sam und ließ sich eine Angel geben.

Wenigstens das Anglerglück hatte die Mannschaft nicht verlassen, und so gab es gegrillten Fisch zum Abendessen.

Amy leckte gerade genüsslich ihre Finger ab, als James Ferguson auf seiner Geige, Joseph Dampier am Spinett und William Condon auf der Flöte eine traurige Melodie zu spielen begannen.

Die letzten Strahlen der Sonne schienen auf eine ganz in Weiß gekleidete Gestalt. Es war Oliver Levasseur, der als trauriger Clown Pierrot verkleidet war und gerade die Bühne betrat.

Sonst kannte man den rauen Piraten nur in Schwarz gekleidet, und im Gegensatz zu seinem sonstigen Verhalten wirkte er als Clown sanft, fast verletzlich.

Pierrot verbeugte sich. Danach bückte er sich und hob ein imaginäres Seil auf, an dem er zog. Doch es war wohl zu fest, deshalb rutschte er immer wieder aus, fiel hin, stand wieder auf, um von Neuem an dem Seil zu ziehen.

Irgendwann stieß er gegen eine Wand, an der er nicht vorbeikam. Verzweifelt tastete er sich an der Wand entlang, doch er war anscheinend eingesperrt.

Das Publikum lachte.

Amy hingegen beobachtete ihn gerührt, sie war völlig von den Bewegungen in den Bann gezogen und litt mit Pierrot, der so gar nicht von der Stelle zu kommen schien, bis er endlich den Ausgang fand und wohl auf eine wunderschöne Blumenwiese kam. Dort pflückte er eine Blume und sog benommen ihren betörenden Duft ein.

Am Ende bekam La Buse tosenden Applaus und verbeugte sich galant.

Als wieder Ruhe eingekehrt war, begann Larou, mit seinen Fackeln zu jonglieren und zeigte seine Vorführung als Feuerschlucker, wie damals auf dem Jahrmarkt in Porto Ingles.

Da es inzwischen dunkel geworden war, erhellte er mit dem Feuer gespenstisch das Schiff, es zischte und knisterte, und der Geruch von Petroleum lag in der Luft.

Amy war erneut gefangen von den tanzenden Flammen vor ihren Augen, die ihre Sinne benebelten.

Zu später Stunde holte James seine Laute, und zu seinem Spiel sangen sie Seemannslieder und tranken Rum bis spät in die Nacht.

Als der Abend seinen Höhepunkt erreicht hatte, kam auch eine leichte Brise auf, und am nächsten Morgen waren die Segel wieder vollständig mit Wind gefüllt, und die Fahrt konnte endlich weitergehen zu der Schatzinsel.

Fregatte Tanner

28. Mai anno 1728
Ankunft Diamond Cay, 18° 25',
Wind: NNO 22.5°, 18 Knoten.
Samuel Bellamyk

Zuerst kamen sie an Great Harbour Island vorbei, und dann war endlich Diamond Cay in Sicht. Amy kaute mal wieder vor Aufregung an den Fingernägeln. Sie würden jetzt einen richtigen Piratenschatz suchen, wie oft hatte sie mit John und Jakob davon geträumt. Schade, dass ihre Freunde nicht dabei sein konnten.

Doch zuerst musste die kleine Flotte noch die Insel umsegeln, bis die Kanone am Meeresgrund gefunden wurde, um dann mit einem Beiboot an Land zu rudern, da das Wasser rund um Diamond Cay sehr flach war.

»Schiff in Sicht. Süd-Südost«, meldete Jack Barry vom Ausguck der *Tanner*.

Alle, die ihn hörten, starrten zu der unbekannten Fregatte. Das Schiff setzte gerade die Segel, um die Schatzinsel zu verlassen.

»Achtung. Es werden die Kanonen geladen«, brüllte Barry aufgeregt und kletterte schnell nach unten, um Schutz zu suchen.

»Bei Neptuns Dreizack, welcher Hornochse schießt auf uns?«, fluchte Sam, und einen Moment lang trat ein ratloses Schweigen ein.

Der Wind trug die hektische Stimme des Fregatten-Kapitäns über das Meer, der seiner Mannschaft den Befehl »Feuer« zubrüllte. Und schon hörte man den ohrenbetäubenden Lärm der Kanonen, die genau auf die *Marianne* zielten, die voraussegelte.

Das Wasser spritzte in hohen Fontänen auf, dann hörte man einen krachenden Aufprall und das Bersten von Holz.

Allen stockte der Atem. Die *Marianne* war getroffen, doch wie schlimm, ließ sich durch die Rauchschwaden nicht erkennen. Sam brüllte William Condon, dem Kapitän der *Winchester*, zu, dass er dem Schiff folgen solle.

Condon ließ sofort die Segel setzen und nahm die Verfolgung des unbekannten Schiffs auf.

Als die *Winchester* an der *Marianne* vorbeisegelte, schwang La Buse an einem Tau hinüber auf die *Winchester*.

»Die Hundesöhne will ich persönlich zur Rede stellen. Die sollen nicht ungeschoren davonkommen«, drohte der Pirat mit erhobener Faust.

Amy schickte stumme Gebete zum Himmel, dass alles gut enden möge. Langsam legte sich der Rauch, und man sah züngelnde Flammen, die das Schiff nach und nach in Besitz nahmen.

»Will, seid ihr alle in Ordnung?«, schrie Sam und Amy sah ihm an, wie besorgt er um seine Freunde war.

»Ja, ich bin in Ordnung, doch wir brauchen Hilfe beim Löschen«, brüllte Will zurück.

Die Bitte war unnötig, denn Sam schwang bereits an einem Tau hinüber auf die *Marianne*, und auch der Rest der Mannschaft eilte den Kameraden zur Hilfe.

Amy hielt sich krampfhaft an der Reling fest. Ihr liefen Tränen über die Wangen, sie wusste nicht einmal, ob sie weinte oder ob ihre Tränen von dem beißenden Rauch kamen.

»Amy, geh schnell in die Kapitänskajüte und bring das Verbandszeug«, rief ihr John Julian zu. »Aber beeil dich.«

»Sind sie schwer verletzt?«

»Ich hoffe nicht, geh jetzt.« John Julian hörte sich ungeduldig an.

So schnell sie konnte, war Amy zurück, doch John Julian war nicht mehr zu sehen. Die Tasche mit den Verbänden hängte sie sich um den Hals, griff entschlossen nach dem Tau und schwang sich mutig über den Abgrund, hinüber auf die *Marianne*. Dort traf sie auf Doktor Ferguson, der ihr dankbar die Tasche abnahm und froh war, dass sie ihn unterstützen wollte.

Amy half dem Arzt, vollgeblutete Kleidungsstücke aufzuschneiden, reichte ihm Pinzette und Alkohol, um die Holzsplitter aus den Wunden zu entfernen und sie zu desinfizieren, und assistierte ihm dabei, Verbände anzulegen.

Als sie endlich fertig waren, stellte Amy erleichtert fest, dass es zwar viele Verwundete gab, aber keinen einzigen Toten, denn die Mannschaft hatte genügend Zeit gehabt, in Deckung zu gehen.

Die Verletzungen waren meist von umherfliegenden Holzsplittern verursacht worden, die zwar schmerzhaft, aber nicht lebensbedrohlich waren.

Will stand fassungslos an der Reling und starrte auf den erheblichen Schaden seines Schiff. »Altes Mädchen, was haben sie dir angetan? So viele Jahre sind wir gemeinsam gesegelt und das soll jetzt das Ende sein?«

Die *Marianne* sah schlimm aus. Der Bug vorne war schwer beschädigt, was eine Weiterfahrt mit dem Schiff unmöglich machte. Will musste sich wohl oder übel von ihr trennen, und allein der Gedanke trieb ihm schon Tränen in die Augen.

Sam ahnte, was in ihm vorging. Tröstend klopfte er Will auf die Schulter. »Wir können froh sein, so glimpflich davongekommen zu sein. Die *Marianne* können wir entbehren, wir sollten froh sein, dass alle am Leben sind.«

Seufzend wischte sich Will über die Augen. »Du hast recht, Sam, trotzdem fällt mir der Abschied schwer. Schau sie dir an, wie traurig unsere alte Dame aussieht, ich werde sie vermissen.«

Kurz drückte Sam Will an sich. Dann sagte er: »Lass uns nach dem Schatz suchen, ich hoffe, er ist noch an Ort und Stelle.«

Mit den Beibooten suchten sie nach der Kanone am Grund des Meeres.

Larou entdeckte sie als Erster. Die Kanone war schon gut bewachsen mit Seetang und Korallen, man musste sehr genau hinschauen, um sie zu erkennen.

Also gingen sie dort an Land. Diamond Cay war eine kleine grüne Insel mit kargen Felsen.

Sam, Will, Larou, John Julian und Amy gingen

mit Schaufeln bewaffnet los, um nach dem Schatz zu suchen. Die anderen blieben bei den Verwundeten, fingen Fische und machten Feuer, um Essen vorzubereiten.

Zuerst folgte die kleine Truppe dem schmalen Pfad der wilden Ziegen, genau wie Sam es beschrieben hatte. Dann kamen sie an einen Mangroventeich, an dem sie entlanggingen, bis sie über ein paar Felsen klettern mussten und dahinter den Tümpel entdeckten, der wunderschön war. Der Seegang dort musste sich durch einen schmalen Felsspalt pressen, wo er sich zu einem hohen Brecher aufbäumte und wie ein Wasserfall in die Lagune rauschte. Am liebsten hätte Amy sofort darin gebadet.

Dann kletterten die fünf auf den linken Felsen und gingen auf dessen Kamm bis zur höchsten Spitze. Dort drehte Sam sich landeinwärts und machte zehn große Schritte geradeaus. Will und John Julian zählten murmelnd mit, denn beide waren damals dabei, als sie den Schatz vergraben hatten. Amy sah und roch wilden Salbei, und links und rechts davon standen die beiden Kiefern.

»Verdammt, wir kommen zu spät«, fluchte Sam laut.

Gemeinsam gingen sie zu ihm und starrten auf die frisch ausgeschaufelte Erde, die noch feucht war, aber tatsächlich – der Schatz war verschwunden.

»Wer wusste von unserem Versteck?« Will sah Sam ratlos an.

»Thomas Checkley«, presste Sam mit zusammengebissenen Zähnen hervor.

»Das kann nicht sein. Wie soll ein Mensch auf offener See ohne Boot überleben?«, erwiderte Will.

»Wir werden es erfahren. Condon und La Buse holen das Schiff bestimmt ein.« John Julian war sich dessen sicher.

Frustriert machte sich die Gruppe auf den Rückweg – leider ohne den erhofften Schatz.

Am späten Mittag kam die *Winchester* mit dem anderen Schiff zurück, das *Princesse Marie* hieß. La Buse und William Condon hatten die durch Skorbut geschwächte Mannschaft mühelos überwältigt, sie hatten sich nicht einmal gewehrt.

Will und seine Männer machten große Augen, als sie Thomas Checkley entdeckten.

Checkley dagegen konnte man die pure Angst ansehen, als er plötzlich vor Will und seinen Männern stand.

»Ja, wen haben wir denn da? Ihr seid wohl von

den Toten auferstanden?« Sam ging zu ihm hin und hielt ihm sein Messer genauso unter das Kinn, wie Checkley es damals bei ihm gemacht hatte, als er gefesselt am Mast der *Tanner* gestanden hatte.

»Bitte, bitte verschont mich. Ihr könnt Euch nicht vorstellen, was ich durchgemacht habe«, winselte Thomas Checkley.

»Oh, doch. Auch ich widerstand Neptuns feuchtem Grab und kam mit dem Leben davon. Und Ihr wolltet mich einfach der Behörde übergeben.« Sam sah sich in der Runde um. Seine Männer standen im Halbkreis um ihn herum. »Was sollen wir mit ihm machen?«

»Wir lassen ihn mit seiner Mannschaft hier auf der Insel. Sie können ja Wills *Marianne* reparieren«, schlug Amy vor.

»Sehr gut. Und dann holen wir sie uns zurück. In der Zwischenzeit nehmen wir ihre Fregatte.«

Will stellte sich neben Amy und schlug ihr anerkennend auf die Schultern.

»Ihr könnt uns doch nicht hierlassen, meine Männer sind krank und schwach, wir schaffen es nie, das Schiff zu reparieren.« Checkley war der Verzweiflung nahe.

»Dann hättet ihr die *Marianne* mal besser nicht kaputt gemacht, ihr bösen Jungs.« La Buse grinste Checkley hämisch an.

»Wir lassen euch genügend Essen da, dann kommt ihr wieder zu Kräften«, beschloss Sam.

Und so geschah es. Bevor die Sonne unterging, waren die Mannschaften auf den jeweiligen Schiffen. Will begutachtete kritisch die Fregatte *Princesse Marie* und stellte fest, dass es durchaus ein guter Tausch war, seine *Marianne* wollte er aber trotzdem auf jeden Fall zurückhaben.

Zusammen mit Sam durfte Amy vor der Weiterfahrt mit auf die *Princesse Marie*, um einen Blick auf den Schatz zu werfen, den Checkley für sie ausgegraben hatte. In einer halb vermoderten Kiste befand sich der Inkaschatz aus purem Gold und vielen verschiedenen Edelsteinen. Der Wert dieses Schatzes war unvorstellbar.

Die Anker wurden gelichtet und die Segel gesetzt. Der Kompass führte sie weiter Richtung Süden, nach Beef Island.

Nach seiner Schicht ging Sam in seine Kabine. Geräuschlos schloss er die Tür von innen.

Amy lag in der Hängematte, die in sanftem Rhythmus hin- und herschaukelte. Er sah ihr kurz beim Schlafen zu, dann zündete er am Schreibtisch die Lampe an und setzte sich.

Wie viele Abenteuer sie die letzten Wochen erlebt hatten. Und bald würden sie in Beef Island ankommen. Dieser Gedanke machte ihn nervös. Mary machte ihn nervös. Wie würde sie auf ihn reagieren und er auf sie? So viele Jahre hatte er Mary vergessen und doch hatte er eine Sehnsucht gespürt, die keine Frau stillen konnte. Kam diese Sehnsucht von Mary? Was war, wenn sie glücklich war, ihn wiederzusehen, er aber nicht so viel Nähe zulassen konnte? Er war immer frei wie der Wind, hatte keine Bindungen und Verpflichtungen. Vielleicht wollte aber auch sie nichts mehr mit ihm zu tun haben?

Schließlich hatten sie sich nur eine kurze Zeit gekannt, und zu viele Jahre waren inzwischen vergangen.

Um sich abzulenken, öffnete Sam das Logbuch und schrieb ein paar Worte hinein, doch seine Gedanken wanderten erneut zu Mary. Er schenkte sich ein Glas Wein ein und legte seine Beine auf den Schreibtisch. Dann hielt er das Glas ins Licht, schwenkte den Wein im Glas und beobachtete die kreisende dunkelrote Flüssigkeit.

Über zwölf Jahre hatte er sie nicht gesehen. Für Amy war es einfacher. Nachdem ihr Will erzählt hatte, was für eine liebe Frau ihre Mutter war, freute sie sich einfach auf Mary.

Sam trank das Glas in einem Zug leer, löschte das Licht und ging wieder an Deck.

- Cape Cod -

Das Schluchzen ihrer Mutter tat Mary in der Seele leid. Doch sie konnte nicht um ihren Vater weinen. Zu viele Tränen hatte sie in der Vergangenheit vergossen und an ihrem Leid war größtenteils ihr Vater schuld. Dessen Sarg eben in die frisch ausgehobene Grube gelassen wurde.

Wie anders wäre alles gekommen, wenn er mit Samuels Heiratsantrag einverstanden gewesen wäre? Sam würde jetzt die Farm übernehmen und nicht ein Onkel, der ihrem Vater in nichts nachstand, auch nicht in dessen Bösartigkeit. Amy hätte bestimmt schon ein paar Geschwister und sie wäre eine glückliche Mutter und Ehefrau. Stattdessen hatte sie alles verloren und Will sollte schon längst zurück sein mit ihrer Tochter. Wo blieb er nur so lange? Mary zog die schwarze Stola enger um ihre Schultern.

»Aus der Erde sind wir genommen, zur Erde sollen wir wieder werden, Erde zu Erde, Asche zu Asche, Staub zu Staub!«, predigte der Pfarrer und warf drei Schäufelchen Erde ins frische Grab. Der Geistliche reichte die kleine Schaufel an ihre Mutter, die ebenfalls Erde damit ins Grab rieseln ließ und tief erschüttert murmelte: »Frieden seiner Seele.« Sie reichte das Schäufelchen weiter an ihre Tochter.

Mary sah der Erde nach, die sie auf den Sarg schüttete, ihr wurde die Möglichkeit genommen, um Sam zu trauern, es gab kein Grab. Es war, als bräche mit einem Mal ein Staudamm, als stände sie an Sams Grab und weinte um ihn. Sie schluchzte herzzerreißend.

»Er war ein Tyrann, er hat deine Tränen nicht verdient!«

»Ich weine nicht um ihn. Ich weine darum, was er mir angetan hat. Mir wurde die Möglichkeit genommen, an Samuels Grab zu trauern, ich konnte mich nie von ihm verabschieden.«

»Das tut mir so leid und was soll jetzt aus uns werden?« In Margarethes Blick lag pure Verzweiflung.

»Mach dir keine Gedanken, du kommst mit auf die Insel, hier lasse ich dich auf keinen Fall«, erwiderte Mary bestimmt.

»Dieser Herr Williams hätte doch schon längst wieder hier sein müssen.« Sie mussten ihr Gespräch unterbrechen, weil die Trauergäste, die kurz am Grab verharrt hatten, zu ihnen kamen und ihr Beileid an die Hinterbliebenen aussprachen.

Erst später, als alle Gäste gegangen waren und sie alleine in der Stube saßen, meinte Mary: »Will wird kommen!«

»Mary, was ist dieser Will für dich? Er ist ein verheirateter Mann, der Frau und Kinder im Stich ließ. Kann man sich wirklich auf ihn verlassen?«

»Am Anfang mochte ich es nicht, wenn Sam mit Will zusammen war. Doch nach Sams Tod haben wir beide um ihn getrauert, das hat uns verbunden. Wir sind Freunde und Will kann nichts mit Frauen anfangen, wenn du verstehst, was ich meine.«

Es klopfte an der Tür und ein Diener trat ein: »Ma´am, draußen war ein Bote, Sie sollen morgen früh an den Hafen kommen.«

»Das ist bestimmt Will«, jubelte Mary, stand auf und eilte zur Tür.

»Wo willst du hin? Es wird schon dunkel, du kannst jetzt nicht mehr an den Hafen gehen!«

»Mutter, ich habe schon ganz andere Sachen gemacht, doch ich könnte heute Nacht kein Auge zumachen, wenn ich nicht weiß, wer am Hafen auf mich wartet!«

Fregatte Tanner

2. Juni anno 1728
Ankunft auf Beef Island.
18° 26', Wind: ONO 67.5°, 14 Knoten.
Samuel Bellamy

Es dauerte nur noch wenige Tage, bis die kleine Flotte auf Beef Island ankam. Sie mussten an unzähligen kleinen Inseln vorbeisegeln und gerade, als Amy eines Mittags daran zweifelte, ob sie nicht schon vorbeigesegelt waren, rief John Julian vom Ausguck: »Beef Island in Sicht.«

Da war die Freude auf den drei Schiffen groß, und die Männer jubelten und umarmten sich ausgelassen. Endlich Land. Endlich wieder festen Boden unter den Füßen. Endlich wieder etwas Vernünftiges zu essen. Und das Beste war, endlich die Familie und Freunde wiederzusehen.

Amy ging zu Sam, der mit dem Fernrohr am Achterdeck stand. Der Wind zog an seinen ordentlich gekämmten Haaren, die zu einem Zopf gebunden waren. Amy konnte sich ein Grinsen nicht verkneifen: Ihr Vater war frisch rasiert und hatte ausnahmsweise ein weißes Hemd an, das weit geöffnet war, ganz offensichtlich hatte er sich extra sorgfältig hergerichtet, bestimmt für Mary.

»Amy, das musst du dir anschauen. Ist Beef Island nicht ein Traum?« Sam reichte ihr das Fernrohr.

Schon von Weitem sah Amy, dass Beef Island die schönste Insel von allen war. Ein sichelförmiger weißer Sandstrand mit Palmen erstreckte sich über die Insel und endete auf der Steuerbordseite, mit einem kleinen, bewaldeten Hügel. Von diesem sah man eine weiße Rauchwolke aufsteigen und irgendwo da war ihre Mutter. Amy verspürte eine nie gekannte Vorfreude, die sich als Kribbeln in der Magengegend bemerkbar machte.

»Es ist wunderschön.« Bewundernd gab sie Sam das Glas zurück.

»Schau mal, wie schön der Meeresgrund ist.«

»Das sind Korallenriffe, sehr gefährlich für unser Schiff, hier können nur erfahrene Seemänner segeln.«

»Ich habe noch nie so bunte Fische gesehen.«

»Es gibt für dich noch viele wunderbare Dinge hier auf der Insel zu entdecken. Und jetzt halt dir lieber die Ohren zu, Will gibt das Kommando für die Salutschüsse.«

Ohrenbetäubender Lärm kündigte ihre Ankunft an, und sofort liefen die Menschen auf der kleinen Insel erfreut an den Bootssteg und jubelten den ankommenden Schiffen zu.

In einer versteckten Bucht gingen sie vor Anker, wo sie von einer fröhlichen Schar von Frauen, Kindern und einigen Männern erwartet wurden.

Mehrere Schiffe lagen in dem kleinen Hafen, wahrscheinlich waren schon einige Männer zu dem geheimen Treffen gekommen.

Will war der Erste, der an Land ging, er lief einem Freund entgegen und rief schon von Weitem: »Francis, wo ist Mary?«

»Will, schön, dass ihr wieder hier seid.« Die Männer umarmten sich.

Der muskulöse Francis Charnock war einen halben Kopf kleiner als Will. Er trug eine schwarze Augenklappe, was sein verwegenes Aussehen noch unterstrich. Durch das jahrelange intensive Schauen durch ein Fernglas war sein rechtes Auge blind, deshalb war er dieses Mal auf der Insel geblieben.

»Gut schaust du aus, alter Freund. Ich dachte, du bringst Mary mit. Sie ist immer noch in Cape Cod. Hast du sie etwas vergessen?«

»Vergessen?« Will richtete flehend die Hände Richtung Himmel. »Verflucht, bekomme ich diese Familie denn niemals zusammen?« Er wollte gerade Francis erklären, dass er Mary nicht vergessen hatte, als Will bemerkte, dass ihm der Pirat nicht mehr zuhörte. Francis stand mit einem Mal da, als hätte er den Teufel persönlich gesehen. »Da soll ich doch in der Hölle schmoren. Oder spielt mir mein gesundes Auge einen Streich? Wenn das nicht Black Sam ist, Samuel Bellamy.« Charnock war ganz außer sich, er ließ Will stehen und ging auf Sam zu.

Sam grinste, halb verlegen und halb vor tief empfundener Freude. Dann fielen sich die alten Freunde in die Arme.

Amy stand neben ihrem Vater. Neugierig schaute sie hinter seinem Rücken hervor und suchte mit ihren Blicken, ob sie in der Menge ihre Mutter finden würde. Doch sie konnte keine Frau entdecken, auf die die Beschreibung ihrer Mutter passen könnte.

Das war eine Begrüßung. Männer, die geglaubt hatten, sich nie wiederzusehen, umarmten sich unter Tränen. Frauen fielen ihren lange vermissten Männern in die Arme, und die Kinder hüpften vor Freude umher.

Auf der kleinen Insel wimmelte es von Menschen: Wills Mannschaft, die Mannschaften der *Tanner* und *Winchester* und dann noch die Männer von Henry Jennings, einem befreundeten Piraten, und dem Gouverneur von Nassau, Gordon Rogers. Diese Menschen hatten auf Wills Insel ein Treffen vereinbart, um alte Piratengeschichten wieder aufleben zu lassen, außerdem wollten sie beratschlagen, wie es mit ihnen und der Piraterie weitergehen sollte.

Amy stand etwas abseits und war enttäuscht, dass ihre Mutter nicht da war. So lange hatte sie von diesem Moment geträumt und sich vorgestellt, wie es sein würde, wenn ihre Mutter sie in die Arme schließen würde, und jetzt umarmten sich alle, nur sie kannte niemanden. Ihr Vater hingegen wurde von seinen alten Freunden gefeiert und bejubelt, was ja verständlich war, doch sie fühlte sich doch etwas im Stich gelassen von ihm.

»Es tut mir leid, Amy, deine Mutter ist noch in Cape Cod bei ihren Eltern, also deinen Großeltern.« Will legte tröstend den Arm um ihre Schultern. »Sie wird bestimmt in den nächsten Tagen kommen.«

»Wir hätten Mary abholen können, als wir auf der Höhe von Cape Cod waren!« Sam wirkte etwas gereizt, als er hörte, was Will zu Amy sagte.

»Sie ist unterwegs und kommt in den nächsten Tagen! Und jetzt kommt, ich zeige euch die Insel und unser Haus, solange die Schiffe entladen werden«, beschwichtigte Will und man sah ihm an, dass er etwas zerknirscht war.

Auch Sam schien mit der Antwort nicht zufrieden zu sein. Doch er folgte Will, der sich zügig eine Weg durch die Menschenansammlung suchte.

Die Insel war nicht nur von Weitem unglaublich schön, sondern auch in der Nähe gab es faszinierende Dinge, die sich Amy nicht in ihren kühnsten Träumen vorstellen konnte. Wie die weißen Sandstrände mit ihren großen Schildkröten und Leguanen, die wie kleine Drachen aussahen. Und in dem türkisfarbenen Meer tummelten sich Delfine, wie Sam ihr erzählt hatte. Staunend betrachtete Amy die satten grünen Palmwälder mit leckeren exotischen Früchten, schon beim Anblick lief ihr das Wasser im Munde zusammen. Und wie schillernd schön waren die leuchtend bunten Vögel, die überall umherflatterten und lieblich zwitscherten. Ob sie auch so zahm werden konnten wie Jako?

Sie liefen auf einem schmalen Waldweg einen Hang hinauf, bis sie an eine Lichtung mit einem Bach und weißen Holzhäusern kamen. Die Häuser waren menschenleer, da alle am Strand waren, nur

Hühner, Hunde, Ziegen und Ferkel bekamen sie zu sehen. Es ging noch ein kurzes Stück durch den Wald, dann kam noch eine Lichtung, bewachsen mit blühenden Bougainvilleen, die sich an einem prächtigen Steinhaus hochschlängelten.

Will öffnete ein Tor und sie traten in einen Innenhof, in dem ein Brunnen, umgeben von den ebenfalls pinkfarbenen Blüten, plätscherte.

»Das ist ab jetzt euer neues Zuhause. Ich hoffe, es gefällt euch?«, fragte Will.

Amy nahm ehrfürchtig Sams Hand. »Das ist wunderschön.«

»Ich bin überwältigt, wie habt ihr das alles geschafft?« Dabei fasste Sam mit seiner freien Hand in den Wasserstrahl.

»Kommt erst einmal rein.« Will öffnete eine breite Flügeltür.

Amy kam aus dem Staunen nicht heraus: In der Eingangshalle mit dem großen Esstisch, an dem mindestens zwanzig Personen Platz hatten, hing ein riesiges Gemälde von Sam.

Sam starrte sprachlos auf das Bild.

»Das ließ Mary nach ihren Erinnerungen anfertigen«, erklärte Will.

»Will, warum haben wir Mary nicht geholt?« Sam war sichtlich aufgebracht.

»Vertrau mir, ich würde Mary niemals irgendeiner Gefahr aussetzen!«

Sam zog kritisch die Augenbrauen zusammen und betrachtete noch einmal sein Bild.

»Kommt, ich zeige euch noch den Rest.«

Will wollte weitergehen, doch Sam konnte sich nur widerwillig von seinem Bild lösen.

»Ich trage darauf fast die gleichen Kleider wie heute«, stellte Sam fest.

»Mary wollte alles über dich wissen, auch welche Kleidung du trugst, als ich dich das letzte Mal sah, und so ließ sie dich malen«, erklärte Will.

Vom Speisesaal mit dem ausladenden massiven Holztisch, an dem mindestens zwanzig Personen Platz hatten, führte eine breite Treppe nach oben in eine Galerie, von wo aus sie auf drei Seiten zu dem Speisesaal hinuntersehen konnten. Rechts und links waren jeweils drei Türen, in der Mitte eine große Flügeltür, die zu einem geräumigen Arbeitszimmer führte.

»Den linken Flügel werdet ihr bewohnen, auf der rechten Seite befinden sich Seans und mein Zimmer. Und für Larou hätten wir auch noch ein Zimmer …«

Amy unterbrach Wills Erklärungen: »Wo ist Larou überhaupt?«

»Larou wollte sich erst John Julians Zuhause anschauen, ich glaube, dem Jungen behagt es nicht, hinter festen Steinmauern zu wohnen, aber ich habe ihm angeboten, bei uns zu leben. So, jetzt komm, ich zeige dir dein Zimmer.«

Will öffnete die mittlere Tür und betrat den wunderschönen, lichtdurchfluteten Raum.

Amy war sprachlos. Der Blickfang war ein großes Himmelbett mit weißen, zarten Vorhängen, dazu gab es eine Frisierkommode und einen großen Kleiderschrank.

»Schau mal, Black Sam, hier sollen wir schlafen, was meinst du dazu?« Sie hob ihre Ratte in die Höhe, die wie immer auf ihrer Schulter saß, um ihr alles zu zeigen.

Will verdrehte die Augen. »Ein Himmelbett für eine Ratte!«

Sam zog eine Schulter in die Höhe und sagte gleichgültig: »Eine Piratentochter eben!«

Von den geöffneten Fenstern drang Lachen herein. Neugierig ging Amy ans Fenster. Von hier oben hatte man einen herrlichen Blick über die Insel.

Unterhalb des Hauses lag eine kleine Mangrovenbucht mit einer Pfahlbauhütte. Dort tollten Larou, Jack Berry und John Julian ausgelassen im Sand herum. Larou nahm gerade einen Stock und zeichnete einen großen Kreis in den Sand.

Sam stand hinter Amy und sah ebenfalls hinaus.

»Sieht ganz so aus, als plante Larou schon sein neues Zuhause.«

»Oh, wie schön die Bucht ist, ich will auch so eine Hütte haben wie John Julian ...« Damit rannte Amy aus dem Zimmer.

Will sah ihr lachend nach. »Deine Tochter kann man wohl mit Reichtum und Luxus nicht beeindrucken.«

Atemlos kam sie in der Bucht an und blieb abrupt stehen, geblendet von der Schönheit der Landschaft. Der weiße Sand reichte bis zu den buschigen Bäumen, die am Rand standen. Ebenso umringt war die Pfahlbauhütte von zwei alten Mangroven, deren Äste fast bis in das seichte Wasser reichten, das wie ein kleiner See in der Bucht lag. Gegenüber war eine bewaldete Landzunge und danach fing erst das Meer an. Die Jungs saßen im Schatten, Larou entdeckte Amy als Erstes. »Gefällt dir unser neues Zuhause?«

»Es ist traumhaft schön hier, ich will auch eine Hütte!« Sie sah hoch zum Holzhaus, das ein grünes Blätterdach hatte.

»Du hast das feinste Zimmer mit Himmelbett, da wäre jede Prinzessin neidisch«, stellte John Julian lachend fest.

»Pah, ich bin doch keine Prinzessin, sondern Piratin«, brachte sie zwischen zusammengebissenen Zähnen hervor.

»Ich werde mir hier ein Zelt bauen, so wie es unsere Tradition ist«, erklärte Larou.

»Und ich baue mir eine Hütte, ich hatte einen Onkel, der im Wald lebte, bei ihm war ich früher sehr gerne«, sprudelte es aus Jack raus, der endlich nicht mehr so zurückhaltend war, seit er Freunde gefunden hatte.

»Und ich möchte ein Baumhaus!« Amy zeigte auf den größeren Mangrovenbaum, der reichlich Platz auf seinen Ästen für ein Baumhaus bot.

»Das können wir alles die nächsten Tage bauen, doch jetzt lasst uns schwimmen gehen«, schlug John Julian vor.

Später, als Amy zufrieden zwischen den Jungs im warmen Sand lag, stellte sie fest: »Schade, dass meine Freunde John und Jakob nicht hier sind und Gilbert vom *Roten Löwen*, denen würde es hier bestimmt auch gefallen.«

»Jetzt hast du ja uns, aber kommt, lasst uns nach den anderen sehen, der erste Tag in der Heimat wird immer richtig gefeiert!«, schlug John Julian vor.

Von Weitem rochen die drei schon den würzigen Duft von Fleisch, das am Lagerfeuer gegrillt wurde. Der Wind wehte die Stimmen der ausgelassenen Gesellschaft zu ihnen.

Amy setzte sich zu ihrem Vater und ließ sich das leckere Essen schmecken. Dabei sah sie sich in der Runde um. Wenn sie noch dachte, die Männer auf der *Marianne* seien ungewöhnlich, so kam sie hier nicht mehr aus dem Staunen heraus. Am unheimlichsten sah dieser Gordon Rogers aus. Eine Gesichtshälfte war völlig vernarbt, außerdem humpelte er. Dieser Mann sah so geheimnisvoll aus, und ausgerechnet er war der Gouverneur von Nassau.

Satt und zufrieden lehnte sich Amy an Sam und gähnte herzhaft.

»Bist du müde, Kleines?«, fragte er.

»Ich bin müde, aber ich kann bestimmt nicht einschlafen. Mir fehlt das Schwanken vom Schiff.«

»Du wirst dich wieder daran gewöhnen.« Sam zog sie dichter an sich, und Amy kuschelte sich vertrauensvoll an ihn. Henry, der irgendwie alleine den Weg vom Schiff gefunden hatte und der bei Will lag, stand auf, streckte sich und legte sich neben Amy. Mit der Zeit wurden ihre Augen doch schwer und die Stimmen der Männer rückten in die Ferne, bis der Schlaf sie übermannte.

Zur vorgerückten Stunde, als die Kameraden ausgelassener und lauter wurden, denn jeder wusste etwas zu erzählen, was sich in den letzten Jahren so ereignet hatte in ihrem Leben, trug Sam die schlafende Amy etwas abseits, damit sie ungestört weiterschlafen konnte. Er strich über ihr weiches Haar und ihn überkam das Gefühl, sie vor jedem Leid beschützen zu müssen und ihr ein sicheres Zuhause zu bieten, nur wie?

Nachdenklich ging Sam zurück zu den Männern, um auf ihr eigentliches Anliegen zu kommen, warum sie alle hier waren. »Wie soll es mit uns weitergehen?«, fragte er in die Runde. Die Piraten verstummten.

»Wir sollten unseren eigenen Staat gründen«, unterbrach Richard Noland die Stille. Es entstand ein allgemeines Gemurmel, bis sich Thomas South zu Wort meldete: »Was wir bräuchten, wäre ein Land für uns, so wie Port Royal oder Madagaskar.«

»Wie lange wird das gut gehen, ein eigener Staat?«, fragte Sam. »Wir gelten vor dem Gesetz genauso viel wie wilde, gefährliche Tiere, die man jederzeit abschießen darf. Roger, hast du die Macht, uns alle zu begnadigen?«

»Nein. Das war eine einmalige Gelegenheit.« Roger überlegte und fuhr sich dabei über seine entstellte Gesichtshälfte. »Wir werden nicht darum herumkommen, um Land kämpfen zu müssen.«

Sam blickte ins Feuer, als würde er darin eine Lösung finden.

»Wir stellen uns damit auf eine Stufe mit den Herrschern und sind dann keinen Deut besser als diese Schufte, die einfach Land zu ihrem Eigentum erklären. Wir sollten ein Umdenken der Menschen erreichen, nur so kommen wir unserem Ziel näher.«

»Wie sollen wir das machen? Eine Ladung Kanonen verstehen die Hundesöhne besser«, wandte La Buse ein, der lässig dalag und auf einem Strohhalm kaute. Den Kopf hatte er auf das Bein von Richard Caverley gelegt.

»Sam, ich glaube, ich kann verstehen, was du meinst«, kam ihm Will zu Hilfe, »wir müssen den Wunsch nach Freiheit in anderen Menschen wecken.«

»Wie sollen wir das machen?«, widersprach Henry Jennings. »Es wird uns nichts anderes übrig bleiben, als die alten Zeiten aufleben zu lassen. Roger kümmert sich um die Geschäfte, und wir plündern Schiffe und machen die wenigen Männer damit glücklich, die aus der verlogenen Gesellschaft aussteigen.«

»Aber was ist mit uns Andersfarbigen?«, beschwerte sich John Julian.

»Meinetwegen können wir in nächster Zeit vermehrt Sklavenschiffe angreifen und die Sklaven befreien.« La Buse war alles recht, Hauptsache, er konnte Pirat bleiben.

Die Männer redeten alle durcheinander, bis Rogers laut feststellte: »Einmal Pirat, immer Pirat, das ist ein Lebensgefühl, das vom Herzen kommt.« Damit klopfte er sich auf die linke Brust. »Unser Ziel sollte sein, dass man in Zukunft nach den Gesetzen der Piraten lebt, wonach der Kapitän von der Piratenmannschaft gewählt wird, und wenn er nichts taugt, wieder abgewählt werden kann. Genauso eine Verfassung sollte es geben.«

In dem Punkt waren sich alle einig, auf dieses Ziel würden sie hinarbeiten.

Der Wein floss reichlich, die Stimmung war ausgelassen. Nur einer beteiligte sich an der regen Unterhaltung nicht. »La Buse, was schreibst du da?«, fragte Richard Noland.

»Verflucht, ich will in die Geschichte eingehen. Mein verdammtes Leben soll nicht umsonst sein!«

»Und das mit dem Schmierzettel?«, lachte Will, er hob den fleckigen Zettel in die Höhe, auf dem lauter Haken, Ecken mit Punkten zu sehen waren.

»Darauf kannst du einen lassen. Die hirnverbrannten Narren werden darauf besser aufpassen als auf ihren rechten Arm. Ich werde die Karte in meinem Testament hinterlassen; als Weg zu meinem

Schatz!« La Buse lachte höllisch über seine eigene Idee, sodass der Rest der Meute mitlachen musste.

»Kann das jemals jemand lesen?«, fragte Henry Jennings skeptisch.

»Man kann viel daraus lesen, kommt drauf an, wie du es hältst, ich hab das von Hornigold gelernt und es hat seine Tücken! Es wird Jahre dauern, bis das die Weichlinge enträtseln!« Bei der Vorstellung musste er noch mehr lachen.

»Jetzt lies schon!«, drängte Sam.

La Buse begann genüsslich zu lesen: »*Der Schatz ist mehr wert als alles Gold der Welt, wir werden die Wurzeln dafür sein und haben den zarten Keim der Freiheit, Gleichheit und Brüderlichkeit gesät, was ihr daraus macht, liegt in eurer Verantwortung.*

Wir waren eine Bruderschaft und zu uns gehörte auch Gordon Rogers, der angab, uns zu jagen und der Krone treu ergeben zu sein, doch er unterstützte uns und verschaffte uns die Möglichkeit, in bessere Kreise zu gelangen, wir waren unter euch und haben in euren Köpfen den Wunsch nach Gleichberechtigung gepflanzt. In den Geschichtsbüchern wird man wohl Piraten nicht als Helden finden, doch hier ist der Beweis. Brüder der Küste!«

Roger fasste sich an den Hals. »Na hoffentlich stirbst du nach mir, sonst übergibst du mich dem Galgen auf dem silbernen Tablett.«

Da nahm das Lachen kein Ende, sie füllten ihre

Krüge neu und prosteten sich für ihre unblutige Revolution zu. In den kommenden Zeiten würde man nach den Gesetzen der Piraten leben, da waren sich alle einig, der Kapitän wurde von der Piratenmannschaft gewählt, in der Zukunft wurden Präsidenten vom Volk gewählt werden, das war ihr Ziel! Viele neue Ideen kamen in dieser Nacht hinzu, bis das Feuer zur frühen Morgenstunde verlosch und die Männer in einen tiefen Schlaf fielen.

Sie hörten nicht einmal die Salutschüsse, die von der anderen Seite der Insel erschallten, und sahen auch nicht, wie eine Galione langsam in den Hafen einfuhr.

Beef Island

3. Juni anno 1728
Strahlender Sonnenschein
und ein Herz voller Glückseligkeit!
18° 26', Wind: SO 135°, 10 Knoten.
Samuel Bellamyk

Amy wurde von einer feuchten Katzenschnauze geweckt. »Henry, lass mich noch schlafen, ich bin noch müde.«

Dann aber öffnete sie ein Auge und sah, wie die Inselbewohner Richtung Hafen liefen.

»Wo wollen die denn alle hin? Komm, Henry, lass uns mal nachschauen.«

Damit nahm sie Black Sam auf die Schulter. Henry jedoch gähnte herzhaft, streckte sich und trottete dann zu Sam, um sich in dessen Armbeuge zu legen.

»Gut, dann bleibst du eben da, du fauler Kater.«

Damit sprang Amy den Strand entlang Richtung Hafen.

Die Sonne war gerade am Aufgehen, es war noch angenehm kühl. Die Möwen zogen kreischend ihre Kreise, aufgescheucht von dem in den Hafen einlaufenden Schiff.

»Beim Klabautermann, ich werde verrückt! Das ist ja der *Rote Löwe*. Ich dachte, die segeln nach Indien«, kreischte Amy vor Freude und lief noch schneller.

Sie würde alle wiedersehen, Kapitän Reers, Gilbert, den Smutje Robert Miller und alle anderen auch, die sie ins Herz geschlossen hatte.

Amy drängelte sich durch die Menge der Inselbewohner, die vor dem Steg stand.

Als sie Amy bemerkten, machten sie eine Reihe frei, und sie konnte einen Blick auf die Frau werfen, die gerade mit der Hilfe von Kapitän Reers den Bootssteg betrat.

Amy staunte: Sie war wunderschön. Diese Frau hatte blondes lockiges Haar und trug ein weißes, leichtes Kleid ohne die lästigen Unterröcke. Wie ein Engel schwebte sie den Steg hinunter, bis sie in der Menge das Mädchen erblickte.

»Amy«, rief sie und eilte ihr entgegen.

Da begriff Amy, dass es ihre Mutter war. Wie oft hatte sie von diesem Moment geträumt. Jetzt gab es kein Halten mehr. Amy sprang ihr entgegen.

»Mama, Mama, endlich bist du da.« Mit tränennassem Gesicht fiel sie ihrer Mutter um den Hals.

Ihre Mutter strich ihr über den Rücken und hielt sie mit ein wenig Abstand von sich, um sie anzuschauen.

»Es tut mir leid, dass du so lange auf mich verzichten musstest, hoffentlich kannst du mir das jemals verzeihen.«

Amy sah in ihre Augen, die sie mit so viel Wärme und Liebe anblickten, wie nur eine Mutter ihr Kind anschauen konnte. »Das habe ich schon lange.«

Eine ältere Frau im schwarzen Kleid trat hinter Mary. »Ist sie das?«

Mary nickte. »Amy, das ist deine Großmutter.«

Amy mochte die Frau mit dem lieben, weichen Gesicht sofort, deren traurige Augen zu strahlen begannen, als Amy sie umarmte.

Doch plötzlich schrien die beiden Frauen erschrocken auf, als eine Ratte mit schwarzen Knopfaugen neugierig aus Amys Haaren hervorschaute.

»Ihr braucht keine Angst zu haben, das ist nur Black Sam.« Amy sah den Schmerz in den Augen ihrer Mutter, als sie den Namen Black Sam erwähnte.

Vertrauensvoll nahm Amy Marys Hand. »Komm ganz schnell, ich will dir etwas Schönes zeigen.«

Es tat Amy leid, dass sie die anderen nicht begrüßen konnte, aber das hatte später noch Zeit. Ihre Mutter glücklich zu machen, war jetzt wichtiger. Eilig zog sie Mary hinter sich her.

Im Dauerlauf ging es zurück zur Feuerstelle, wo die Männer ihren Rausch ausschliefen. Das Schnarchen war schon von Weitem zu hören.

Um die Feuerstelle herum sah es wild aus, zwischen halb abgenagten Hähnchenbeinen, leeren Flaschen und umgeworfenen Krügen lagen die verwahrlosten Männer.

Mary sah Amy fragend an: »Und das nennst du schön?«

Amy kicherte. »Ja, sehr schön. Schau dir den mal genauer an.«

Amy zeigte auf Sam, und Mary wurde leichenblass. Nach einem Moment des Zögerns lief sie auf den Mann zu, der mit Henry im Arm auf dem Rücken lag. Ein Lächeln lag auf seinen Lippen, das würde ihm gleich vergehen.

Mary war so wütend, dass sie ihm mit ihrem spitzen Schuh einen Tritt in die Rippen verpasste.

Stöhnend schlug Sam die Augen auf und glaubte, im Himmel zu sein. Ein Engel, der genauso aussah wie Mary, schlug wütend auf ihn ein. Wahrscheinlich gehörte er doch in die Hölle. »Himmel, Mary.« Sam setzte sich entsetzt auf. Wie konnte Amy ihm das nur antun, so wie er jetzt aussah. Am Tag ihrer

Ankunft hatte er sich so sorgfältig zurechtgemacht und seine besten Kleider angezogen, und nun lag er verwahrlost am Strand. Dabei hatte er doch vor, als vollkommener Gentleman vor Mary zu stehen. Und jetzt war er verkatert im wahrsten Sinn des Wortes, denn Kater Henry lag immer noch neben ihm.

Verwirrt stand er auf und versuchte, den Sand aus seinem verstrubbelten Haar zu schütteln, während Mary ihn weiter beschimpfte und mit ihren Fäusten auf ihn eintrommelte.

Er spuckte den schalen Geschmack aus, wischte mit dem Handrücken über den Mund und drückte ihr einen Kuss auf die Lippen. Dabei umschlangen seine Arme sie fest.

Mary gab sich nach kurzem Protest geschlagen, auch sie schlang ihre Arme um Sam. Zu sehr hatte sie sich jahrelang nach diesem Mann gesehnt, und das, obwohl sie ihn ja auf dem Grund des Meeres geglaubt hatte.

Amy, der das Benehmen ihrer Eltern etwas peinlich wurde, zupfte Mary am Kleid und Sam am Ärmel. Sam hob sie hoch, und so standen sie da, alle drei Arm in Arm und redeten gleichzeitig.

»Amy, warum hast du mich nicht gewarnt, schau nur, wie ich aussehe«, beschwerte sich Sam bei Amy.

Mary beschimpfte Sam: »Wie kannst du mir das nur antun? Zwölf Jahre meldest du dich nicht, und jetzt liegst du betrunken an meinem Strand herum. Und ich habe mir die Augen nach dir ausgeweint.«

Amy versuchte, am lautesten zu reden: »Mama, ich habe Papa gefunden, er war auf dem *Roten Löwen* und hatte sein Gedächtnis verloren.«

»Was? – Du hattest dein Gedächtnis verloren, damals bei dem Schiffsunglück?«, fragte Mary betroffen.

Sam nickte. »Denkst du, ich hätte dich sonst so lange alleine gelassen?.«

Sie hatten die Welt um sich herum vergessen. Inzwischen war die Gesellschaft vom Bootssteg zu ihnen gelangt und die Piraten waren durch das Geschrei aufgewacht.

Nun zupfte Will Sam am Ärmel. »Schau mal, meine Überraschung. Es hat mich viel Mühe gekostet, nichts zu verraten. Ich habe Kapitän Reers überreden können, sich uns anzuschließen, und er hat für mich noch etwas erledigt.«

Aber das sah Sam schon selber. Schnell stellte er Amy auf den Boden und ging zu Kapitän Reers.

Neben ihm stand Rose Billington, die Frau, die ihn so bereitwillig nach dem Untergang der *Whydah* gepflegt hatte. Auch ihr Mann war dabei.

Als Will damals im Hafen von Porto Ingles so lange mit Kapitän Cornelius Reers gesprochen hatte, hatten sie verabredet, dass Kapitän Reers mit seiner Mannschaft nach Beef Island kommen würde. Als Will erfuhr, wie wichtig dieser Black für Amy war, beschloss er, Black das Angebot zu machen, mit auf seine Insel zu kommen.

Auch für Cornelius war Black mehr als ein Mitglied seiner Mannschaft. Er ersetzte für ihn seinen Sohn, der wie seine Frau gestorben war, während er auf See war. Da die meisten Männer seiner Mannschaft schon im gesetzteren Alter waren und genügend gespart hatten, beschlossen sie, sich Will anzuschließen. Außerdem hatten sie Amys Karte gefunden, und so konnte Reers voraussegeln.

Will wollte Mary bei der Heimreise, die dort nach ihren Eltern sah, wieder mitnehmen. Das übernahm auch Cornelius und da er die Geschichte von Black und den armen Fischersleuten, die ihn aus dem Meer gezogen hatten, kannte und wusste, dass sie ganz in der Nähe von Marys Eltern lebten, machte er sich auch noch auf die Suche nach ihnen. Beide kamen bereitwillig mit, denn Rose hatte Black nie vergessen.

Black sollte den *Roten Löwen* bekommen und Cornelius wollte sich zur Ruhe setzen. Umso freudiger war jetzt die Überraschung, dass Black und Robin, also Sam und Amy, Vater und Tochter waren.

Von Neuem begannen die Begrüßungen, Gilbert schwenkte Amy überschwänglich im Kreis. »Bei Neptun, ich habe mich schon die ganze Zeit gewundert, dass du ständig Fragen stellst, wie das sonst nur Mädchen machen.«

Amy legte den Kopf schief und grinste schelmisch. »Jetzt hast du eben eine kleine Schwester anstatt eines Bruders.«

Sam wusste schon lange nicht mehr, wen und wie viele er umarmt hatte, aber eines wusste er, dass alle Menschen, die er liebte und die ihm etwas bedeuteten, um ihn waren, und das machte ihn unsagbar glücklich.

Amy stand da und strahlte. Sie hatte einen Piraten zum Vater, einen Engel als Mutter, Seemänner als Familie, Larou den Feuerschlucker mochte sie so richtig gerne, und den bodenständigen Kapitän Reers würde sie als Großvater adoptieren, er würde ja ganz wunderbar zu ihrer Großmutter passen.

NACHBEMERKUNG

Die letzten Worte sind verklungen. Jetzt muss ich meine Piraten alleine in eine neue Welt ziehen lassen und hoffe, dass sie einige Leser genauso faszinieren werden wie mich.

Viele Personen in meinem Buch hat es wirklich gegeben: Samuel Bellamy, John Julian, Paulsgrave Williams und einige mehr. Ihr bewegendes Leben hat mich so fasziniert, dass ich ihnen einen Platz in meinem Buch geben wollte.

Außer den Piraten habe ich eine zweite Leidenschaft, und die gehört den Segelschiffen wie dem *Roten Löwen* von der Kurbrandenburger Flotte oder der *Whydah*, deren Bergung ausführlich in dem Buch *Expedition Whydah* von Barry Clifford mit Paul Perry beschrieben wird. Dieses Buch hat mich die Piraterie besser verstehen lassen. Auch das ist in den Roman eingeflossen.

Hier noch die *Originalrede von Samuel Bellamy von 1717* an Käpt'n Beer:

Verdammt, es tut mir leid, wenn die Leute hier Euch Eure Sloop nicht wiedergeben wollen. Es ist durchaus nicht meine Art, irgendjemanden etwas unliebsam anzutun, es sei denn zu meinem Vorteil. Wir müssen die verdammte Sloop versenken, auch wenn sie für Euch von Nutzen sein mag.

Verdamm` mich Gott, Ihr seid ein höllisch eingefleischtes Rindvieh und genauso wie alle, die sich damit abfinden, vom Gesetz regiert zu werden, die reiche Leute zur eigenen Sicherheit gemacht haben, weil diesen feigen Hundeseelen die Courage fehlt, auf andere Weise das zu verteidigen, was sie durch ihre Schurkereien zusammengerafft haben. Fluch über dieses Pack gerissener Schufte!

Fluch über Euch, die ihr als Trottel gerade recht dient!

Sie verhöhnen uns, diese Fetthälse, diese Schurken, und das ist der einzige Unterschied: Sie berauben die Armen unter dem Deckmantel des Gesetzes, nicht wahr?

Und wir plündern die Reichen unter dem Schutz allein unserer Courage.

Wär`s nicht tausendmal besser für Euch, einer von uns zu werden, anstatt hinter den Ärschen *dieser Schufte herzuschnüffeln, bloß wegen ein bisschen Beschäftigung?*

Ich bin ein freier Fürst und habe dasselbe Recht, der ganzen Welt den Krieg zu erklären wie nur einer, der 100 Schiffe auf See und 100.000 Mann im Felde hat; das sagt mir mein Gewissen.

Aber mit solchen Schwanzwedlern wie Euch ist ja kein Argumentieren möglich, mit solchen Weichlingen, die jedem Popanz erlauben, sie nach Laune übers Deck zu pfeifen, und die ihren Glauben an einen Hanswurst von Pfaffen hängen, einen Hohlwanst, der weder tut noch meint, was er den hirnverbrannten Narren vorsetzt, denen er predigt.

© 2021 Simone Vajda